KB233318

유진월 희곡집 4

# 유진월 희곡집 4

평민사

# 유진월 희곡집 4

초판 1쇄 인쇄일  2025년  12월  5일
초판 1쇄 발행일  2025년  12월  21일

지 은 이  유진월
만 든 이  이정옥
만 든 곳  평민사
　　　　　서울시 은평구 수색로 340 〈202호〉
　　　　　전화 : 02) 375-8571
　　　　　팩스 : 02) 375-8573

　　　　　〈평민사 모든 자료를 한눈에〉
　　　　　http://blog.naver.com/pyung1976
　　　　　이메일  pyung1976@naver.com

등록번호  25100-2015-000102호
　ISBN　978-89-7115-897-5　03800
정　　가  15,000원

# 차 례

**작가의 말**

물 흐르듯이 살아
하늘도 올려다보고
물처럼 하늘처럼 파란 세상
얼마나 좋아
니 이름을 파란으로 지으면서
니가 그런 세상에서 살기를 바랬지

내 이름이 참 좋은 뜻이었네
파란만장한 세상에서 잘 견디며 살아라
그런 뜻인 줄만 알았지

- 〈파란〉 중에서

파
란

등장인물

여자  남자  청년  엄마  아버지
그리고 정체불명의 많은 사람들


무대

무대 왼쪽 뒤편에 객석을 향해 비스듬하게 문이 있다
다음의 가구들은 장면에 따라 사용된다
자동차로 사용되는 1인용 의자 두 개
식탁 겸용의 건조한 테이블과 의자들
테이블은 가정용 식탁이 아니라 작업실에서 워킹테이블로 사용하
는 허름한 것
후줄근한 1인용 소파와 구형 텔레비전
접이식 간이침대와 이젤
가구처럼 서 있는 방문
문은 열 때마다 찌그덕거리는 소리를 낼 것 같이 뒤틀려 있으며
약간은 부서지기도 했고 주먹으로 쳐서 푹 패인 자국도 있다
집의 가구 배치는 불안정하고 전체적으로 어두침침하며 뭔가 불안
한 느낌을 준다


이 극은
홀로 남은 여자가 과거를 회상하는 것으로
과거와 현재가 뒤섞이고
공간을 여기저기 넘나들며 진행된다
그때마다 문과 가구들은 이리저리 이동되면서
좁은 공간에서 어수선하고 낯설게 배치되어 부조화를 보여준다
섬세한 조명과 다양한 음향이 인물의 내면 심리를 반영한다

# 프롤로그

빈 무대

불이 어슴푸레 켜지면
문 앞에 여자가 서 있다
화구가 든 가방을 들고
여행가방을 옆에 세워두고 있다
액자 하나를 소중하게 안고 있다

여자는 어딘가에 전화를 건다
항공사 안내직원이 영어로 무언가 빠르게 말하는 소리가 들려오자
여자는 영어로 말하려고 애쓰다
한국어로 말해버린다
비행기 소리 때문에 내용이 잘 들리지는 않는다

**여자**    저… 가는 항공권인데요, 날짜를 좀 변경하려구요…

폭풍우가 몰아치는 밤
비행기의 이착륙소리 들린다
여자가
서서히 어둠 속에 묻힌다

# 1. 출발

어두운 밤

빗소리

무대 왼쪽에 자동차 의자 두 개가 객석을 향해 있고

오른쪽에는 닫힌 문이 있다


여자와 남자는 자동차에 나란히 앉아 있다

어딘가를 향해 가는 중이다

남자는 운전을 하고 있다

여자는 어딘가 우울하고 약간 불안한 분위기다

남자는 여자의 기분이 어떤지 눈치를 살핀다

비가 많이 와서 그런지 시간대를 잘 알 수 없을 만큼 주변이 어두

침침하다

와이퍼가 움직일 때마다 찌그덕거리는 소리가 가끔씩 들려 신경

을 건드린다

두 사람은 말이 없다

적막감을 다소라도 피하려는 듯 남자가 음악을 튼다

분위기에 맞지 않는 트로트가 깜짝 흘러나오자 더 불편하다

어색한 가운데 음악이 끊어지면서

갑자기 날카로운 전화벨이 울린다

문밖에 과장 등장

여자가 전화를 받자마자 대사가 쏟아진다

여자는 아무 대꾸도 못하고 그저 듣기만 한다

남자는 아랑곳하지 않고 운전만 한다

**과장** 오늘 어떻게 된 거죠? 왜 출근을 안 한 거예요? 뭐라구요? 아침에 눈을 뜨고 보니 벌레로 변해 있었다구요? 등은 장 갑차처럼 딱딱해지고 배는 불룩한 각질에 가느다란 다리 여러 개가 달린 해충으로 변해서 침대 위에 벌러덩 누워있 는 걸 발견했다구요? 세상에 아무리 출근이 하기 싫어도 어떻게 그런 말도 안 되는 소리를 하죠? 잠이 덜 깼어요? 아무튼 오늘 거래처랑 미팅 있는 거 잊었어요? 약속을 펑 크냈다고 연락이 왔던데 어떻게 된 거죠?

**여자** 그 미팅은 월요일 열 시로 알고 있는데요.

**과장** 도대체, 도대체, 도대체! 무슨 소리를 하는 거예요? 미팅은 금요일 열 시였어요. 오늘, 바로 오늘이죠. 그래서 오늘 그 쪽에 들러서 회의를 마치고 출근하기로 했던 거잖아요.

**여자** 그럴 리가요. 제가 분명히 스케줄을 확인했는데요. 뭔가 오해가 생긴 모양인데요. 제가 전화를 해보겠습니다.

**과장** 아니요. 그쪽에서 화가 많이 났으니 지금 당장은 하지 마 세요. 어쨌든 이 일은 어떻게든 책임지고 처리하세요.


전화가 신경질적으로 찰칵, 끊어진다


**여자** 무슨 일인지 모르겠네. 오늘이 일요일 아니야?

**남자** 오늘은 토요일이지. 우리집이 좀 머니까 토요일에 가서 하 루 자고 일요일에 오기로 했잖아. 네 시간이나 걸리는데 어떻게 당일치기를 하냐구, 그러기로 했잖아.

**여자** 그게 무슨 소리야. 내가 언제 자고 온다고 했어.

**남자** 약속해놓고 이제 와서 딴소리네.

**여자** 내가 언제 그런 약속을 했다고 그래. 자기야말로 이상하 다. 그런데 하여튼 오늘이 무슨 요일이냐구…

전화벨이 다시 울린다
여자, 전화를 받는다
문밖에 교사와 아버지가 차례로 등장한다


**교사**  취업 담당 선생님이다. 오늘 면접 잘 할 수 있지? 생글생글 웃어가면서 나긋나긋하게 좀 해라. 공부만 잘하면 뭐 하니. 막상 회사 가면 성적 필요도 없어. 그러니까 성적 좋다고 잘난 체 좀 하지 마. 웃어, 좀! 누가 너 잡아먹니? 이쁘게 치마 입고 가고. 이게 마지막 기회야. 알겠지?

**아버지**  니 동생도 내년이면 고3이고, 아들 하나 있는 거는 그래도 대학 보내야 하고, 아무리 생각해도 니가 양보해야겠다. 나중에 야간대학을 갈 수도 있는 거니까 너무 실망은 하지 마라. 이왕 이렇게 된 거 얼른 취직해서 돈이라도 벌어야지. 아버지가 면목이 없다.


전화벨이 다시 울린다
여자, 전화를 받는다
엄마가 무대 뒤쪽에 보인다
엄마는 항상 휠체어를 타고 있다


**엄마**  (작은 소리로) 아래층 남자가 나를 죽이겠다고 올라왔다. 지금 문 앞에 있어. 어떡하니. 무서워 죽겠다. 경찰에 전화해야지, 119에 하면 되니? 112든가?

**여자**  엄마, 그거 진짜 아니야. 마음의 소리라니까. 그 아저씨는 엄마한테 아무 말도 안 했고 오지도 않았어. 그러니 걱정 말아요.

**엄마**  그게 무슨 소리야. 진짜 아래층 남자가 칼 들고 왔어. 벨을 눌렀어. 나를 죽이겠다는 거야. 내가 저한테 뭘 잘못했다고 저러는지. 정말 나는 아무 잘못 없다.

**여자**  아랫집 아저씨가 엄마한테 왜 그러겠어요. 말이 안 되잖아. 약은 먹었어요?

**엄마**  먹었지. 아주 약이라면 진저리가 난다. 근데 너는 왜 사람을 바보 취급하니. 내가 안 들리는 소리를 들린다고 하겠니. 그럼 내가 미쳤다는 거냐. 출가외인이라더니 너는 정말 인정머리 없다, 엄마가 다리까지 다쳐서 꼼짝도 못하고 있는데 들여다보지도 않고. 누굴 닮아서 저렇게 야박한지.

**여자**  며칠 내로 갈 거예요. 급한 일이 있어서 그래요.

**엄마**  엄마가 이제 살면 얼마나 더 산다고 그렇게 냉정한지. 머지 않았어. 나 죽은 다음에 울지마라 너.

**여자**  엄마도 참, 하루에도 몇 번씩 전화해서 똑같은 소리 하고, 나도 요즘 좀 힘들어요.

**엄마**  (천장을 향해) 아니 이봐요 새댁. 왜 그렇게 우리집에서 나는 소리만 듣고 있어요? 내가 누구랑 무슨 얘기를 하든지 왜 일일이 참견이야. 우리집에 도청장치라도 했어요? 얘 그만 끊자. 이번에는 또 위층 여자가 시비를 거네. 내가 하는 말 다 듣고 있다가 그대로 따라 하고 난리다. 아래층 남자가 좀 잠잠하면 위층 여자가 떠들고, 아주 사는 게 얼마나 부산스러운지, 아이고 내가 못 살아. 아줌마, 시원한 물 한 잔 줘요.


여자는 전화를 끊는다
지친 표정이다


**남자**  (아무 소리도 못 들은 듯) 무슨 생각을 그렇게 하고 있어?

**여자**  왜 이렇게 전화가 많이 오지?

**남자**  무슨 전화가 왔다고 그래?

여자  도대체 여기가 어디야? 어디 가고 있는 거야? 내가 꿈을 꾸는 건가.

남자  무슨 헛소리를 하는 거야. 오늘 정말 이상하다. 얼빠진 사람 같애. 우리집에 가는 게 부담스럽고 싫어서 그러는 거야? 정 그러면 가지 마. 지금이라도 돌아가자구.

여자  어젯밤에 잠을 못 자서 그런가 봐. 좀 피곤해.

남자  그건 또 뭐야? 뭘 그렇게 소중하게 안고 있어?

여자  길에서 샀어. 내 방에 걸려고. 내가 좋아하는 그림이야.

남자  웬 여자가 앉아있네.

여자  이 여자가 걷지를 못해. 언덕 위에 있는 저 집까지 어떻게 든 가려고 하는데 이 여자한테는 그게 엄청 어려운 거야.

남자  기어가야 해서?

여자  이 집은 말하자면 이 여자가 꿈꾸는 이상세계야. 걷지 못한다는 거는 현실적인 한계를 말하는 거고.

남자  이 그림이 어디가 좋다는 거야. 아름다운 것도 아니고 멋진 풍경도 아닌데.

여자  이 여자는 저 언덕 위의 집에 언젠가는 도달할 거야. 그걸 보면서 우리의 어려운 현실을 이겨낼 힘을 가져보려는 거지.

남자  난 또 우리집에 가져가는 선물인가 했네.

여자  미안해, 선물은 준비 못했어.

남자  솔직히 자기 태도가 마음에 안 들어. 우리집에 처음으로 가면서 옷차림이 그게 뭐야. 나이 잔뜩 먹은 아줌마처럼 옷도 이상하게 입고 선물도 없이 빈손으로 가면서 알 수 없는 소리나 하고. 그렇게 마음에 없으면 갈 필요 없어.

여자  나 지금 자기 부모님 뵈러 가는 거 맞지?

남자  무슨 생각을 하느라고 그렇게 오락가락이야. 야무지고 똑똑한 사람이 지금은 아주 나사 몇 개 빠진 사람처럼 횡설

수설이야. 대체 왜 그래.

**여자**  우리는 몇 년이나 만났고, 결혼하기로 했고, 그래서 오늘 부모님 댁에 인사드리러 가는 거지. 내가 머릿속이 좀 복잡해서. 자기 좋아하는 음악 틀어봐. 운전하는데 졸리면 안 되잖아. 내가 좋아하는 음악 들어볼까. 이 곡 제목이 네순 도르마야. 아무도 잠들지 말라, 이런 뜻이야. 운전할 때는 아무도 잠들지 말라, 이런 뜻인가.

**남자**  왜 갑자기 기분이 좋아졌어?

**여자**  내가 누군지 알았으니까 그렇지. 아까는 좀 헷갈렸거든.

**남자**  뭔 소린지 모르겠지만 뭐 하여튼 다행이야. 그럼 이제 본격적으로 달려볼까.


자동차의 가속페달 밟는 소리
네순 도르마가 어둠 속으로 사라져간다


# 2. 만남


밝아지면 부모의 집
앞 장과 같은 자리에 여전히 현관문이 있고
중앙에는 허름한 워킹테이블 겸 식탁이 있다
뒤쪽에는 싱크대와 상부장이 있다
그 옆에는 주먹으로 쳐서 푹 패인 자국이 몇 개나 있는 아들 방의
문이 있다
두 사람이 현관문 앞에 잠시 서 있다
남자가 먼저 집 안으로 들어선다

앳된 청년이 식탁에서 무언가에 열중하고 있다
청년은 여자와 남자의 미래의 아들로
처음에는 초등학생이었다가 점차 중학생이 되었다가 고등학생이
된다


남자    다들 어디 가셨지? 오늘 온다고 말씀드렸는데. 이상하다,
　　　　어디 가셨지?

청년    두 분은 밭에 가셨어요. 감자를 캐야 하거든요. 내일 새벽
　　　　에 중간 상인이 온대요. 게다가 낼모레면 폭우가 내린다고
　　　　해서 어쨌든 오늘 안에 감자를 다 캐야 한대요.

남자    그럼 언제쯤 오시려나.

청년    아마 많이 늦으실 거예요. 내일 새벽에 오실지도 몰라요.
　　　　저녁 도시락까지 싸가셨어요.

여자    하늘에 별 좀 봐. 어쩜 저렇게 별이 잘 보이지? 너무 아름
　　　　답다. 여기 정말 공기가 맑다.

남자    워낙 깊은 산골이니까.

여자    경치는 정말 좋은데 집에 갈 일이 걱정이네. 언제 출발하지?

남자    오자마자 갈 걱정이야? 어찌 됐든 기다렸다가 부모님을
　　　　뵙고 가야지.

청년    늦으신다고 저녁 먹고 먼저 자라고 하셨어요.

남자    그럼 일단 우리끼리 저녁을 먹어야겠다.

청년    저녁 준비를 못했어요. 오늘 숙제도 너무 많고 내일은 산
　　　　수 시험을 보거든요. 시험공부도 해야 하고 오늘따라 할
　　　　일이 너무 많아서요.

여자    내가 저녁을 할게.

남자    나는 잠시 쉴게. 운전을 너무 오래 했더니 피곤하네.

청년    저는 지금부터 숙제할게요. 오늘은 정말 숙제가 많아요. 4
　　　　분의 1 더하기 4분의 2는 얼마인가? 답은 4분의 3.

여자    분수를 아주 잘하는구나.

청년    이 정도는 별거 아니에요. 4분의 3 더하기 4분의 2는 얼마
       인가? 4분의 5. 4분의 5는 1과 4분의 1.

남자    정말 잘하는데.

청년    별거 아니에요. 다음 문제는… '곰 한 마리가 외롭게 살고
       있었습니다. 먹이를 찾으러 집에서 나와 남쪽으로 10킬로
       미터를 간 후 방향을 서쪽으로 돌려 10킬로미터를 더 갔
       습니다. 그곳에서 다시 북쪽으로 방향을 돌려 10킬로미터
       를 갔더니 자기 집으로 되돌아왔습니다. 이 곰의 색깔은
       무슨 색일까요?'

남자    그게 산수 문제야?

여자    뭔가 굉장히 어려워 보이는데.

청년    이 정도는 별거 아니에요. 이런 건 넌센스 문제거든요. 오
       래 생각하면 안 돼요. 답은 흰색.

남자    왜 그렇지?

청년    그냥 찍었어요. 곰 하면 흰색이 제일 먼저 떠오르니까요.

남자    남쪽으로 내려갔다가 다시 서쪽으로 갔다가 북쪽으로 갔
       는데 제 자리로 돌아온다. 지구본을 생각해봐. 이런 현상
       이 일어나는 곳은 지구상에서 북극점밖에 없지. 그러니까
       거기 사는 곰은 북극곰이고 그러니까 흰색이 되는 거야.

청년    와, 정말 굉장한데요.

남자    이 정도는 별거 아니지. 배고픈데 어서 저녁 먹자.


여자는 가지고 온 그림을 주방에 건다

그림을 잠시 바라본다

집에 돌아온 듯

익숙하게 찬장에서 즉석밥과 포장김과 참치캔을 꺼내서 식탁에
차린다

오래된 것으로 보이는 빛바래고 낡은 피자상자도 가운데 가져다
놓고
비닐봉지에 들어있는 일회용 수저를 한 개씩 앞에 놓아준다
두 사람은 식탁에 앉지만
밥을 먹을 생각도 않고 각자 핸드폰만 들여다 본다
여자는 보이지 않는 주방일을 계속한다


**남자**　(갑자기 아버지가 되어) 어제 수학 시험은 어떻게 됐지? 물론 백점 맞았겠지?

**청년**　(중학생이 되어) 아니. 시험이 어려웠어.

**남자**　한국애들은 여기 애들보다 수학을 잘하잖아. 아무래도 너도 영어가 부족하니까 수학에서 점수를 만회해야지. 중학생이 되었으니 더 공부에 신경써야지.

**청년**　(게임에 몰두하고 있다)

**남자**　식탁에서 핸드폰 하지 말라고 했지. 더구나 아빠가 얘기하고 있잖아.

**청년**　10초 안에 끝나.

**남자**　핸드폰 내놔. 당장. 그렇게 하루 종일 게임만 하고 대체 어떻게 할 작정이냐. 못된 나무가 될 놈은 떡잎부터 알아본다는 속담이 있다.

**청년**　애들도 다 하는 게임이야. 이런 것도 안 하면 애들하고 대화도 안 통하고 끼워주지도 않는단 말이야.

**남자**　(핸드폰을 뺏는다) 하던 이야기나 마저 해야지. 수학 시험을 대체 몇 점 맞았다는 거냐?

**청년**　… 60점.

**남자**　뭐라구? 그것도 점수라고 받냐? 아무리 못해도 한두 개 정도 틀렸을 줄 알았다.

**청년**　60이든 70이든 그게 뭐가 중요해.

**남자**  그걸 말이라고 하니? 우리는 니 장래를 위해서 한국에서 많은 걸 포기하고 미국에 왔어.

**청년**  내가 오자고 했어? 난 여기 싫어.

**남자**  우리는 너 하나 잘되기만 바라고 왔다.

**청년**  잘 되는 게 뭔데? 엄마 아빠는 맨날 싸우기만 하고 나는 친구 하나 없이 외톨이 신세고. 한국에서 살 때보다 좋은 게 뭐가 있어? 집도 후지고 대체 여기가 뭐가 좋다는 거야?

**남자**  어린 게 부모한테 말대꾸나 하고. 에이, 나쁜 놈 같으니.

**청년**  그렇게 좋으면 엄마 아빠나 여기서 살어. 난 한국 갈 거야. 할머니랑 살면 되잖아.


청년, 밖으로 뛰쳐나간다
남자, 화가 나서 문 쪽을 노려본다


잠시 후
시간이 많이 경과한 듯
화가 가라앉은 남자는 신문을 읽고 있다
여자는 가정집의 평범한 저녁 풍경처럼 계속 식탁을 차리고 치운다
주위 사람들은 안중에도 없이 자기만의 세계에 빠져서
로봇처럼 기계적으로 상차림과 치우기를 반복한다
청년이 고등학생이 되어 스케이트 보드를 타고 들어온다
청년은 보드를 탄 채로 자기 방으로 들어가려고 한다


**남자**  이리 와서 좀 앉아.

**청년**  왜.

**남자**  앉으라면 앉아.

**청년**  쉘.

**남자**　대학 진학은 어떻게 할 생각이냐.

**청년**　될대로 되겠지.

**남자**　대기업 다니던 아빠가 여기 와서 공장에서 힘들게 일하는데 너도 이제 철 좀 들어야지.

**청년**　그놈의 소리는 지치지도 않나. 아주 완전 녹음기야.

**남자**　내가 그 정도 희생했는데 보람이 있어야지. 최소한 아이비리그는 갈 수 있지?

**청년**　왜 얼토당토 않은 얘기를 해. 다 알면서 왜 모르는 척이야. 미쳤어?

**남자**　아빠한테 말버릇이 그게 뭐냐. 버릇없는 자식. 좋아, 다 좋아. 나는 니가 아이비리그만 가면 뭐든 괜찮아. 갈 수는 있지?

**청년**　갈 실력도 안 되고 가고 싶지도 않아. 하기 싫은 공부를 뭐하러 더 해. 뭐를 하든 돈만 벌면 되는 거 아니야. 월마트에서 캐셔를 하든 맥도널드 가서 햄버거를 팔든 할 일은 많잖아.

**남자**　그런 거 하려고 미국까지 왔어? 요즘 세상에 대학 안 나오고 어떻게 살아.

**청년**　혹시 모르지. 도대체 인간은 왜 이놈의 망할 세상에 태어나서 이렇게 억지로 살아야 하는지 그런 거를 알려주는 과가 있다면 가볼 생각이 조금은 있어. 도무지 알 수 없는 이 일에 그럴듯한 이유를 알려준다면 그런 데는 좀 다녀볼 수 있지. 그런 거 배우는 데가 철학관지 심리학관지 모르겠네.

**남자**　뭐가 부족해서 그따위 소리를 하냐. 닥치고 공대나 가. 취직하려면 무조건 공대를 가야지. MIT 좋지 않냐. 아니면 여기서 가까운 곳에 가려면 칼텍인가 거 캘리포니아 공대도 좋고.

**청년**　꿈 깨셔. 어디서 주워들은 건 있어 가지고.

**남자**  무슨 과를 가든 대학은 꼭 가야 돼.

**청년**  집어쳐. 잘난 부모 덕에 미국까지 끌려와서 멀쩡한 인간 루저 됐지. 더 이상 내 인생 관여하지 마. 나는 군대나 가 버릴 거니까. 전쟁터라도 가서 남자답게 싸우다 총 맞고 뒈지면 뭔가 그럴 듯하잖아.

**남자**  못된 놈.

**청년**  날 당신들 성공의 훈장으로 삼을 생각은 하지 마. 난 내 식 으로 살 거니까.

**남자**  니가 제대로 살기를 바라는 거뿐이야. 너야말로 그런 식으 로 모든 걸 부모한테 뒤집어씌우고 달아날 생각 하지 마.


청년이 뛰어나가고 뒤를 잇는 오토바이의 굉음
오토바이 폭주족 소리와 뒤섞여 청년들의 요란한 소리
남자가 청년과 대화를 하는 동안
여자는 상황이 이해가 안 되어 어리둥절한 채 소외되어 있다
그러다 어렵사리 입을 연다


**여자**  저기… 대화 중에 미안한데… 이제 집에 가야 되잖아. 너 무 늦었어. 아무래도 자기 부모님은 오늘은 못 뵐 거 같다. 다음에 다시 오자. 아까부터 말했잖아. 나 내일 출근해야 된다고. 회사에서 문제 생긴 거 내일 가서 다 처리해야 돼. 이제 정말 늦었어. 더 늦으면 안 될 거 같아.


남자, 화가 난 듯 여자를 노려본다


다리를 절룩이며 돌아온 청년은 자기 방으로 들어가면서 문을 쾅 닫는다
남자도 언짢은 듯 현관문을 쾅 닫고 나가버린다

여자는 어쩔 줄 모르고 두 개의 문을 바라보고 서 있다

어두워진다




# 3. 갈등


서서히 밝아지면

식탁 앞에 여자와 청년이 앉아 있다

결혼생활 중의 어느 날

여자는 점점 혼자만의 세계로 빠져들어 공포에 사로잡혀간다

다시 초등학생이 된 청년은 여자를 보며 두려움에 빠진다


**여자**　무슨 소리 들리지.

**청년**　아니.

**여자**　조용히 하고 들어봐. 분명히 무슨 소리가 들려. 뭔가 나무를 긁는 소리 같기도 하고.

**청년**　잘 모르겠어. 그런데 아무 소리도 안 들리는 거 같아.

**여자**　집중해 봐. 이 소리가 안 들린단 말이야? 이 소리가 나한테만 들린단 말이야? 잘 들어봐. 뭔가로 나무를 긁어대고 있잖아. 톱 같은 걸로 나무를 자르는 소리야. 누군가 우리집 앞에 와 있어. 우리 문을 톱으로 자르고 있어. 우리집으로 들어오려고 하는 거야.

**청년**　진짜 아무 소리도 안 들려.

**여자**　소리가 점점 커지고 있어. 이러다 문짝을 열겠어. 그럼 어떡할 거야. 우리 둘밖에 없는데 누군가 들어오면 어떻게 해. 자 조용히 하고 구석에 가 있어. 지금부터 아무 소리도

내지 마.

**청년**  (구석으로 가서 쪼그리고 앉는다)

**여자**  그게 어디 있지? 어디에 뒀지? 분명히 여기 어딘가에 있을
텐데. 너 혹시 그거 만졌어? 니 아빠가 가지고 갔어? 봤어?
아니지 아니야. 가져갔을 리가 없어. 전에는 여기 있었는
데. 항상 여기 뒀었는데 어디로 갔지?

여자 무언가를 찾는다
정신없이 뒤지다가 마침내 사냥총을 가져온다

**여자**  찾았다. 이제 됐어. 엄마가 지켜줄게. 이것만 있으면 놈들
도 어쩌지 못할 거야. 이걸로 나를 지킬 수 있어. 너도 지
켜줄 거야. 아무도 우리를 지켜주지 않아. 네 아빠도 우릴
두고 떠났어. 나는 너를 떠나지 않아. 절대로 이 집을 떠나
지 않아. 나는 할 수 있어. 나는 나를 지킬 수 있고 내 아들
도 지킬 수 있고 우리집도 지킬 수 있어. 너는 잘 알아둬
야 해. 이 세상에서 너를 지킬 사람이 누군지 말이야. 앞으
로는 너도 너를 지킬 수 있어야 해. 세상은 악으로 가득 차
있어. 나쁜 놈들 천지야. 믿을 놈이 하나도 없어. 그러나 엄
마는 믿어도 돼. 엄마는 총 쏠 줄 알아. 우리를 괴롭히는
놈들을 그냥 두지 않을 거야. 이 총으로 쏴버릴 거야. 아무
도 필요 없어. 내가 할 수 있어.

**청년**  (멀리 숨어서 작은 소리로) 근데 총알 있어요?

**여자**  총알, 그렇지 총알을 찾아야지. 총알이 어디 있더라. 저번
에 니 아빠가 총알을 주문했는데. 어디에 뒀을까. 잠깐, 조
용히 해봐. 소리가 멈췄어. 톱질이 끝났나. 이번에는 뭔가
쇳소리야. 문짝을 아예 뜯어내려는 거지. 좋아. 한번 하는
데까지 해보라구. 나는 절대 지지 않아. 나사가 돌아가는

소리가 나. 그런데 그렇게 쉽지는 않을 거야. 이 문짝은 튼 튼하고 그렇게 마구 나사를 풀 수는 없어. 아니 하여튼 그 래도 총알이 있어야 해.

문을 쾅쾅 두드리는 소리
여자는 문에 기대어 서서 총을 쏠 자세를 취한다

여자      아무도 들어올 수 없어. 여기는 내 집이야.

영어로 무언가 말하는 소리가 들려온다
관공서나 병원 등에서 알리는 단순한 안내사항이나 공지 같은 내용이지만
너무 빠르고 잘 들리지 않아서 여자는 이해할 수 없다
여러 가지 소리들이 점점 뒤엉켜 커지면서 여자는 소리에 압도된다

여자      그렇게 큰 소리로 말하지 마. 작게 말해도 들려. 천천히 말해줘. 다시 한번 말씀해주세요. 어게인 플리이즈. 세이 어게인 플리이즈.

여자는 이런 말들을 반복하고 큰소리의 영어가 뒤섞인다
여자는 점점 당황하고 어쩔 줄을 모른다

여자      오케이. 괜찮아요. 괜찮다니까요. 그냥 천천히 말해줘요. 그렇게 큰 소리로 말하지 마세요. 괜찮아요. 난 아무렇지 않아요. 소리를 지르지 말라구. 시끄럽단 말이야. 제발 조용히 좀 해달라구. 부탁이야. 날 좀 조용히 있게 해줘. 제발.

여자      아니 왜 이러세요. 제가 언제 밀쳤다고 그러세요. 그냥 먼

저 좀 지나가려고 한 거뿐이에요. 알았어요. 미안해요. 쏘리, 쏘리 쏘-리!!! 이제 됐죠? 또 뭐예요? 왜 사람을 쳐다보고 그래요. 미안하다고 그랬잖아요.

**여자**  이게 무슨 냄새야. 이 더러운 냄새가 무슨 냄새야. 뭐요? 나한테서 나는 냄새라구요? 그럴 리가 없어요. 나는 냄새 나는 여자 아니에요.

구석에 숨어서 엄마를 보고 있던 청년은 엄마를 보는 것이 두렵고 힘들다
아예 이어폰을 끼고 핸드폰 게임을 한다

**여자**  그런데 니 아빠는 어디 갔지? 아빠 나가는 거 봤어? 언제 나갔지? 어디 간다고 했어? 나가는 걸 못 봤는데, 아직 퇴근을 안 한 건가? 지금 몇 시지? 밤 한 시까지 안 오고 어디서 뭘 하는 거야. 아빠한테 무슨 일이 생긴 거 같다. 아무래도 아빠를 찾아와야겠어. 엄마가 나가서 아빠를 찾아올 때까지 절대 아무도 문 열어주면 안 된다. 아무 걱정하지 말고 있어. 엄마는 용감한 여자고 총도 있으니까 아무도 나를 어쩌지 못해. 자 다녀올게.

여자는 총을 들고 남자를 찾으러 나간다
자동차에 시동을 거는 소리가 들리고 급하게 출발하는 소리 들린다
질주하는 소리와 브레이크 소리가 반복적으로 들린다
무대 뒤쪽, 휠체어에 앉은 엄마가 말한다

**엄마**  애, 어디 가니? 이 시간에 차 몰고 남편 찾으러 가니? 동네 술집 다 뒤지려구? 참 딱하다. 여자가 얼마나 못났으면 남

편 하나를 휘어잡지 못하고 밖에서 돌아다니게 하니. 하기야 너처럼 하면 나라도 집에 가기 싫겠다. 지금 한바탕 뭐한 거니? 총 들고 무슨 쇼를 한 거야? 헛소리 듣고 미친 짓하는 거 정말 가관이다.

**여자**   아버지 돌아가시고 엄마 넋 놓고 있을 때, 나 엄마 대신 뭐든 다했어. 심지어 내 남편은 처갓집 먹여 살리려구 사막까지 갔어. 엄마가 어떻게 나한테 이럴 수 있어.

**엄마**   너, 미국에 갈 때야 한국에서보다 잘 살려구 간 거 아니야? 근데 지금 너 사는 게 그게 뭐니? 남들은 딸이 미국 사는데 왜 여행 안 가냐고 맨날 묻는데 내가 참 할 말이 없다. 뭐라고 하면 좋겠어? 딸이 하도 잘나서 집안은 엉망에 사위는 밖으로만 돌고 아들 하나 있는 거는 대학도 못 가고 좁은 집에서 셋이서 궁상 떨고 있는데 내가 뭐하러 가니? 그렇게 오래 살았으면 자리를 좀 잡아야지 이제 오지도 못하고 거기 살기도 그렇고 꼭 진퇴양난 꼴이지.

**여자**   그렇게 내 속을 박박 긁어서 생채기를 내야 속이 시원해요?

**엄마**   미국은 대체 왜 갔어. 미국 가면 무슨 살 길이 열린다고 그렇게 무모한 짓을 해. 나는 너 사는 거 보면 아주 복장이 터져. 엉뚱한 짓거리 하지 말고 얼른 집으로 들어가. 남자가 술도 마실 수 있지. 여자가 뭔 총 들고 술집으로 남편 찾아다녀. 왜? 남편 쏴죽이기라도 하려고? 아주 낼 아침 신문 방송에 짜하게 나오겠다.

**여자**   엄마 보러 한국 갔다가도 사흘이면 돌아와야 해. 사람 짓밟아서 초라하게 만드는 거 진짜 재주야. 집에 갈 거야.

**엄마**   그래 가. 다시는 오지 마. 그런 꼴 하고 오려면 다시는 오지 마.


여자가 더 이상 분노를 참지 못하고 총을 든다

허공에 누군가를 향해 총을 한 방 쏜다
팡, 총소리 들린다
청년의 911 신고하는 소리와 경찰차의 긴박한 사이렌 소리도 들
린다


**엄마**  기어이 한 발 쐈네. 장하다 장해. 제발 한국 오지 마. 니가
우리 아파트 드나드는 거 남들 보기 창피해. 그놈의 후줄
근한 꼴이며 웅크린 태도며 정말 보기 싫어. 너 보면 내가
속이 터지니까. 서로 안 보고 사는 게 좋을 거야. 무소식이
희소식이다.

**여자**  (무너지는 여자) 내가 지금 여기서 뭐 하는 거지.

**엄마**  니 아들도 너 닮아서 하는 짓이 아주 똑같더라. 아니 젊은
애가 왜 그렇게 어디 기어들어갈 것처럼 몸을 구부정하게
하고 다니냐 그래. 참 이상도 하다.

**여자**  미국에 너 위해서 왔는데 아무 보람이 없어. 너는 어디가
부족해서 그렇게 쭈빗거리고 자신 없이 그러고 다녀. 니가
우리 집 드나드는 거 남들 보기 창피해. 그놈의 후줄근한
꼴이며 웅크린 태도며 정말 보기 싫어. 너 보면 내가 속이
터지니까. 서로 안 보고 사는 게 좋을 거야.


여자 쪽 조명 어두워지고
어느새 성인이 된 아들 쪽 조명만 남아 있다


**여자**  니가 내 아들이라는 게 너무 창피해.


아들 쪽 조명 서서히 어두워진다


잠시 후

여자는 얼굴 없는 아버지의 꿈을 꾼다
얼굴을 흰 천으로 가린 아버지가 무대 한쪽에 서 있다


아버지　내가 길을 잃은 것 같다. 오늘은 그동안 밀린 공사비 수금
　　　　이 다 돼서 돈을 한 보따리 받았거든. 그걸 들고 집에 가야
　　　　하는데 길을 통 모르겠다. 대체 여기가 어디지, 어딘지를
　　　　모르겠다.
여자　　아버지, 112번 버스를 타고 열두 번째 정류장을 지나서 매
　　　　캐한 공장 폐수 냄새가 가득한 동네에서 내리세요. 그럼
　　　　낡은 집들이 줄지어 있잖아요. 리어카로 연탄 나르던 골목
　　　　으로 들어간 다음 왼쪽에서 세 번째 골목으로 들어가세요.
　　　　산꼭대기로 향한 비탈진 계단을 또 한없이 올라가다 보면
　　　　거기 우리집이 있어요.
아버지　바람이라도 훅 부는 날이면 그냥 날아가 버릴 것처럼 산꼭
　　　　대기에 아슬아슬하게 걸쳐 있는 집이지. 거기서 니 엄마가
　　　　몇 번이나 연탄가스에 중독되어 나중에는 귀도 먹고 눈도
　　　　멀고 정신도 잃어버렸던 그 산 8번지 집으로 가야 하는데
　　　　여기가 어딘지를 도대체 모르겠다.
여자　　정신을 차리세요. 오늘도 술을 드셨어요? 모처럼 돈을 가
　　　　지고 집에 오시는데 정신을 차리셔야죠.
아버지　여기는 허허벌판이다. 이런 게 광야인가. 광야에서, 그런
　　　　노래도 있지. 내가 제일 좋아하는 노래다. 그런데 여기가
　　　　어디지. 갑자기 삼면이 막힌 골목이다. 뒤로는 회색 벽이
　　　　높이 서 있다. 앞은 절벽인가. 안개가 자욱하다. 발을 잘못
　　　　디디면 낭떠러지로 떨어질 거 같다.
여자　　발밑을 조심하세요. 정신을 차리고 발밑을 보세요.
아버지　나는 죽는 거 두렵지 않다. 절벽에서 떨어지면 그만이지
　　　　뭐. 하지만 안 보이는 거는 좀 무섭다. 그냥 절벽에서 떨어

져서 깊은 물 속으로 빠지는 거, 그런 거는 괜찮아. 그런데 그 절벽 밑에서 악어 입속으로 떨어지는 거, 그런 거는 싫다. 악어한테 사정없이 물어뜯기면서 생을 마감하고 싶지는 않다. 아니면 커다란 파리지옥 같은 거 그 끈적이는 꽃의 아가리 속으로 파리처럼 휙 낚아채여 죽고 싶지도 않아. 그냥 절벽 아래 푸른 물로 빠지는 거는 괜찮아.

**여자**  발밑을 잘 보세요. 절벽으로 떨어지면 안 돼요. 아버지.

**아버지**  저 높다란 벽이 점점 나를 절벽으로 몰아붙이고 있어. 바람이 몰아친다. 바람이 모여 회오리가 되어 솟구쳐 오른다. 어디선가 낙엽도 같이 바람에 뒤섞여서 하늘로 솟구친다. 내가 저 바람 속으로 휘감겨 날아오를 건가 보다.

**여자**  아버지, 손을 내밀어 보세요. 제 손을 잡으세요.

**아버지**  대학을 못 보내줘서 미안하다. 아버지가 돼가지구 그렇게 공부 잘하는 너한테 취직해서 돈이나 벌라고 했으니 면목이 없다.

**여자**  괜찮아요. 나중에 방송통신대 가면 돼요. 회사 다니면서도 다닐 수 있대요.

**아버지**  그런 데가 있다니 참 다행이구나. 오늘 받은 이 돈은 너에게 줄게. 자 받아라. 늦었지만 이걸로 대학 등록금에 써라. 아무에게도 주지 말고 오직 니 학비로만 써야한다. 엄마도 동생도 주지 말고 너 공부하는 데 써.

**여자**  그런 걱정은 마시고 저를 보세요. 손을 주세요, 아버지.

**아버지**  그런데 참 여기가 어딘지 통 모르겠다. 아 그래, 여기가 혹시, 거긴가…


쿵,
하고 커다란 바윗덩어리가 떨어지는 듯한 소리
여자, 소리 나지 않는 비명을 크게 지른다

두 사람 어둠 속에 묻힌다
잠자는 것처럼
마치 죽음을 향해 가는 것처럼


# 4. 위로


다시 2장의 부모의 집


**여자**  그만 가자. 정말 더 늦으면 안 돼. 부모님은 다음에 와서 뵙는 걸로 하자. 오늘 결근을 했으니 내일은 꼭 출근해서 오늘 못한 일 마무리해야 돼. 내가 거래처 미팅을 잊었다니, 대체 무슨 정신으로 사는지 모르겠어.


두 사람은 밖으로 나와 차를 탄다
폭우가 오고 자동차에 부딪치는 빗소리 들린다
와이퍼는 움직일 때마다 계속 불쾌하게 찌그덕거리는 소리를 낸다


**남자**  오늘 많이 피곤했지. 우리 부모님이 좋은 분들이지만 처음 만나니 좀 어색했을 거야. 집도 시골집이라 불편하고, 하지만 좋은 분들이니까 결혼하면 잘해주실 거야. 우리 엄마는 음식도 잘하고 떡도 잘해서. 특히 오늘같이 달이 커다랗게 뜬 보름날이면 굉장히 큰 솥에 잡곡밥을 해서 온 동네 사람들을 모두 불러 잔치를 벌이시지.

그 순간 하늘에는 너무나 낯설게도 커다란 보름달이 떠있다


**여자**　저게 뭐지?

**남자**　달이지 뭐야.

**여자**　왜 갑자기 달이 떠 있지? 언제 비가 그쳤어?

**남자**　무슨 비가 왔다고 그래? 저렇게 달이 크게 떴는데 무슨 소리야.

**여자**　달 속에 거대한 토끼가 있네. 토끼 모양의 하얀 풍선이야. 발밑에는 오색의 공들이 날아다니고. 와, 토끼가 점점 커져. 좀 있으면 토끼가 아예 달 밖으로 나올 것 같아.

**남자**　그건 또 뭔 소리야. 동화책 이야기야?

**여자**　토끼가 하얀 풍선처럼 하늘로 날아올라. 집을 떠나서 하늘로 날아 올라가네.

**남자**　엉뚱한 소리 좀 그만해.

**여자**　점점 높이 올라가. 달 속에 사는 토끼가 집을 떠났어. 정말 빨리 올라가네. 안 보인다. 별이 됐나 봐. 토끼가 집을 떠나서 별이 됐나 봐. 집을 나간 토끼들이 다 별이 돼서 하늘에는 저렇게 별이 많은가 봐. 하얀색 예쁜 토끼들이 다 집을 나갔어.

**남자**　자기는 정말 소녀 같애. 꿈을 꾸는 거야? 참 희한한 소릴 잘해. 그게 자기 매력이지만 가끔은 너무 당황스러워. 아, 운전을 너무 오래 했더니 피곤하고 졸리다. 휴게소에서 커피 한 잔 마시고 가자. 금방 사올게.


남자는 커피를 사러 간다
여자가 차에 혼자 있는 동안 전화가 온다
결혼생활 중의 어느 날
남자는 먼 곳에 아련하게 서 있다

간호사    소망 병원입니다. 내일 수술 확인 전화입니다. 전에도 주의
　　　　사항 말씀드렸지만 오늘 저녁부터 꼭 금식하셔야 하구요.
여자    그 사람은 사막으로 떠났어.
남자    사막은 무지 덥고 한없이 고요하고 너무나 외로운 곳이야.
여자    거기서 그는 나에게 다정한 편지를 보내줬어.
남자    당신 편지를 밤마다 꺼내서 읽고 또 읽었지.
여자    어느 날은 소리내서 읽고 어느 날은 마음으로 읽고 어느
　　　　날은 또 당신 목소리를 흉내내서 읽고. 밤마다 편지를 읽
　　　　으며 잠이 들었어.
간호사    늦지 않게 십 분 정도 미리 와주세요.
남자    벌써 사막에서 보내는 세 번째 편지야. 별일 없지?
여자    그 무렵 니가 내 안에 자리 잡은 걸 알게 되었어.
간호사    보호자랑 같이 오세요.


남자 점점 멀어지다 사라진다


여자    나는 너를 낳고 기를 자신이 없었어.
간호사    보호자 없이 혼자 오신다구요?
여자    내 배는 부풀어 오르기 시작했고 나는 점점 숨을 쉴 수 없
　　　　게 됐어. 나는 뒷골목에 있는 병원으로 갔어. 거기 가면 의
　　　　사는 아무것도 묻지도 않고 그냥 수술을 해줘. 으레 남편
　　　　이 없으려니 하는 거지. 하지만 나는 남편이 있는 여자잖
　　　　아. 하기야 남편이 사막으로 가버렸으니 현재 남편이 없는
　　　　상태인 거는 맞지.
간호사    위급한 일 생기면 저희는 책임 못 집니다. 유사시에 병원
　　　　은 아무 책임 없다, 여기에 서명하세요.
여자    마취약이 온몸에 퍼지면서 의식이 흐려지려는 순간 의사
　　　　는 수술하면서 나를 모욕하고 농담거리로 삼았어. 나는 이

렇게 말하고 싶었지. 저 그런 여자 아니에요. 저는 결혼했어요, 남편이 사막에 가 있어요, 그러면서 깊은 잠으로 빠져들었지.

**간호사**  일어나세요. 수술 다 끝났습니다.

**여자**  나는 그날을 네 생일로 기억하고 있단다. 너는 세상에 태어나지는 못했지만 별이 되어 하늘에서 새로 태어났으니까 그날을 니 생일로 기억하기로 했지. 너는 아무도 모르는 나만의 비밀이 된 거야. 나만의 빛나는 슬픈 별이지. 하늘에는 온갖 사연을 가진 별들이 있으니까 너는 거기서 친구도 만날 수 있을 거야. 얼마 전에는 달 속에 살던 토끼도 집을 나가서 별이 되었거든.

**간호사**  주의사항 잘 읽어보시고 일주일 후에 다시 오세요.

**여자**  동네에 오가는 작은 강아지도, 집이 없는 고양이도, 심지어 귀뚜라미도 살아서 자기 목소리를 내는데 너만, 내 아기만 아무 소리도 없어. 너무 착해서 한번 소리내어 울지도 않고, 엄마라고 불러보지도 못하고, 그냥 갔어. 내가 그렇게 돌려보낸 거야.

전화벨 울린다

현재

거실에서 남자가 전화를 건다


**여자**  (깜짝 놀라 현실로 돌아온다) 여보세요.

**남자**  당신 어디야?

**여자**  아, 자기야말로 어디야? 커피 사러 간 사람이 왜 이렇게 안 와?

**남자**  대체 무슨 소리를 하는 거야? 커피는 무슨 커피? 아니 여태 집에 안 들어오고 어디서 뭐 하고 있어. 회사에서 죽게

일하고 돌아왔는데 저녁도 안 주고 어디를 돌아다니고 있
는 거야.

여자    아, 미안해. 엄마 좀 보러 왔어. 엄마가 넘어져서 다리 다쳤
다고 전에 얘기했잖아.

남자    그놈의 친정 일은 참 끝도 없다.

여자    그럼 어떻게 해. 엄마가 몸이 안 좋은데 와봐야지. 치매가
점점 심해져서 혼자 둘 수가 없어. 문 열고 나가서 길도 잃
어버리고 남의 집에 가서 엉뚱한 소리 하고 돌아다녀. 게
다가 다리까지 다쳐서 이젠 화장실도 혼자 못 가.

남자    평생을 두 집 살림이야.

여자    미안해. 엄마가 늙어서 그런 걸 어떻게 해. 드디어 입주 간
병인 구했어. 이제 곧 출발할 거야.

남자    됐어, 그냥 거기서 살아.


찰칵, 전화 끊는 소리가 날카롭다
여자는 차 안에서 속상해서 한참을 운다
커피를 사러 갔던 남자가 차로 돌아온다


남자    왜 울어.

여자    아무것도 아니야.

남자    자 커피 마셔. 결혼하면 진짜 행복하게 해줄게. 절대 우는
일은 없게 할 거야. 나 믿지?

여자    응 믿어.

남자    지금은 우리 둘 다 가진 거 없지만 앞으로 열심히 돈 벌고
저축하면서 같이 잘 살 수 있을 거야. 나 믿지?

여자    응 믿어.

남자    지금은 고졸 사원이지만 야간대학을 졸업하면 대졸 사원
으로 이직할 거야. 그리고 공무원 시험 준비도 하고 있으

니까 원하면 공무원을 할 수도 있고. 하여튼 잘 살게 될 거
고 모든 게 나아질 거야. 나 믿지?

**여자**  응 믿어.

**남자**  형편이 나아지면 자기도 방송통신대 가서 공부해. 내가 꼭
대학 보내줄게. 영문과 가고 싶다고 했지? 자기는 셰익스
피어도 읽고 노인과 바다도 읽었잖아. 자기처럼 책을 많
이 읽는 사람은 없을 거야. 정말 멋진 여자야. 내가 자랑스
러워하는 거 알지? 애도 둘 정도 낳고. 우린 정말 행복하게
살 거야. 나 믿지?

**여자**  응 믿어.

**남자**  좋아. 그럼 이제 다시 달려보자구. 아직도 한참을 더 가야
하니까. 자 갑니다.

자동차가 부르릉 하며 출발하는 소리


# 5. 도착


두 사람이 무대 한쪽에서 지친 표정으로 등장한다
여자의 집 앞에 도착


**남자**  엄청 먼 거린데 하루 묵지도 않고 그냥 돌아왔으니 힘들
거야. 다음에는 좋은 데로 여행 가자. 우리 앞으로 점점 더
행복해질 거야. 나 믿지?

**여자**  응 믿어.

**남자**  어서 들어가서 자고 다음 주 일요일에 만나. 영화도 보고

맛있는 저녁도 먹자. 오늘 고생 많았어.
**여자**　(습관적으로) 응 믿어.


여자는 지쳐서 집으로 들어간다


문을 열면
다시 현재
남자는 어느새 집에 들어와 거실에서 텔레비전을 보고 있다
여자들이 간드러지게 트로트를 부르는 가요 프로그램을 보면서
히죽거리고 있다
여자가 들어오는데 본 체도 안 하고 티비만 본다
여자는 주방으로 가서 저녁을 차린다
찬장에서 햇반과 포장김과 참치캔과 낡은 피자상자를 내놓는다
비닐에 든 일회용 숟가락도 놓는다


여자는 자기 방으로 들어가서 네순 도르마를 크게 튼다
남자도 질세라 아모르 파티 같은 신나는 트로트 곡을 더 크게 튼다
여자는 불을 끄고 자기의 음악 속에 파묻힌다
아모르 파티는 가라앉고 어둠 속에서 네순 도르마가 멋지게 울려
퍼진다


잠시 후
여자가 간이침대에서 쪼그리고 잠이 들려고 할 무렵 갑자기 불이
확, 켜진다
방독면을 쓰고 방호복을 입은 청년이
여자에게 종이와 물감을 준다


**여자**　왜 방독면을 썼어? 코로나도 끝났는데. 나한테서 냄새가

나서 그래?

청년은 말없이 여자를 바라보다가 나간다
여자는 종이와 화구를 들고 기뻐하며 그림을 그리려고 한다
마음속의 자기 혹은 가상의 친구와 대화를 한다


**여자**  아주 작은 종이를 샀네. 종이가 비싸서 그랬을 거야. 좀 크게 그려보고 싶은데. 물감은 발색도 잘 안 되는 제일 싸구려야. 초등학생도 안 쓸 거 같은데 어디서 이런 걸 찾았을까. 알뜰하기도 하지.

**교회부설미술교실교사**  이 그림 정말 좋아요. 배운 적이 없어서 그런지 오히려 그림이 참신해요. 자기만의 느낌이 살아있어요. 그런데 제발 뒷장에는 그리지 마세요. 양면으로 그리면 절대 안 돼요.

**여자**  그래도 그냥 뒷장에도 그려. 종이가 모자라니까. 그림 그리는 게 좋은데, 종이랑 물감이 좀 많으면 좋겠어.


마음과 달리 도무지 시작할 수가 없어서
하염없이 캔버스 앞의 빈 종이만 바라보고 있다
벽에 걸어둔 그림을 바라본다
생각이 난 듯 종이 아래쪽 구석에 작은 배를 하나 그린다
그림 속의 배를 타고 먼 데로 가고 싶은 마음을 그린다
오래된 노래를 작은 소리로 흥얼거린다


**여자**  배가 있었네. 작은 배가 있었네. 아주 작은 배가 있었네.
떠날 수 없네. 멀리 떠날 수 없네. 아주 멀리 떠날 수 없네.


그림을 그리니 기분이 다소 좋아진다

여자    아들한테 종이를 사달라고 하면 잘 안 사줘. 내가 아마존
       가입해서 사면 되는데 왜 그렇게 회원가입을 하기가 싫지.
       이름 써라 주소 써라 시티즌 넘버 써라 전화번호 써라. 그
       렇게 물어대면 아무것도 답하기가 싫어. 나를 추궁하는 거
       같애. 그래서 여태까지 아마존 가입을 못했어.

       청년이 방독면을 가져온다
       여자, 방독면을 쓴다
       방독면을 쓰고 대화하는 두 사람의 모습이 기괴하다


여자    코로나 때 유튜버들이 이러는 거야. 앞으로 코로나가 창궐
       하면 방독면 쓰고 방호복 입어야 한다고. 그래서 아들한테
       아마존에서 방독면하고 방호복 사달라고 했지.
청년    미쳤어? 마스크도 못 구해서 난리 난 마당에 무슨 방독면
       에 방호복이야.
여자    마스크 없으면 방독면 쓰고 나가면 되잖아.
청년    그렇게도 악착같이 살고 싶어? 그거 사줄 테니 꼭 쓰고
       나가.
여자    눈을 똑바로 뜨고 나를 쳐다보면서 이러는데 당장 죽으라
       는 소리같이 들렸어.

       청년, 노려보다가 휙 나간다


여자    그 애가 걸핏하면 나보고 나가라고 하거든. 남편이 맨날
       그렇게 싸우지 말고 둘 중 한 사람이 나가래. 누가 나가야
       되겠어?

       큰 개가 컹컹 짖는 소리 들린다

**여자**  어쩌자고 미국엘 왔을까. 무슨 대단한 아메리칸 드림을 품고 여길 왔을까. 엘에이 한인타운에서 이렇게 썩어갈 줄 알았다면 절대 오지 않았겠지.

다시 개 짖는 소리

**여자**  그나마 다니던 교회도 안 가고 두문불출한 지 오래됐어. 요즘은 마스크를 못 구해서 아무 데도 안 나가. 그래서 좋아. 편안해.

잊은 게 있다는 듯 청년이 다시 돌아온다

**청년**  안방쪽 욕실 수리를 시작했어. 일단 뜯어봤는데 생각보다 어려워서 끝내지 못할 거 같아.

**여자**  벌써 일 년이나 된 얘기를 새삼스럽게 왜 하니. 그래서 나는 목욕을 안 한 지가 일 년이나 됐잖아. 욕실에 물 안 내려가서 목욕을 못하잖아.

청년이 뭔 소리를 하냐는 듯 고개를 흔들며 나가 버린다
여자 방독면을 벗는다

**여자**  나한테서는 나쁜 냄새가 나. 이가 다 썩어서 입에서는 지독한 냄새가 나고 목욕을 못 해서 온몸에서는 더러운 냄새가 나지. 나는 의료보험이 없어. 그래서 여기저기 아픈 데가 많은데도 병원을 못 가.

방독면을 벗은 청년이 돌아온다

청년    나, 입대할 거야.

여자    그 얘기는 그만 해.

청년    내 인생이야.

여자    미군이 되면 죽을 수도 있어. 미국은 세계 곳곳에서 전쟁
       을 하고 있잖아.

청년    전쟁터에 가서 남자답게 싸울 거야. 뭔가 그럴듯하잖아.
       죽어라 싸우다 진짜 죽으면 할 수 없고. 내 인생이 이만큼
       이다 하면 되지.

여자    힘들게 여기까지 와서 그렇게 허망하게 죽을 수는 없어.

청년    찌질하게 사는 게 멋지게 죽는 거보다 낫다는 거야?

여자    멋진 죽음이 어딨어. 안 돼, 무조건 안 돼.

청년    내가 꼭 살아야 될 이유라도 있어?

여자    이 땅에 니가 뿌리내리고 사는 걸 꼭 볼 거야. 너 위해서
       왔어. 이 땅에서 끝까지 살아남아야 돼. 다시 공부해. 그래
       서 대학도 가고 회사 들어가서 돈도 벌고 결혼도 하고 그
       렇게 살아야지.

청년    대단한 이유군.

여자    군대만 아니면 어디 가서 뭘 해도 좋아. 뭐든 해봐. 아니
       그냥 이렇게 지내도 돼. 언젠가는 뭔가 하고 싶은 게 생기
       겠지. 조금만 더 기다려봐.

청년    기다리지 마. 돌아오지 않을 거니까.


       청년, 문을 열고 나간다
       개가 무언가를 막으려는 듯 미친 듯이 짖는다


여자    그런데… 얼마 지나지 않아서 그 애가 다시 돌아왔어.

남자    어떻게 된 거야.

여자    어느 날 문을 열고 들어서는데 좀 놀랐지. 그 애가 벌레 모

습을 하고 있었거든. 등은 장갑차처럼 딱딱해지고 배는 불룩한 각질에 가느다란 다리 여러 개가 달린 모습으로 변해 있는 거야. 머리와 몸이 잘 구분되진 않았지만 하여튼 그 소위 머리라는 것에 군인 모자를 쓰고 있는데다 집에서 나갈 때 지고 갔던 배낭을 가느다란 팔인지 다린지 모를 것들로 겨우겨우 들고 있는 걸 보고 내 아들이라는 걸 바로 알았지. 엄마는 아들이 어떤 모습을 하고 있어도 알아보는 법이거든.

**남자**  모자란 놈 같으니. 사내자식이 군대에서 돌아오다니. 뭔 사고를 친 거야.

**여자**  방으로 들어가서는 바로 문을 잠가버렸어. 조심스럽게 들여다봤지. 그 애가 주먹으로 쳐서 부서진 바로 그 문짝 틈으로 말이야. 가느다란 다리들을 하늘로 향하고는 침대 위에 벌러덩 누워있더라구.

**남자**  자고로 남자는 군대에서 진짜 남자가 되는 거야. 많은 걸 배우는 거지. 근데 거기서 쫓겨났다면 끝장난 거지. 그런 찌질이는 사회에서 받아줄 데가 없다구.

**여자**  군대에서 무슨 일이 있었던 거 같은데 그게 뭔지는 몰라. 그 일에 대해서는 입을 닫아버렸으니까.

**남자**  자식 하나 잘 되라고 여기까지 와서 고생했어야 보람이 없어.

**청년**  인생 다 조졌어. 꼴도 보기 싫어. 집구석에 가득 찬 이 냄새 때문에 숨을 못 쉬겠다구. 제발 내 인생에서 그만들 사라져.

**남자**  벌레 같은 놈. 세상에 아무 쓸모 없는, 벌레만도 못한 놈.


남자가 화를 내며 나간다, 문소리 쿵하고 들린다


**여자**  그 무렵 칩거가 시작됐어. 몇 년째 밖에를 안 나가. 하기야

고는 쌓인 분노를 날마다 나한테 퍼붓는 거야.

**청년**　내가 사라져줄게. 아무 미련도 없어. 숨 쉬는 게 도무지 의
미가 없어.

**여자**　세 식구가 각자 살아. 아무것도 몰라, 그놈의 방구석에서
다들 뭘 하는지.

**청년**　높은 곳에서 외줄타기를 하는 게 인생이라는데, 건너편에
가면 뭔가가 있다는데, 대체 뭐가 있는지를 모르겠어. 한
번 가볼까 했는데, 이렇게 중간에서 떨어지네. 참 개 같은
인생이야.

큰 개가 아득한 곳에서 컹컹 짖는 소리
총소리 한 방
개 짖는 소리 갑자기 멈추고
긴 정적

**여자**　그때 마침 자라에서 세일을 했어. 그날 입으려고 이십 불
주고 산 까만 원피스가 내 교복이 됐지. 날마다 장례식 가
는 것처럼 시커멓게 입고 다녀. 내 인생이 그냥 온통 장례
식 같애.

'요단강 건너가 만나리' 등의 무거운 장례식 음악이 들린다
여자, 정신을 차리고

**여자**　아들이 죽었다는 거 나 안 믿어. 기다릴 거야. 돌아올 거야.
젊은 애가 이렇게 허망하게 떠날 수는 없어. 나이 든 엄마
가 지팡이를 남겨두고 가야지 젊은 아들이 모자를 남겨두
고 먼저 가는 건 말이 안 돼. 그건 세상 이치가 아니잖아. 너

왜 이렇게 일찍 왔니, 아직 올 때가 아니다, 어서 돌아가…
그렇게 돌려보내 주실 거야. 하나님은 좋은 분이잖아. 내가
믿는 하나님은… 그렇게 매정한 분 아니잖아.

깊은 슬픔에 잠긴 여자
어둠 속으로 가라앉는다


# 6. 이별


여자의 환상 속에서
다시 살아온 아들이 배낭을 메고 집을 떠난다
아들은 여자의 이루지 못한 미래의 꿈이며 소망이며 마음이며
분신이다
다정해진 아들이 기나긴 인사를 하며 멀어지는 동안
여자는 비로소 기억 속의 딸을 떠나보내고
남편도 떠나 보낸다
개 짖는 소리


**여자**   아들이 돌아왔어.

**청년**   혼돈의 어둠 속에서 누군가가 내 이름을 계속 불렀어.

**여자**   진영아, 일어나. 눈을 떠. 얼른 일어나. 이대로 가면 안 돼,
돌아와.

**청년**   간절한 목소리가 멀리서 들려왔어.

**여자**   엄마는 니 손 놓지 않을 거야. 돌아와. 힘을 내. 얼른 달려와.

**청년**   빛과 어둠이 줄다리기하듯 나를 서로 잡아당겼어. 마침내

이렇게 돌아왔어. 이름을 불러준 덕분에.

**여자**  아들이 돌아왔어. 이제 진짜 떠날 수 있어. 정말 원하는 곳으로, 이젠 갈 수 있어.


여자는 아들을 인식하지 못하고 계속 혼잣말이다
아들은 이전과는 다른 사람처럼 보인다
여자의 마음 속에서 이상화된 아들이다


**청년**  어머니, 어디 다녀오세요? 좋은 냄새가 나요, 새로 바꾼 샴푸 냄샌가 봐요.

**여자**  전철을 탔는데 사람이 하나도 없었어. 사람이 너무 외로우면 거미가 되잖아. 이렇게 혼자 앉아 있다가 거미가 되면 어떡하지. 그래서 아무 데나 내렸어. 그런데 거리에도 사람이 하나도 없었어. 사람들은 다 어디로 간 걸까.

**청년**  저는 떠나요. 욕실을 다 고치지 못하고 가요, 대신 돈을 많이 벌어서 새 집을 사드릴게요. 제가 취직이 되면 은행에서도 대출을 해줄 거예요. 세상에 태어나서 대출 받아서 집 하나 사고 평생 일해서 그거 갚고 나면 비로소 죽을 자격도 생기는 거죠.

**여자**  깜깜한 길 저쪽에서 누군가 걸어왔어. 남자는 비틀거리면서 다가와서는 ‘같이 한 잔 할래요?’하고 물었어. 그 사람도 거미가 되는 게 두려웠나 봐. 거미 되는 게 싫어서 거리로 나왔는데 두 마리의 외로운 거미가 되는 건 더 싫었어.

**청년**  거기다 생명보험이라도 하나 들고 죽는다면 금상첨화지요. 보람 있는 남자의 일생이죠.

**여자**  남자를 밀치고 어둠 속으로 절룩거리며 걸어갔어. 다리가 너무 많아서 허공에서 허우적거리는 거미, 내가 벌써 거미가 되어버린 걸까.

**청년**　아버지한테는 중고트럭을 사드릴까요? 지금 아버지 트럭은 폐차 직전이잖아요. 요즘은 아마존에서 다 살 수 있는 물건들인데 아버지는 굳이 그걸 싣고 길을 떠나죠. 아버지는 집에 있기가 싫었나 봐요. 틈만 나면 팔리지도 않을 물건들을 싣고 먼 데로 가곤 했으니까요.

**여자**　니 아버지는 다른 여자를 만나고 있어. 여자가 얼굴을 흰 천으로 가리고 있어. 그래서 누군지는 몰라. 아버지는 얼굴이 안 보이는 여자들과 만나서 즐겁게 웃어대지.

**청년**　아버지가 한동안 집에 안 들어오신 적 있잖아요. 염려가 되어 아버지를 찾아갔었죠. 아버지는 그래도 아버지니까요.

**여자**　저길 좀 봐. 바닷속에 거대한 백로가 걸어다녀. 물고기들이 헤엄치고 있는데 갑자기 어디선가 하얀 백로가 나타나. 수초들이 춤을 추고 백로는 여왕처럼 품위 있게 걸어가. 백로는 서두르는 법이 없지. 아무것도 백로의 마음을 흔들지 않으니까 초조할 일이 없잖아.

**청년**　수소문 끝에 아버지가 묵고 있다는 호텔로 갔죠. 아무리 두드려도 아버지가 문을 안 열어줬어요. 계속 두드렸죠. 나중엔 지배인까지 올라왔어요. 아버지가 이 안에 있어요. 무슨 사고가 났나 봐요. 문 좀 열어주세요.

**여자**　바닷속에서 어떻게 숨을 쉬는 거지. 물고기하고는 어떻게 친구가 되었을까. 아니, 백로는 너무 하얗고 너무 품위 있고 너무 고고하니까 친구가 없어도 괜찮을 거야. 외롭지도 않을 거야. 사람은 외로워서 전철칸에서 거미가 되지만 백로가 물속에서 거미가 될 리는 없잖아.

**청년**　그렇게 해서 그놈의 문이 겨우 열렸는데 제가 거기서 뭘 봤는지 아세요.

**여자**　다들 백로를 쳐다보면서 흠모할 거야. 남들이 사랑해주고 멋지다고 해주면 아마 외롭지 않을 거야.

**청년**　내가 왜 그때 아버지의 멱살을 잡고 한번 패주지 않았을까요. 엄마가 나를 말려서 그래요.

**여자**　그러는 거 아니다, 아무리 그래도 아들이 아버지를 때리는 거는 아니다. 그건 망할 놈의 집구석에서나 있는 일이다. 우리집은 그래도 그 정도 막돼먹은 집구석은 아니지 않니.

**청년**　그날 모든 게 다 어그러졌어요. 내 생이 바닥에서부터 금이 가고 무너지기 시작한 거죠.

**여자**　니 아버지는 여자들을 많이 만나. 외로워서 그런가 봐. 심지어 교회에도 만나는 여자가 있어. 언젠가 나한테 남편 집사님 인상이 참 좋으세요 하던 여자랑 성가대를 하면서 만나고 새벽기도를 다니면서 다른 여자도 만나지. 하나님은 용서해 주실 거야. 어쨌든 교회에 나왔잖아. 죄를 지어도 교회 안 나오는 사람보다는 그래도 낫잖아. 성경에도 나오잖아. 죄 없는 자가 나와서 돌을 던지라고.

날카로운 총소리 한 방

**청년**　아무래도 나도 총을 하나 사야겠어요. 언젠가 꼭 필요할 날이 있을 거 같아요.

**여자**　또 누군가 죽었나 보다.

**청년**　이 나라에선 허구한 날 총소리죠. 서부극의 전통 때문인지 모르겠어요. 총 쏘는 사나이들을 멋지게 그렸잖아요.

**여자**　텔레비전 틀어봐라. 뉴스 좀 보게.

**청년**　이 정도는 뉴스에 안 나올걸요.

**여자**　한인 타운 뉴스에는 그런 게 나오더라. 자기 부인의 내연남을 교회까지 쫓아가서 총을 쏜 남자가 그 자리에서 잡혔다는 거야. 불륜남녀 두 사람이 다 독실한 크리스천이래. 하나님은 그 사람들을 용서해 주시겠지. 회개만 하면 말이

야. 근데 총 쏜 남자랑 총 맞은 남자랑 누가 더 나쁜 사람
일까. 잘 모르겠다.

전화벨 소리
청년, 전화를 받는다


**청년** 뭐라구요? 우리 아버지가 교회에서 총 맞고 병원으로 실
려갔다구요? 중태라구요?

**여자** 그것 봐라. 크리스천이라고 했잖아. 아마 두 사람이 성가
대라도 같이 했나보다.

**청년** 아, 이 집에서 너무 오래 살았나 봐요. 햇빛도 안 드는 방
구석에 처박혀서 그래도 애를 써봤는데요. 더는 안 되겠어
요. 집을 떠나서 저도 서부로 가겠어요.

**여자** 아무것도 남기지 못하는 게 인생인데, 오명이라는 걸 남기
는 인생도 있구나.


청년, 쓸쓸하게 집을 나간다
여자는 하늘의 별을 보며 딸에 대한 생각에 잠긴다
먼 곳을 향해 가는 청년도 다른 사람이 된 듯 다시 꿈에 잠긴다


**청년** 영화에 보면 사나이는 죄다 서부로 가잖아요. 프론티어 정
신을 보여주려면 무조건 서부죠.

**여자** 다들 떠나는구나. 갈 곳이 있으니 다행이다.

**청년** 서부의 사나이가 되어 말을 타고 황야를 달리는 총잡이가
되고 싶어요.

**여자** 우리딸… 니가 떠나던 날이 생각난다. 그 무렵 니 아버지
는 나를 이곳에 남겨두고 머나먼 사막으로 떠났지.

**청년** 이 땅에서 악의 세력을 물리치고 선이 승리하는 그날이 올

때까지 정의를 위해 싸우는 진짜 사나이가 되는 거죠. 총을 빵빵 쏘면서 말발굽 소리 따그닥 따그닥 내면서 흙먼지 날리며 마구 달리는 거죠.

**여자**   니 아버지가 짐을 모두 넘겨주고 간 덕에 나는 그 무거운 걸 지고, 걷고 또 걸어야 했단다. 사람들은 내 발에 밧줄을 매고 나에게 매달렸어. 심지어는 내 목에 줄을 건 사람도 있었다.

**청년**   서부에서 보안관이 못 되면 광산에서 일을 할 거예요. 제일 깊은 데까지 앞장서서 들어가겠다고 하면 일자리를 주겠죠.

**여자**   한 걸음을 걸을 때마다 온몸이 찢어지는 듯한 아픔을 견디느라고 목에 걸린 밧줄이 점점 내 목을 조여오는 것도 몰랐다. 마침내 아무 소리도 내지 못하고 쓰러졌지. 머리에 이고 있던 짐이 사정없이 쏟아졌어. 등에 진 짐은 나를 바위처럼 눌러댔고 매달린 사람들은 나를 사방으로 잡아당기고 있었다.

**청년**   왜 어릴 때 동네 도서관에 있는 책을 다 읽지 않았을까요. 그랬다면 누구처럼 화성에 가는 우주선을 만드는 그뤠잇한 사람이 될 수도 있었을 텐데요.

**여자**   며칠 동안이나 일어나지 못했다. 그제서야 사람들은 나를 떠났지. 쓸 만한 게 있는지 뒤져서 다 가지고 갔어. 그들이 떠나고 난 후에도 며칠을 그렇게 길바닥에 누워 있었다.

**청년**   남들에게 꿈을 주는 거는 좋은 일이잖아요.

**여자**   아무도 물 한 모금을 주지 않았어.

**청년**   하버드에 수석으로 입학한 평범한 한인 이민가정의 청년, 이런 기사의 주인공이 되려는 꿈을 가지고 출발해야 대 아메리카제국의 광부라도 되는 거 아니겠어요.

**여자**   어느 날 비가 많이 내렸다. 빗소리가 길을 두드리는 시끄

러운 소리에 깨어났지. 그대로 서서 비를 맞았다. 시원하
드라. 빗속에 한참을 서 있으니 다시 태어나는 기분이 들
었다.

**청년**  그래도 괜찮아요. 어쨌든 아메리카에 왔잖아요. 대단한 영
어는 아니지만 햄버거 사먹을 정도의 영어도 하잖아요. 히
어 오아 투 고? 이렇게 맥도널드 직원이 물으면 히어, 이렇
게 답을 할 수 있잖아요. 그 정도면 됐죠 뭐. 아, 차라리 한
국으로 돌아가서 영어 강사를 하면 어떨까요. 그게 아메리
카의 광부보다는 나을까요.

**여자**  그 길 위에서 너를 다시 만났지. 니가 저만치에 서 있는 걸
봤는데, 닿을 듯 가까이 있으면서도 닿을 수가 없었다. 너
는 웃는 거 같기도 하고 우는 거 같기도 하고 하여튼 뭐라
말할 수 없는 표정으로 나를 바라보고 있었지. 그날 이후
로 너는 다시는 오지 않았어. 나를 잊은 거니?

**청년**  이제 집을 떠나면 앞으로는 내 힘으로 살 수 있겠죠. 그동
안 죄송했어요. 엄마를 진짜로 미워한 건 아니었어요. 제
자신이 미워서 엄마한테 화를 낸 거예요.

**여자**  나는 알 수 있었지, 니가 영원히 떠났다는 걸 말이야. 이름
도 없는 우리 딸. 오래전 별이 된 우리 딸. 그래도 저 많고
많은 별 중에 우리 딸은 금방 찾을 수 있지. 저기 북쪽 하
늘에 안드로메다 자리 보이지. 그 옆에서 오른쪽으로 세
번째에 있는 초록별이지. 엄마는 자식이 어떤 모습을 하고
있어도 다 알 수 있는 법이거든.

**청년**  이가 아프면 약국에서 치과치료 키트라도 사서 치료를 해
보세요. 하지만 엄마, 나는 엄마한테서 냄새가 나도 엄마
를 사랑해요. 어쨌든 엄마는 내 엄마잖아요. 그리고 나는
엄마의 하나밖에 없는 아들이잖아요. 굿바이 맘.

**여자**  우리는 멀리 있지만 서로를 볼 수 있어. 우리는 저마다 별

이 되어 서로를 비추며 빛 안에서 서로 만날 수 있어. 너는 나를 비추어주고 나는 너를 비추어줄 거야. 안녕. 사랑하는 내 딸. 그리고 내 아들.

아들이 문을 닫고 사라진다

기다렸다는 듯
남자가 바바리 코트까지 잘 차려입고 여행가방을 들고 나타난다
봉투를 식탁 위에 놓는다

**남자**　이혼서류야.

**여자**　아직도 이 집에 있었어.

**남자**　간단한 거니까 사인만 해서 빨리 보내줘.

**여자**　감옥에선 언제 나왔어. 아니, 병원에 있었나. 다친 데는 다 나은 거야. 여기 있는 줄은 몰랐네.

**남자**　다신 볼 일 없을 거야.

**여자**　내 사인이 필요한 서류가 다 있었네.

**남자**　사인해서 보내주고 깨끗하게 끝내자.

**여자**　공식적으로 떠나려구, 완전히.

**남자**　이런 끝을 생각하고 시작한 건 아니었는데.

**여자**　한때는 우리도 희망을 꿈꾸었지. 우리에게도 내일이 올 줄 알았지. 언덕 위의 작은 집까지 갈 수 있을 줄 알았지. 기어서라도 말이야.

**남자**　내가 다 망쳤어. 좋은 남편도 좋은 아버지도 되지 못하고 이렇게 간다. 미안해.

**여자**　어디서부터 뒤엉키기 시작한 걸까.

갑자기

빗소리 들려온다
첫 장면의 자동차에 혼자 앉은 여자가 어둠 속에서 흐릿하게 보
인다
와이퍼 삐걱거리는 소리 들린다


**여자**  여기가 어디지? 지금 어디 가고 있는 거지? 당신 부모님
댁 가는 거 맞지? 네 시간이면 된다고 했잖아. 그런데 왜
이렇게 오래 걸려. 비는 또 왜 이렇게 많이 와. 잘못했다.
맑은 날 갈걸. 다음에 간다고 했으면 좋았을걸. 그럼 모든
게… 정말 괜찮았을 텐데…

목소리가 점점 세지는 빗소리에 묻혀 간다
남자, 조용히 문을 닫고 사라진다
여자는 봉투를 열고 서류를 꺼내서 읽어 본다


**여자**  이름, 주소, 전화번호, 시티즌 넘버… 아마존 회원 가입하
는 거랑 비슷하네. 이걸 쓰고 나면 아마존 회원 가입도 문
제없이 할 수 있겠는데.

여자는 복잡한 마음을 다스리듯 크게 숨을 쉬어본다




# 7. 다시 출발


여자가 여행가방을 끌고 나온다
떠날 준비를 한다

사소한 옷가지들을 정리하고 있다
그림도 떼어 짐 곁에 둔다
마음은 이미 어딘가 먼 곳을 걷고 있는 것 같다
여자는 과거의 자신인 엄마와
미래의 자신인 아들을 불러내어
마지막 이별을 고하며
길을 떠난다
마침내
홀로


따르릉, 엄마의 전화가 온다
엄마는 휠체어에 앉아 있다
여자는 깊은 생각에 잠겨있다
두 사람은 서로를 바라보지 않는다
각자 다른 시간 다른 공간에 있다


**엄마**　옆집 살던 이가 며칠 전 죽었어. 중환자실 들어가서 딱 일주일 만에 죽었대. 평생 그렇게 지독하게 생선을 팔더니 돈은 써보지도 못하고 가네. 눈도 희미해지고 귀도 잘 안 들리는데, 나도 그만 죽었으면 좋겠다.

**여자**　창밖에 버스정류장이 보여. 공항으로 가는 리무진 버스가 세 시간마다 오는 곳이지.

**엄마**　너무 그러지 마라. 그래서 너는 해주고도 좋은 소리 못 듣는 거야.

**여자**　가방을 들고 서 있는 사람들. 다들 어디로 가려는 걸까.

**엄마**　어느새 이렇게 다 늙어버렸어. 다리에 힘이 없어서 걸을 수도 없는데 뭘 어떻게 해야 하지.

**여자**　이따금 저기 서서 버스를 기다리는 나를 상상하지. 저 버스를 타고 공항에 가는 거야.

**엄마**  억지로 죽을 수도 없고. (공주거울을 들고 얼굴을 꼼꼼이 들여다본다) 세상에 이 머리 좀 봐라. 머리가 이렇게 하얗게 됐어도 염색하라 소리도 안 하고 너도 참 인정머리 없다.

**여자**  작가의 고향이나 작품의 배경지 같은 데 가보고 싶었어. 고성에 들어갔다가 길을 잃고 못 나오는 상상을 하지. 그러다 아예 거기 눌러앉아 사는 거야. 관광객이 없는 밤이면 나와서 돌아다니는 거지. 유령처럼. 전설처럼. 손에 묻은 피 때문에 미쳐서 죽은 여자처럼. 대야에 가득 따뜻한 물을 가져다가 그 손을 한참 불려서 깨끗하게 피를 씻어주고 싶어. 피 묻은 옷을 벗고 그녀가 자유로워지는 걸 보고 싶어. 당신은 더 이상 유령이 아니에요. 여길 떠나요. 그만 당신의 땅으로 가세요.

**엄마**  하도 지저분해서 정헤어샵에 머리 자르러 갔다 왔다.

**여자**  늙은 왕이 광야에서 죽기 전에 이러잖아. 내가 누구인지 말할 수 있는 자는 누구인가. 젊었을 때 그 부분을 읽는데 4백 년 전의 세상에서 화살이 쌩, 하고 날아와서는 가슴에 콱, 하고 박히는 거야. 아직도 그대로 있어. 가끔씩 가슴에 통증이 와. 그 화살 때문인 거 같아.

**엄마**  아줌마가 휠체어 밀고 갔는데 집에 와서 뒷거울 봤더니 맘에 안 들어서 다시 갔다 왔다.

**여자**  죽을 때야 겨우 알게 되지. 중요한 건 왕관도 땅도 자식도 아니고 대체 내가 누구인가, 그거였어. 그걸 알기 위해서 모든 걸 다 바쳐야 했어.

**엄마**  나 죽으면 병원에 즉시 연락해라. 심장이든 뭐든 아픈 사람한테 도움 되면 좋은 일이잖아.

**여자**  난 왕관도 없고 땅도 없는데 무얼 바쳐야 그 화살을 뽑을 수 있는 걸까.

**엄마**    흙으로 돌아가는 거는 마찬가진데 마지막으로 쓸모 있는
사람이 되고 싶다.

**여자**    최후의 순간에 남은 것은 침묵뿐.

**엄마**    얘, 위층 여자 또 소리 지른다. 나보고 조용히 하랜다.

**여자**    인생의 끝에는 허무뿐이야. 위대한 낫씽이지.

**엄마**    새댁은 자기 할 일이나 해요. 시간 있으면 밥이나 하라구.
때 되면 나한테 밥 달라고 하지 말구.

**여자**    엄마… 이제 그만 해요. 다 마음의 소리라고 했잖아. 위층
이고 아래층이고 아무도 엄마한테 관심 없어. 아무리 외로
워도 그렇게 애먼 사람들 끌어다가 대화는 하지 마요. 엄
마만 외로운 거 아니야. 사는 거 다 그래.


여자는 낡은 코트를 걸치고 커다란 가방을 끌고 나가려다가 그럴
필요가 없다는 듯 작은 가방 하나만 들고 문을 나선다
벽에서 떼어낸 그림도 다시 내려놓는다


비행기가 출발한다는 안내방송 들려온다
비행기가 활기차게 이륙하는 소리가 들려온다


모든 조명이 꺼지고 덩그러니 남아 있는 큰 가방에 조명
연극이 끝난 것처럼 어둠 속에서 한참 시간이 흐른다


잠시 후
밝아진다
여자가 식탁에 앉아 있다
청년이 먼 곳에서 편지를 쓴다
엄마가 휠체어에 앉아 있다
각자 다른 공간에 있는 세 사람의 대사가 서로 얽힌다

여자  시댁에 처음 인사 가던 날이 생각난다. 나이 차면 으레 결
     혼하는 걸로 알았지. 살아보니 허허벌판에 혼자 서 있는
     게 인생인데, 그땐 그걸 몰랐어.

청년  사막에서 한참을 걸었어. 저기 먼 곳에서 까만 점 같은 게
     움직이고 있었어. 자세히 봤어. 독수리가 계속 날아오르려
     고 하면서도 날지 못하고 있어.

엄마  요즘은 아래층 남자가 밤마다 우리집에 와. 어젯밤에는 아
     예 위층 여자랑 같이 왔어. 얼마 전에 그 집 애기가 죽었거
     든. 애기 엄마가 하루 종일 울어. 밥때만 되면 그렇게 하얀
     밥이랑 미역국을 먹고 싶다고 했는데 내가 그걸 못 해줬어.

여자  티비에서 보니까 펭귄들도 겨울에는 그렇게 춥대. 수백 수
     천 마리의 펭귄들이 몸을 밀착하고 커다란 원을 만들어서
     체온을 유지하면서 겨울을 이겨내는데 어쩌다 거기에서
     떨려 나오는 애가 있어. 그럼 얼어 죽는 거야.

청년  어렸을 때 내 꿈은 독수리였지. 이미터나 되는 커다란 날
     개를 유유히 펴고 하늘 높이 날아갈 거라고 했지. 이제는
     날 수가 없어. 그래서 살 수가 없어.

엄마  아래층 아저씨는 혼자 사는데 밥 한 번을 못 해줬어. 처음
     에는 떡도 사다주고 고구마도 쪄다주고 했는데 다리가 이
     렇게 된 후로는 아무것도 해주질 못했어.

여자  나 지금 혼자 있어. 누웠다간 그 펭귄처럼 죽을 거 같아서
     앉아 있지. 하루 종일 여기 앉아서 해 뜨는 거부터 해지는
     거까지 모두 보는 거야. 그런데 내 안에서 누군가가 울어.
     숨죽이고 우는 소리가 들려.

청년  일어나, 일어나서 날아봐. 아무리 크게 외쳐도 독수리는
     날지 못해. 어딘가 다친 게 틀림없어.

엄마  위층 새댁이 꼭 옛날에 애 낳다가 죽은 언니 같고 아래층
     남자는 나 어렸을 때 집 나간 아버지 같았지. 술 취하면 칼

들고 엄마랑 나한테 달려들곤 했는데 집 나가서 언제 어
디서 죽었는지 몰라서 제사도 안 지냈거든. 그런데 저기서
다 같이 손짓을 하네. 내가 갈 때가 된 모양이야. 산다는
게 이렇게 덧없는 그림자에 불과한데 그 허허로운 걸 세우
려고 애를 썼으니, 어리석기는…

**여자**  긴 세월 그러고 있는데, 어디로 보내야 하지.

**엄마**  그동안 듣기 싫은 소리 많이 했지. 너 사는 거 보면 꼭 나
보는 거 같아서 맘이 안 좋았어. 이렇게 급히 간다, 미안하
단 말도 못하고 가네.

**여자**  멀리 있으니 마음뿐이지. 모든 게 안타까워서 도리어 화를
냈어요, 미안해요.

**엄마**  물 흐르듯이 살아. 하늘도 올려다보고. 물처럼 하늘처럼
파란 세상, 얼마나 좋아. 니 이름을 파란으로 지으면서 니
가 그런 세상에서 살기를 바랐지.

**여자**  내 이름이 참 좋은 뜻이었네. 파란만장한 세상에서 잘 견
디며 살아라, 그런 뜻인 줄만 알았지.

**엄마**  파란, 잘 있어. 착한 우리 딸, 고맙다.


엄마가 휠체어를 밀며 사라져간다


쿵,
하고 무거운 바윗덩어리 떨어지는 소리가 난다
여자가 놀라 일어선다
한동안 멍하니 서 있다
갑자기
허망한 이별이다


**여자**  고생 많았어요. 무거운 몸은 두고, 훨훨 날아가세요.

잠시 후
차분해진 여자, 청년에게 편지를 쓴다


**여자**  할머니가 돌아가셨다는 연락이 왔다.

**청년**  할머니… 어딜 향해 가고 계실까. 혼자 걷지도 못하는데,
얼마나 멀리까지 가야 하는 거지.

**여자**  사느라고 애쓴 사람들, 다 손잡아주실 거야. 하나님은 좋
은 분이잖아,

**청년**  어렸을 때 할머니가 가끔 동화책을 읽어주셨지. 어느 날은
차가운 담벼락에 기대서서 마지막 성냥을 긋는 성냥팔이
소녀를 읽다가 갑자기 우셨어.

**여자**  좁은 집에서 웬 화초를 이렇게 많이 키웠대. 작은 화분에
살면서도 다들 꽃을 피웠네. 너희들 이제 다 어디로 갈 거
니. 어디로 가야 살겠니.


엄마 집에서 하얀 꽃이 핀 작은 화분 하나를 안고 간다
마지막까지 품에 안고 다닌다


**청년**  아내는 머리카락을 잘라서 남편의 시곗줄을 사고 남편은 시
계를 팔아서 아내의 머리핀을 사온 크리스마스 선물 이야기
를 읽어줄 때도 우셨지. 혼자서도 그렇게 종종 우셨을까.

**여자**  누구나 저마다의 동굴에서 혼자 울기 마련이지.

**청년**  동굴 속에서 나를 보고 있는 사람을 본 적이 있어.

**여자**  그를 만나지 못하면 또다시 길을 떠나야 하지. 그와 마주
보고 서서 맞짱을 한 번 뜨는 게 인생이거든.

**청년**  어느새 그를 지나쳐버린 거 같아.

**여자**  더는 물러서면 안 돼.

**청년**  도망치려고 애를 썼지만 언제나 다시 그 자리야.

여자      마당 한쪽 볕도 안 드는 구석에 장독대가 있어. 간장에선
        안 좋은 냄새가 날 테고 된장은 딱딱해져 있겠지. 장독들
        을 볕이 드는 쪽으로 옮기려구. 장독에 시원하게 물을 뿌
        리고 솔로 쓱쓱 소리내서 닦아. 그리고 햇빛이 쨍쨍한 날
        에 뚜껑을 열어서 간장에 바람을 보내주고 된장에 볕을 쬐
        는 거야. 긴 세월 어둠 속에서 딱딱해진 된장이 황금빛 노
        란 된장으로 변할 것 같아. 묵은 간장의 어두운 냄새는 날
        아가고 아주 오래된 것에서만 나는 깊은 향기가 나겠지.
        다시 뚜껑을 잘 닫아두고 이 집을 떠나려고 해. 누군가 이
        집에 돌아오면 된장찌개를 해먹을 수 있을 거야.


        여자는 문을 연다
        밖을 내다본다
        열린 문으로 바람과 빛이 들어온다
        멀리서
        청년이 여자의 편지를 읽는다


여자      모든 걸 버리고 떠난다.
청년      우리집은 텅 비었네요.
여자      파란의 생을 거두고 또 다른 파란의 세계를 향해 가는 거지.
청년      드디어 시작인가요.
여자      가보려구. 저 너머에 대체 뭐가 있는지.
청년      전 서부로 갈 거예요. 독수리와 함께 다시 날기를 시작할
        거예요.
여자      이제 모든 걸 시작할 수도 마칠 수도 있을 거야.
청년      너무 말이 많았어요. 중요한 건 질문인데 말이죠.
여자      오는 길에 불을 질렀다.

화염에 휩싸인 길이 아득하게 멀리 보인다
은은하고 아름답게 보이는 불빛


**청년**　돌아갈 길을 아예 없애버렸네요.
**여자**　불살라버려 너도. 네 안에 깊은 곳에 있는 불씨로 너 자신
　　　을 태워버려.
**청년**　두려워요.
**여자**　재가 되지 않고서 어떻게 거듭나기를 바랄 수 있을까.
**청년**　다 타버리고 나면 그 뒤엔 뭐가 남죠.
**여자**　아무것도.
**청년**　폐허군요.
**여자**　폐허를 뒤로 하고 떠나니, 어디가 됐든 그보다야 낫겠지.
**청년**　그 위에 다시 설 수 있을까요.
**여자**　다시 설 수도, 다시 살 수도 있을 거야.


멀리 떨어져 있는 두 사람에게 각기 조명
잠시 후
아들의 조명 꺼지고
여자, 문 앞에서 한동안 홀로 서 있다
여전히 화분을 안고 있다
문밖으로 나간다
문을 닫는다
암전

사
라
진

등장인물

지훈  10세 / 26세
지수  18세
수지  36세 /18세
나무 소년과 선생님들 그리고 남자

지훈은 10세의 어린이와 성인을 넘나들고
엄마 수지는 과거로 돌아가 여고생이 되기도 한다

모든 사건이 인물들의 의식과 무의식이 뒤엉킨 상태에서 일어나는
일이기 때문에
상황에 따라 자연스럽게 다른 시간과 공간으로 이동한다

무대

소형 임대아파트
무대 왼쪽은 베란다로 향하는 커다란 유리문이 있다
유리문을 넘어 창고 문이 보인다
무대 중앙은 거실 겸 주방이다
자그마한 구형 냉장고와 단출한 싱크대가 있다
앞쪽에 작은 책상과 허름한 2인용 소파가 있고
오른쪽에 현관문이 있다
장면의 변화에 따라서
다른 시간의 여러 장소로 변형된다

시간

봄을 향해 가는 겨울의 끝자락

# 프롤로그

무대 왼쪽 구석에 불이 들어온다
색종이로 접은 종이학과 여러 가지 동물들로 가득한 앉은뱅이 책
상이 있다
어린 지훈이 종이접기에 몰두하고 있다
아무것도 보이지 않고 아무것도 들리지 않는 것처럼
흐릿한 불빛 안에서 종이접기만 하고 있다
바깥세상으로 나갈 배가 없는
외딴 섬에 갇혀 있는 것처럼 보인다
어슴푸레 밝아지면
객석을 등지고 작은 소파에 웅크리고 누워 있는 지수가 보인다

오른쪽의 현관문이 열린다
수지가 들어온다
퇴근하는 모양새로 후줄근한 에코백을 메고 있다
두 사람은 수지의 기척에 아는 체 하지 않는다
수지가 지수에게 다가간다
지수를 일으켜 앉힌다
지수가 멍하니 초점 없는 눈으로 허공을 본다
수지는 무대 뒤쪽에 있는 싱크대로 가서
쟁반에 컵라면과 몇 개의 약병을 담아서 들고 온다
알약과 물컵을 내민다
지수는 반응이 없다
먹이려는 수지와 거부하는 지수의 실랑이가 시작된다
갑자기 암전된다

두 사람이 몸싸움을 하는 것 같은 소리가 들린다
어둠 속에서 무슨 일이 일어난 것 같다
상황과 어울리지 않는 의외의 고급스러운 클래식 음악

잠시 후
책상에만 흐린 조명 들어온다
귀를 막고 앉아있는 지훈이 보인다
무슨 생각이 난 듯
연필을 꾹꾹 눌러 편지 같은 걸 쓴다
편지와 종이학을 모두 상자에 넣는다
상자를 들고 무대 중앙의 냉장고 쪽으로 걸어간다
냉장고 문을 연다
아무것도 없는 텅 빈 냉장고에서
딴 세상인 듯 노란색 환한 빛이 쏟아지듯 나온다
작은 냉장고에서 나오는 빛이 어찌나 강렬한지 무대가 다 밝아
진다
종이학 상자를 냉장고에 넣고 문을 닫는다
무대 다시 어두워진다
경찰차 사이렌 소리 멀리서 들려온다


# 1. 지수와 수지


무대 밝아지면
책가방을 메고 서 있는 여고생 지수와 수지
조용하고 침착한 수지

**수지**    그러니까… 오늘도 학교에 안 갔다는 거지. 너한테 엄마가 바라는 거는 공부 잘하라는 것도 아니고, 그저 출석이나 해서 어떻게든 고등학교 졸업장이라도 받으라는 거 그거 하난데, 그것도 안 하겠다는 거지. 엄마를 위해서 니가 해 줄 수 있는 그 하나를, 굳이 안 하겠다는 거지

**지수**    오늘만이야. 처음이야.

**수지**    학교에 안 가고 어디서 뭐 했어.


지수의 가방을 뒤진다


**수지**    책은 다 어디 가고 화장품만 잔뜩이야. 화장하고 어딜 돌아다닌 거야… 이게 다 뭐야.

**지수**    애들 다 화장해. 가지고만 있었어.

**수지**    이건 또 뭐야.

**지수**    아무것도 아니야.

**수지**    아기 양말…

**지수**    그냥 산 거야. 비싼 거 아니야.

**수지**    이런 게 어디에 필요하지.

**지수**    구경하다가… 귀여워서.

**수지**    고등학생이 아기용품을 왜 구경해. 누구 주려고 산 거야.

**지수**    그냥, 예뻐서 샀다니까.

**수지**    학교에 안 간 거 처음 아니지. 학교 안 가고 어디 갔어. 다른 애들 학교에서 공부할 시간에 어디서 뭐 했어.

**지수**    그냥 여기저기.

**수지**    그러니까, 그 여기저기가 어디냐구.

**지수**    공원도 가고 도서관도 가고… 버스정류장 같은 데도 앉아 있고 그랬어.

**수지**    엄마가 허리가 휘어지게 일하는 동안 그렇게 유유자적하

면서 시간을 보냈어. 왜 그랬어. 왜 학교에 안 갔어.

**지수**  학교 가는 길에 담벼락 밑에서 민들레를 봤어. 꽃을 보면서 걷다 보니까 어느새 공원까지 가게 됐어. 공원에서 꽃도 보고 나무도 보고 그랬어. 좀 있다 보니까 이미 지각이라 가기 싫었어. 학교에 가면 혼나기만 하고 못난이 같은 느낌만 들고. 시달리는 거 지쳤어.

**수지**  그러다 남자도 만났어? 너처럼 학교 안 가고 여기저기 돌아다니는 껄렁한 고등학생 만났어? 하기야 그런 놈 말고 어디 제대로 된 애나 만나겠어. 저랑 똑같은 거나 만나겠지. 그래서 둘이 어디 갔어.

**지수**  공원 벤치에서 얘기했어.

**수지**  그 애가 무슨 흰소릴 해서 너를 꼬드겼어. 학교 가지 말고 어디 가서 놀자고 했어? 그래서 줄줄 따라갔어, 누군지도 모르는 애를?

**지수**  공원에만 있었어. 그 애가 나무 이야기 해줬어. 그 애는 나무가 되고 싶댔어. 그 애랑 이야기 하다보니 나도 나무가 되고 싶었어. 아무 데도 가지 않고 그 자리에서 하늘만 보고 서 있는 나무 말이야.

**수지**  학교는 안 가고 뭐, 나무가 되고 싶어. 허튼소리 하는 놈이나 거기 넘어가는 너나, 참 잘 만났다.


공원

지수와 소년

환상적인 분위기의 소년은 지수의 꿈속의 존재로

지훈이 연기한다


**지수**  바람이 불면 흔들리고, 비가 오면 맞고 햇볕이 뜨거워도 피하지 않고. 나무는 멋지게 사는 거 같아.

**소년**　나무가 점점 자라서 무성한 잎을 갖게 되면 새들이 날아와서 둥지를 틀어.

**지수**　새들이 이리저리 날아다니며 씨를 퍼트리면 세상은 온갖 꽃들로 풍성해지겠다.

**소년**　봐, 계수나무에 꽃이 피었어. 치자나무, 모감주나무, 자귀나무, 회화나무. 노란색 빨간색 흰색, 세상의 고운 색들이 다 여기로 왔어.

**지수**　나무랑 꽃이랑 새랑, 다 같이 사는 거 참 보기 좋다. 사람도 이렇게 살 수 있을까.

**소년**　물구나무를 하면 천천히 온몸의 피가 내려와. 발가락에서 시작해서 다리를 지나서 몸을 건너서 머릿속까지 오면 머리카락을 한올 한올 타고 땅속으로 피가 흘러 들어가지. 내가 나무가 된 거 같아. 내 발은 하늘을 향해 힘껏 날아오르는 나뭇가지가 되고 내 머리는 거대한 뿌리가 되고 머리카락들은 흙 속으로 멀리 멀리 뻗어가는 잔뿌리가 되는 거지. 내 몸이 서서히 녹아들어 땅속으로 퍼져가는 느낌이야.

**지수**　그러다 언젠가는 너도 나무가 되겠구나.

**소년**　나의 꿈이야. 언젠가 나무가 되는 거.

**지수**　세상에는 신기한 나무들도 많다는데 너도 그런 나무 중 하나가 되겠네. 사람나무.

**소년**　이천 년이나 산 나무가 있어. 산만큼이나 키가 크고 수십 명이 팔을 벌려 손을 맞잡아도 안을 수 없을 정도로 거대하지. 수없이 여러 번 산불이 났어도 타지 않고 아무리 비가 안 와도 견디면서 그렇게 오랫동안 살았어.

**지수**　그런 나무라면 세상의 모든 이치를 다 알지도 모르겠다. 어떻게 살아야 하는지 어디로 가야 하는지 그런 걸 알려줄 수도 있겠다.

소년　세상의 머나먼 곳 어디에는 바람이 너무 많이 불어서 아예
　　　몸을 반으로 접고 사는 나무들도 있어.

지수　나무는 똑바로 서 있어야 하는 거 아닌가.

소년　나무들이 모두 몸을 반으로 접고 바람을 등지고 서 있는
　　　모습을 상상해 봐. 마치 해가 뜨는 곳을 향해 또는 달이 뜨
　　　는 곳을 향해 인사하는 거 같을 거야.

지수　바람에 저항하지 않고 바람과 싸우지도 않고 바람에 순응
　　　하면서 살았던 건가.

소년　나무들은 바람의 말에 귀를 기울였던 거야. 왜 그렇게 화
　　　가 났는지 말을 해봐, 내가 들어줄게, 하면서 바람의 마음
　　　을 달래주고 바람을 따스하게 안아주려고 했던 거야. 그러
　　　다 보니 나무들이 바람과 하나가 돼서 바람의 모양을 그대
　　　로 보여주게 된 거지. 다른 어떤 나무들도 그렇게 하지 못
　　　했어. 그래서 그들은 세상에 하나밖에 없는 바람의 숲이
　　　된 거야. 무지개나무라고 들어봤어?

지수　나무가 무지개색이야?

소년　나무에 상처가 난 자리에서 수액이 나와서 여러 가지 색을
　　　갖게 되었지.

지수　상처를 준 누군가를 미워하는 대신 도리어 세상을 아름답
　　　게 만들었구나.

소년　몸 안에 여러 가지 색깔을 품고 있다가 적당한 시간이 되
　　　면 밖으로 내보내는 거지. 때로는 꽃으로 때로는 잎으로.
　　　기나긴 시간 동안 변함없이.

지수　그런데 너는 누구야? 내 동생이랑 많이 닮았어. 우리 언젠
　　　가 다시 만날 수 있을까.

소년　물론이지. 나는 너와 아주 가까운 곳에 있거든. 또 만나.
　　　안녕.

소년은 꿈처럼 사라지고
현실로 돌아오는 지수


**수지**   헛소리 좀 그만 해. 쓸데없는 소리 그만두고 양말 이야기
나 해봐.

**지수**   예뻐서 샀어. 그게 다야. 백화점에서 지나가는데 이 양말
이 이렇게 서 있는 거야. 방울까지 두 개 달린 이 앙증맞은
양말을 보니까 궁금해졌어. 누가 이렇게 고운 양말을 떴을
까. 이렇게 작은 양말을 신는 사람이 세상에 진짜로 있다
는 게 믿어지지 않아서, 신기해서 산 거야. 나도 이렇게 작
은 시절이 있었나, 그런 생각이 들어서.

**수지**   고등학교 시절이 인생에서 얼마나 중요한데 이리고 다녀.
여고생이 남자나 만나고 다니고.

**지수**   왜 그런 소리를 해. 공원에서 우연히 만나서 나무 이야기
를 한 게 다야. 정말 그뿐이야.

**수지**   세상 남자들은 다 나쁜 놈들이야. 이 세상에 누굴 믿어. 세
상은 온통 나쁜 놈들로 가득해. 그런데 이제 어떡하지. 정
말 모르겠어. 어떻게 해야 하지. 널 어떻게 하냐구.


수지, 조용히 운다
지수를 탓하는 게 아니라 진짜 이 상황이 슬프다


**지수**   엄마 제발 그만해. 내가 잘못했어. 내일부터 학교 잘 다닐
게. 절대 빠지지 않을게. 고등학교 졸업장 꼭 받을게. 약속
할게.

**수지**   어떻게 하지… 이제 겨우 고등학생인데… 앞으로 졸업도
하고 대학도 가야 하는데… 그리고 좋은 사람도 만나서 결
혼도 해야 하는데… 어떻게 하지…

지수    엄마. 내가 잘못했어. 제발 그만해요.

갑자기 오토바이 소리 들려온다
지수가 공포에 질려 구석으로 달아난다
갑자기 함께 달아나는 수지
점점 지수를 몰아붙인다
수지는 지수를 과거의 자신으로 동일시한다
지수에게 하는 말은 곧 자신에게 하는 말이다


수지    어서 말을 해. 이놈의 양말을 어디에 쓰려고 했는지 말을 하란 말이야.

지수    몇 번을 말해. 예뻐서 산 거라구. 무슨 말을 하라는 거야. 듣고 싶은 말이 대체 뭐야. 내가 남자를 만나고 임신이라도 했다는 거야? 내 아기에게 주려고 양말을 샀다, 이게 엄마가 원하는 거야?

수지    절대로 원하는 게 아니지. 결코 듣고 싶지 않은 끔찍한 말이지. 하지만 어쩔 수가 없잖아. 그게 사실이니까, 어쩔 수 없이 들어야 하잖아.

지수    아무리 몰아붙여도 그 말을 들을 수는 없어. 아무리 하고 싶어도 할 수가 없어. 사실이 아니니까.

수지    솔직하게 말을 하면 도우려고 했어. 엄마니까, 딸이 어떤 처지에 있어도 도와야 하니까. 그런데 니가 솔직하게 말을 안 하고 엄마를 속이려드니까 더 이상 어쩔 수가 없어.

지수    엄마, 왜 이래. 대체 왜 이래. 아니야, 절대 아니야, 엄마…


지수의 낮은 비명소리와 함께 두 사람 어둠 속에 묻힌다


흐릿하게 밝아지면

흐트러진 모습의 여고생 수지가 넋을 잃고 앉아있다
오토바이 소리가 멀리서 점점 가까워지고
수지, 20년 전의 고등학생이 되어 학교로 간다


**담임**   내일 어머니 모시고 와라. 대체 너네 부모님은 자식 관리를 어떻게 하시는 거니. 너 이러구 다니는 거 전혀 모르시니? 아니 부모가 돼가지고 어떻게 이렇게 무책임할 수가 있어. 아무리 시골에서 농사나 짓는 무지랭이라고 해도 딸을 도시로 보냈으면 신경을 써야지. 애가 이 지경이 됐으니 이걸 어쩔 거야. 전화라도 해야겠다. 당장 올라오시라고 해야지.

**수지**   안돼요. 선생님. 부모님은 아무것도 모르세요. 제 잘못이에요. 부모님은 아무 잘못 없어요.

**담임**   딸자식이 이 꼴이 됐는데 왜 잘못이 없어. 등록금만 내주면 다야? 부모가 돼가지구 자식이 어떻게 사는지 관심을 가져야지. 여고생이 남자 만나고 다니다가 임신까지 했으니 징계위원회 열리면 결과는 뻔해.

**수지**   네?

**담임**   아무리 세상이 변했다고 해도 우리 학교에서는 너 같은 학생한테는 졸업장 못 준다. 징계위원회를 열어봐야 알겠지만 결과는 보나마나 퇴학이야. 자퇴하면 그래도 다른 학교 갈 기회는 있으니 그게 나을 거다. 부모가 관심 없는 애들은 정말 골치가 아파. 여기가 봉사기관이야, 종교시설이야? 여기는 교육기관이야. 국영수 가르치는 학교라구. 니네들 한 사람 한 사람 인생은 너랑 부모가 책임져야지. 니 인생을 가지고 왜 나를 괴롭혀. 선생이 무슨 죄야.

**수지**   죄송해요.

**담임**   이게 말로 될 문제니. 너 같은 애가 제일 싫어. 겉으로는 세상 얌전한 애처럼 보이다가 이렇게 사람 뒤통수 치는 애들 말이야. 차라리 대놓고 노는 애들은 이 정도는 아니야. 이렇게 사람 놀래키고 배신감 느끼게 하지는 않는다구.

**수지**  선생님, 저 그런 애 아니에요.

**담임**  사람이 부족하면 솔직하기라도 해야지. 못난이들은 정말 답이 없다. 끝까지 지 잘못을 몰라. 하기야 이 상황에서 무슨 말이라도 해야겠지.

**수지**  어쩔 수가 없었어요.

**담임**  그러시겠지. 대체 남자는 누구니? 어느 학교 학생이야? 몇 학년 누구냐구.

**수지**  … 학생 아니에요.

**담임**  그럼 오다가다 만난 동네 아저씨라도 되나? 아니면 대학생이야? 잘났다, 아주.

**수지**  저, 그런… 아니에요.

**담임**  그러니까 사실대로 말을 하라구. 아니다. 바뻐 죽겠는데 내가 왜 너랑 실랑이를 하고 있니. 전화하면 그만이지.

**수지**  안돼요. 부모님은 안돼요.

**담임**  그럼 빨리 사실대로 말을 해. 남학생 학교에도 알려야 할 거 아니야. 잘한다. 아주 잘했어. 고등학교 퇴학당하고 둘이서 잘 살아봐. 애 낳고 행복하게 알콩달콩 살아봐.

**수지**  … 학교, 그만둘게요.

**담임**  그래? 잘 생각했다. 그럼 여기 사인해. 뭘 쳐다봐. 그냥 니 이름만 쓰면 돼. 나머지는 내가 알아서 쓸게. 애들 소문 금방이다. 지금도 벌써 수군대는 애들이 있어. 하루라도 빨리 그만두는 게 너한테도 좋아. 근데 애는 어쩔 거니. 에휴, 앞날이 창창한 애가 이게 뭐니. 하기야 뭐 고등학교 졸업한다고 무슨 뾰족한 수가 생기는 것도 아닌데 그냥 들어앉아서 애나 키워. 고3이면 이제 어른이나 마찬가진데 남보다 조금 일찍 인생 시작한다치고. 고등학교 졸업장하고 맞바꾼 앤데 잘 키워라. 이왕 왔으니 오늘은 수업 듣고 가. 고등학교 마지막 수업이잖니.

국어시간

**국어교사**  자 오늘은 윤동주다. 누가 읽어볼까? 수지는 왜 늦게 들어 왔어. 어디 아프니, 얼굴빛이 안 좋은데.

**수지**  아니에요. 늦어서 죄송해요.

**교사**  이제 졸업하면 다들 사회인이 될 텐데, 세상에서 부대끼며 살더라도 이런 시를 배우던 시절이 있었다는 거 잊지 말아야 해. 자, 수지가 일어나서 한번 읽어봐.

**수지**  … 순이가 떠난다는 아침에… 말 못할 마음으로 함박눈이 내려, 슬픈 것처럼 창밖에 아득히 깔린 지도 위에 덮인다. 방안을 돌아다보아야 아무도 없다. 벽과 천장이 하얗다. 방안에까지 눈이 내리는 것일까. 떠나기 전에 일러둘 말이 있던 것을 편지를 써서도 네가 가는 곳을 몰라 어느 거리, 어느 마을, 어느 지붕 밑, 너는 내 마음속에만 남아 있는 것이냐, 네 쪼그만 발자국을 눈이 자꾸 내려 덮여… 따라갈 수도 없다… 눈이 녹으면 남은 발자국 자리마다 꽃이 피리니… 꽃 사이로 발자국을 찾아 나서면… 일 년 열두 달 하냥 내 마음에는… 눈이… 내리리라…

시 낭독을 마친 수지가 마음이 격해져 고개를 푹 숙인다
숨죽여 우는 것 같다

**국어교사**  이 시에는 특히 시인의 맑은 영혼이 잘 드러나 있다. 마음에 둔 소녀에게 고백도 하지 못한 상태에서 소녀가 어디론

가 떠나버린 거 같아. 시인은 그 안타까운 마음을 하얀 눈이라는 매개체를 통해서 애틋하게 그려내고 있다. 사랑이나 그리움이나 이런 감정들은 아무런 대가를 바라지 않는 오롯이 순수한 것이기 때문에 참 아름답게 느껴지지. 지금이 시기가 너희들의 인생에서 이렇게 맑은 영혼을 지니고 있을 때잖아. 앞으로도 삶이 아무리 힘들다 해도 이런 시심을 간직하고 살기 바란다.

감동하는 수지
갑자기
오토바이 소리가 멀리 아득한 곳에서 들려오기 시작한다
점점 가까워진다
소리가 가까워질수록 수지는 두려움에 빠진다

그리고 마침내 현관문을 쾅쾅쾅…
두드리는 소리 들린다
하얗게 질린 수지의 얼굴에 조명
갑자기 암전된다
긴 정적
그 틈을 비집고 들려오는 한 줄기 너무나 아름다운 음악


# 2. 지수의 죽음


어린 지훈이 종이접기를 하고 있다
날씨에 맞지 않는 두꺼운 시커먼 코트를 입은 지수가

커다란 여행가방을 끌고 등장한다
가방을 세워놓고 걸레로 닦기 시작한다


**지훈**　그게 뭐야?

**지수**　분리수거장에 있길래.

**지훈**　그렇게 큰 가방을 뭐 하려고? 어디 가려구?

**지수**　언젠가 아주 먼 곳으로 갈 거거든. 이렇게 큰 가방을 오래
　　　전부터 갖고 싶었어. 가방이 크면 뭐든 다 넣을 수 있잖아.

**지훈**　그렇게 큰 가방에 대체 뭘 넣으려구?

**지수**　몰라. 그냥 먼 데로 가려면 이 정도는 있어야 할 거 같아서.

**지훈**　한번 열어봐. 와 크다, 내가 한번 들어가 볼까?

**지수**　하지 마.

**지훈**　괜찮아, 닫아봐.

**지수**　안 무서워?

**지훈**　작은 방 같애. 아늑하고 참 좋다. 누나도 들어와 봐.

**지수**　이상하지 않아? 너무 깜깜할 거 같아.

**지훈**　여기서 자면 잠 잘 올 거 같애. 누나도 여기서 자면 약 안
　　　먹어도 잘 수 있을 거야. 진짜 좋아.

**지수**　내가 무슨 잠을 못 잔다고 그래. 그만 나와.

**지훈**　누나가 잠 못 자서 엄마가 매일 잠 오는 약 주잖아.

**지수**　그건 그냥 영양제야. 엄마가 나 밥도 잘 먹고 건강해지라
　　　고 주는 거야.

**지훈**　그럼 오늘부터 나도 달라고 해볼까.

**지수**　그래, 너도 먹어. 우리 다 같이 영양제 먹으면 다들 행복해
　　　질 거야. 모든 게 빨리 끝날 수도 있으니까. 너도 엄마한테
　　　달라고 해봐. 아예 하루에 다섯 개씩 달라고 해. 아주 아주
　　　건강해지고 에너지가 넘쳐서 엄마를 이겨버릴 정도로 힘이
　　　세지게 말이야. 아마 엄마는 너한테는 안 줄걸. 너는 아직

때가 아니니까. 그래도 언젠가는 너도 먹게 될지도 몰라.

**지훈**    나는 그런 말 안 할 거야. 엄마가 누나는 몸이 안 좋으니까 누나만 먹어야 한댔어. 나는 건강하니까 그런 거 안 먹어도 괜찮아. 누나가 빨리 건강해지면 좋겠어.

**지수**    그래, 언젠가 건강해지겠지. 한꺼번에 한 통을 다 먹으면 얼마나 건강해질까. 아니면 두 통을 먹어버릴까. 너무 건강해져서 아예 저 높은 하늘로 날아가 버릴 수도 있어. 이 방에서 발구르기를 한 번 하면 지붕을 뚫고 저 높은 하늘까지 슝, 하고 날아가는 거지. 로켓을 탄 것처럼 말이야. 나는 힘을 모으고 있어. 영양제를 먹고 나면 내가 얼마나 힘이 세졌는지 어디까지 날아오를 수 있는지 항상 발구르기를 해보거든. 근데 아직 멀었어. 잘 봐. 자 어때? 한 오십 센티나 될까?

**지훈**    누나가 날아오르기에 성공하면 나도 그때부터 영양제를 먹을 거야. 나도 누나처럼 높이 높이 뛰어오를 거야.

**지수**    그렇게 해. 그래서 우리 진짜 멋진 곳에서 만나자. 별이 반짝반짝 빛나는 곳에서 말이야. 우리가 진짜 별이 되는 건 어때?

**지훈**    나는 별보다는 새가 되고 싶어. 알바트로스 같은 커다란 새 말이야. 세상에서 가장 크고 가장 빠른 새라는데 그런 새가 돼서 넓고 넓은 바다에서 오랫동안 떠 있고 싶어. 다른 동물을 괴롭히지도 않고 다른 동물이 괴롭히지도 않고 넓은 바다를 한없이 날고 있는 새, 멋지지 않아?

**지수**    그래. 나는 별이 되고 너는 새가 되고. 그럼 우리는 어느 깜깜한 밤에 하늘에서 만날 수 있겠구나. 한없이 넓은 바다를 혼자 날고 있는 커다란 알바트로스를 보면 내가 아는 체를 할게. 별이 새보다는 더 높이 떠있으니까 너를 알아볼 수 있을 거야.

**지훈**  좋아, 근데 누나는 동물원에 가봤어?

**지수**  가보지는 않았지만 어렸을 때 집에 텔레비전 있을 때는 동물의 왕국 같은 건 봤지.

**지훈**  종이접기 한 동물들을 진짜로 한 번 보고 싶어. 학교에 다니면 동물원으로 소풍도 간다며.

**지수**  학교 다니고 싶어?

**지훈**  친구가 없으니까 심심해.

**지수**  똑똑한 사람은 학교 안 다녀도 돼. 너는 벌써 초등학교 과정 다 마쳤잖아.

**지훈**  그래도 체육이랑 미술 시간은 친구들과 같이 하면 재미있을 거 같애.

**지수**  3월부터 학교 다닐지도 모른다며.

**지훈**  그렇긴 한데. 엄마가 자꾸 말을 바꾸니까. 3학년부터 학교에 보내준다고 했는데 정작 3학년이 다가오니까 그냥 집에서 하라고 계속 미루잖아.

**지수**  나는 학교 다니기 싫어. 별 재미없어. 너도 막상 가보면 그럴 거야.

**지훈**  그래도 다녀보고 싶어.

**지수**  난 사막에나 한번 가보고 싶다.

**지훈**  사막에 사는 동물은 낙타와 사막여우, 사막이구아나, 사막방울뱀, 사막에 사는 대표적인 식물은 선인장, 선인장의 종류는 대략 2천 종, 대표적인 곤충은 사막딱정벌레… 얘네들을 전부 색종이로 접어봤는데 모두 같은 크기니까 재미가 없어. 진짜로 한번 보고싶어.

**지수**  언젠가는 동물원에 갈 수 있을 거야.

**지훈**  그럴까. 오늘은 날씨가 아주 좋은 거 같아. 베란다에 햇살이 가득해. 밖에 나가면 꽃도 많겠지.

**지수**  이런 날은 세상이 너무 밝아서 싫어. 봄이 오는 게 부담스러워. 하늘은 맑고 햇살은 눈부시고 주변은 온통 화사하고. 화려한 색깔들이 세상을 가득 채우면 어쩔 줄을 모르겠어. 따뜻한 햇볕이 나한테 외투를 벗으라고 하는 거 같아.

**지훈**　벗을 때도 됐지. 이젠 좀 덥잖아.

**지수**　이 검은색 코트야말로 나의 가장 가까운 친구지. 이걸 입고 있을 때가 제일 편안하거든. 만일 내가 죽는다면 나는 영원히 이 코트를 입고 싶어.

**지훈**　왜 그런 소리를 해.

**지수**　이걸 입고 내 방에 쪼그리고 앉아있으면 한없이 평화롭지. 나는 이따금 아니 자주 어둠 속에 서 있곤 해. 그런데 서 있는 것도 너무 피곤해. 니 말대로 이 가방 속에 누우면 정말 편안할 거 같다.

**지훈**　그만해. 누나는 사막에 가면 뭘 보고 싶어? 아니면 뭐 하고 싶은 거라도 있어?

**지수**　걷고 걷고 또 걸어도 아무도 만나지 못하는 사막을 끝없이 걷고 싶어. 그러다가 언젠가는 쓰러지겠지. 태양은 사정없이 뜨겁고 물 한 모금 마시지 못하고 한 방울의 물을 그리워하면서 죽어가겠지. 바람 한 점 없는 뜨거운 사막에 쓰러지면 보이지 않던 독수리들이 어디선가 날아올 거야. 세상에 태어나 남에게 아무것도 베풀지 못하던 내가 굶주린 새들에게 나의 몸을 나누어주는 보시를 하면서 마지막으로 보람 있는 일을 하겠지.

**지훈**　사막에서 독수리밥이 되고 싶은 거야? 그래서 사막에 가려는 거야?

**지수**　하얀 백골만 남아 햇살을 받으면 백골이 반짝이려나. 너무나 찬란한 햇살 아래서 드디어 나라는 존재의 정수만이 남아서 누워있겠지. 밤이 되면 추위도 어둠도 느끼지 못하면서도 어쩌면 조금은 서글퍼질지도 몰라. 그러면 울고 싶을

까. 눈이 없는데 어떻게 눈물을 흘리지. 눈물도 흘릴 수 없
는 퀭한 구멍으로 그저 멍하니 하늘을 바라보겠지. 그러
면 짙은 어둠 속에서 빛나는 별무리들을 보게 될 거야. 세
상은 이렇게 아름다웠구나. 살아 있는 동안에는 밤하늘을
올려다 본 적이 없었는데, 고개를 떨구고 땅만 바라보며
걷곤 했는데. 이제 이렇게 한적한 곳에 혼자 누워있으니
참 좋다. 하늘도 바라보고 별도 바라보고. 맑은 바람도 쐬
고… 그런 생각을 하겠지.

지훈　　그게 다 무슨 소리야. 무슨 말인지 모르겠어. 사막에 가서
백골이 되고 싶다는 거야? 누나는 내 학교고 내 선생님이
잖아. 선생님이 그런 소릴 하면 어떡해.

지수　　비가 오려나 봐. 하늘이 갑자기 어두워지네. 북쪽에서 다
시 바람이 불어와. 나무가 온몸을 떨며 흔들리고 건물들
사이에서 바람이 모여 우는 소리가 들려.


지훈, 지수를 외면하고 종이접기에 몰두한다


지훈　　〈사파리의 동물〉 책을 이제 다 접었어. 색종이로 종이접기
를 하니까 사자랑 사마귀가 크기가 같아. 학이랑 물고기도
크기가 같고. 호랑이와 딱정벌레와 코끼리와 펭귄이 모두
같은 크기야. 그래서 얘네들은 서로 싸우지도 않고 서로
공격하거나 잡아먹지도 않아. 아무 소리도 내지 않고 그냥
조용히 서 있어. 사파리판과 북극판과 열대우림 숲속판과
사막판에 내가 놓아둔 대로 가만히 서 있어. 아주 얌전해.
마치 나처럼… 조용하지. 그래도 내가 안 볼 때면 자기들
끼리 재미있게 놀 거야. 불을 끄고 우리가 모두 잠들면 말
이야.

지훈, 사라진다


**지수**　내 동생은 착한 아이예요. 그 애 곁에 있으면 내가 더럽다는 걸 느껴요. 나한테서 냄새가 나는 거 같아요. 동생은 가끔 기침을 해요. 코를 콩콩거려요. 재채기를 해요. 나한테서 냄새가 나서 그런 거예요. 나는 날마다 목욕하고 머리도 감고 옷을 갈아입어요. 그런데도 냄새가 없어지지 않아요. 영원히 나한테서 이 냄새가 사라지지 않을 거예요. 나는 그래서 죽어야 해요. 그럼 세상에서 이 냄새도 함께 사라지겠죠.


현관문에 열쇠를 꽂는 소리
문이 열리는 소리 들린다
지수가 급히 가방을 끌고 베란다로 나간다


어두워진다
비바람이 몰아치는 소리 거세다
집이 날아갈 듯한 기세로
한참 동안 무섭게 들린다
불이 꺼졌다 들어왔다 하고
무언가 부딪치는 큰 소리와 알 수 없는 소리들
무슨 일이 일어나고 있는 듯한 분위기다
첼로 같은 무거운 클래식 한 장


얼마 후
넋이 나간 듯한 수지
죽은 지수가 베란다 쪽에 흐릿하게 보일 듯 말 듯 서 있다
그 옆에는 커다란 여행가방이 서 있다

넋을 잃은 수지는 남의 일 말하듯 신문 기사를 읽듯 건조하다
영혼만 남은 지수는 공기처럼 날아갈 듯 가볍다


**수지**　이게 뭐지. 이게 뭐야.

**지수**　엄마…

**수지**　내가 미친 거지. 내가 미쳐서 내 딸을 죽인 거지? 내가 왜 그런 거야. 내가 낳은 아이를, 18년 동안이나 고이 기른 내 딸을 내 손으로 죽였어. 내가 미친 거야.

**지수**　… 나는 늘 어디론가 떠나고 싶었어. 커다란 여행가방을 들고 말이야.

**수지**　내 손으로 내 딸을 죽였어. 내 딸을 굶겨서 빼빼 마르게 했어. 밥을 안 주고 굶겨서 죽였어. 매일 컵라면만 주면서 영양실조로 죽였어. 그것도 모자라서 목을 졸랐어. 수면제를 한 통이나 먹인 다음 목을 졸랐어.

**지수**　나는 엄마랑 지훈이랑 같이 있고 싶어. 나를 불 속에 넣어서 태우지 말아요. 나를 산속에 묻지도 말아요. 나를 가루로 만들어서 물속에 뿌리지도 말아요. 나는 혼자 있는 게 너무 무서워.

**수지**　불쌍한 것. 온몸에 힘을 빼고 아무런 저항도 하지 않았어. 나는 아주 쉽게 일을 저질렀어. 그 애가 더 이상 숨을 쉬지 않는다는 걸 금방 알았어. 나는 아무렇지도 않게 그 애가 좋아하던 코트를 입혔어. 추운 날 학교 가는 애한테 코트를 입혀주는 것처럼 말이야.

**지수**　나는 엄마랑 지훈이랑 같이 있을 거야. 내 여행가방에 나를 넣어줘. 이 코트를 입고 갈 거야. 그리고 엄마가 싫어하는 아기 양말도 넣어줘. 그건 내 마스코트니까. 엄마 나를 먼 데로 보내지 마요. 나 여기 베란다에 계속 있어도 되지.

**수지**　가방에 그 애를 넣었어. 들어가라. 애야. 여기서 쉬어. 푹

자고 일어나면 아침이 올 거야. 그럼 더 이상 배고픔도 고통도 아무것도 없는 새날이 올 거야.

**지수**　나는 밤마다 가방에서 나와서 지훈이랑 엄마가 잘 자고 있는지 볼 거야. 그리고 지훈이가 새로 접어놓은 종이 동물들도 볼 거야. 비가 오는 것도 모르고 엄마가 자고 있으면 베란다 창을 닫아줄 거야. 엄마가 낮에 널어둔 빨래가 비에 젖지 않도록 말이야.

멍한 수지
지수, 어둠 속으로 사라진다


# 3. 지훈의 세계


베란다 창고에 둔 지수의 시취가 점점 집 안 가득 차오른다
사라진 지수 때문에 혼란 상태에 있는 지훈은
종이접기를 하면서 혼잣말을 한다
먼 나라에서 들려오는 아름다운 동화처럼 낭랑한 목소리다
수지는 남편과 딸의 죽음으로 고통에 빠져 우울하다
일기를 쓰듯 낮고 조용한 목소리의 수지
두 사람은 서로를 외면한 채 자기 세계에 깊이 갇혀 있다


**지훈**　어제저녁에는 바퀴벌레를 먹었어요. 얼마나 오래 살았는지 날개도 커다랗고 새처럼 막 날아다니는 걸 잡았어요. 그렇게 큰 거는 한 마리만 먹어도 저녁으로 충분해요. 아물론 처음부터 그걸 먹으려던 건 아니었어요. 원래는 컵라

면을 먹으려고 했죠. 저녁은 항상 컵라면이거든요. 그런데 컵라면을 들고 오다가 쏟았는데 엄마가 엄청 혼을 냈어요. 뜨거운 물에 데지는 않았는지 그걸 먼저 물어볼 수도 있었을 텐데요.

**수지** 내 인생의 걸림돌. 너만 아니었으면 나는 결혼 같은 거 하지 않았을지도 몰라. 결혼하면서 내 인생이 점점 더 꼬였어.

**지훈** 오늘은 화장실 천장에서 초록색 물이 똑, 똑, 떨어졌어요, 그래서 얼른 양치컵으로 받았어요. 컵이 금방 초록물로 가득 찼어요. 그 물을 마셨죠. 초록맛이 났어요. 어떤 날은 노란색 물이 또 어떤 날은 빨간색 물이 떨어져요. 깊은 밤에 화장실에서 기다리면 매일 다른 색의 물을 맛볼 수 있죠.

**수지** 나는 왜 결혼을 했을까.

**지훈** 우리집에서는 좀 특별한 냄새가 나요. 하지만 남들은 몰라요. 우리집에는 아무도 오는 사람이 없으니까요.

**수지** 희망을, 실낱같은 희망을 가졌던 거야. 나도 제대로 살 수 있을까, 거리에 오가는 저 여자들처럼, 유모차를 밀고 가는 행복한 저 여자들처럼, 남편과 함께 소소한 이야기를 하면서 햇빛 속으로 걸어가는 저 여자들처럼, 나도 그렇게 살 수 있을지도 몰라, 그런 허튼 생각을 했던 거야.

**지훈** 집집마다 이런저런 냄새가 나기는 하죠. 그래도 우리집 냄새는 다른 집에서는 안 나는 냄새죠. 말하자면 그건 참 많은 추억을 머금고 있는 냄새랍니다. 아주 오래된, 아주 다정한, 아주 정겨운, 그래서 영원히 간직하고 싶은 기억이기도 하고, 그래서 오히려 더는 기억하고 싶지는 않은 그런 역사적인 냄새라고나 할까요.

**수지** 아무리 애를 써도 벗어날 수가 없어. 아무리 멀리 나가도 여전히 그 울타리 안이야. 걸어도 걸어도 벗어나기는커녕 그놈의 원을 조금도 넓힐 수가 없어.

**지훈**  나는 가끔 눈을 감고 지내요. 눈을 감고 텅 빈 집 안을 돌아다녀요. 어둠 속에서 조용히 있다 보면 어떤 소리들이 들려요. 어둠 속에서 나에게 말을 거는 사람들과 이야기를 나누죠. 우리집에는 눈을 뜨면 보이는 사람들과 눈을 감으면 보이는 사람들이 있어요. 남들에게는 보이지 않는 사람들과 다 같이 살고 있어요. 우리집은 모든 게 뒤죽박죽인 집이죠. 하나의 시간이 다른 시간을 비집고 일어서서 다른 시간 위로 올라가는 뒤엉킨 시간의 집이죠. 이 비밀을 아는 사람은 나뿐인데요, 이 집에서의 시간은 내 마음의 시간이거든요.

**수지**  날 죽여버릴까. 차라리 날 죽일까. 나를 산산조각으로 부셔버리는 거야. 누구처럼 눈을 파버리면 세상의 더러운 것들을 하나도 안 봐도 될 텐데. 목을 비틀어서 숨을 못 쉬게 하지. 하지만 아무리 그래도 소용없어, 나는 다시 살아날 거야. 난 죽을 수도 없는 벌을 받았거든. 끝없는 절망을 절벽 위로 밀고 올라가는, 죽음보다 무서운 형벌 말이야.

**지훈**  어느 날은 문득 눈이 보이지 않아요. 아무리 눈을 크게 떠도 마찬가지예요. 내 눈은 서서히 어둠 속으로 가라앉고 있어요. 점점 맹인이 되어가는 병에 걸렸거든요. 아버지도 엄마도 누나도, 우리 식구는 모두 눈이 안 보이는 병에 걸렸어요.

**수지**  너를 학교에 보낼 수가 없어. 도저히 너를 밖에 나돌아다니게 할 수가 없었다. 공부는 집에서도 할 수 있어. 하지만 위험한 세상에서 만일 너를 잃는다면 그건 정말 끔찍한 일이지. 너는 나의 전부거든. 넌 영원히 나와 함께여야 해.

**지훈**  아버지는 용역회사에서 일을 해요. 요즘은 며칠째 철거민 지역에 간대요. 우리 아버지는 그렇게 힘이 센 사람도 아닌데요. 게다가 아버지는 눈도 잘 안 보이는데요. 두꺼운

안경을 쓰고 덩치가 커다란 사람들 틈에서 미친 듯이 그놈의 무거운 쇠파이프를 흔들면서 하찮은 집이며 집 안의 그 초라한 집기들을 때려 부술 때면 아버지는 차라리 눈이 잘 안 보여서 다행이다 싶었대요.

**수지**    내 인생은 왜 이럴까. 매일 매일이 힘들었어. 한 줄기 빛이 비칠 만하면 다시 먹구름이 그 햇살을 먹어버렸어. 몰래 주워든 조각난 햇살 한 줌을 두 손으로 고이 감싸안고 그 온기를 간직하려고 했어. 난 쓰러지지 않아, 그렇게 되뇌이며 하루하루를 버텼어.

**지훈**    그런데 어느 날 아버지는 다른 사람이 휘두르던 쇠파이프에 얼굴을 맞았어요. 안경이 깨지고 앞이 안 보여서 길인지 허공인지 정신없이 걷다가 발을 헛디뎌서 높은 데서 떨어져서 죽었어요. 목이 부러져서 죽었다고도 하는데 자세한 건 몰라요. 쇠파이프가 머리통을 관통해서 죽었다는 소리도 있어요. 물론 나는 죽은 아버지를 보지는 않았어요. 아마 엄마도 안 봤을 거예요. 우리는 그렇게 무서운 걸 보는 순간 그게 눈에 박혀서 도저히 하루도 살 수가 없었을 테니까요. 어쨌든 그 후로 엄마는 이따금 우리도 같이 죽자고 말할 때가 있어요. 엄마가 간절한 눈빛으로 그런 말을 할 때면 나는 어쩔 줄을 모르겠어요. 요즘은 점점 더 그런 말을 자주 하고 있어요. 나는… 어떻게 해야 할까요.

**수지**    니 아버지는 머리통에 쇠파이프가 박혀서 죽었다. 그 보상금으로 이 집이 생겼어. 나는 이놈의 집에서 숨이 안 쉬어져. 여기는 죽음의 집이야. 아버지가 회사에 머리통을 바치고 대신 우리에게 집과 쌀을 주었다. 나는 그놈의 쌀로 밥을 할 수가 없어. 피 냄새가 나서 밥이 안 넘어가. 우리 집에서는 가스를 절대로 쓰지 않을 거야. 밥을 먹는 건 배신이다. 의리를 저버리는 일이야. 한때 우리가 가족이라는 이름으로 같이 살았던 추억을 내다버리는 짓이다.

**지훈**  엄마는 아마도 절망이라는 깊은 항아리 속에 빠진 거 같아요. 그런데 그 항아리는 너무 깊어서 거기 한번 빠지면 아무도 못 올라와요. 일단 그 항아리가 어디 있는지를 몰라요. 대체 어딜 가야 엄마가 들어있는 항아리를 찾을 수가 있을까요. 설사 그 항아리를 찾는다 해도 엄마를 구해낼 수는 없어요. 일단 항아리 입구까지 올라가기 위해서는 아주 큰 사다리가 있어야 하거든요. 만일 사다리를 구하면 사다리를 항아리 입구 쪽으로 걸쳐놓은 다음 엄마의 몸무게를 지탱할 만한 두꺼운 동아줄을 준비해야 해요. 사다리 위에서 동아줄을 던진다 해도 더 큰 문제가 또 있어요. 엄마는 그 줄을 잡지 못할 거예요. 엄마는 눈이 안 보이거든요. 그런데 어찌어찌 해서 엄마가 동아줄을 잡는다 해도 저는 엄마를 끌어낼 수가 없어요. 저는 이제 열 살짜리 꼬마인데다 엄마가 밥을 잘 안 먹어서 다른 엄마들에 비해서 가볍기는 하지만 그래도 나보다는 무거우니까요. 항아리의 안과 밖에서 서로 줄을 잡아당기면 내가 항아리 속으로 끌려 들어가게 되거든요. 그럼 우리는 그 항아리 속에서 만나게 될 거예요. 그렇다고 해서 우리가 반가워하면서 서로를 부둥켜안고 상봉의 기쁨을 나누며 감격하거나 그러지는 않을 거예요. 왜냐하면 항아리 밑바닥은 아주 넓어서 우리는 그 안에서 길을 잃고 헤매고 다닐 뿐 서로를 찾지 못할 테니까요. 그러니까 엄마가 항아리 안에서 스스로 올라올 길을 찾는 거밖에는 길이 없어요. 한참을 생각했지만 결론은 항아리 밖에서 항아리 속의 엄마를 구할 길은 없다, 이거네요. 다 쓸데없는 생각이었어요.

**수지**  너는 내 거야. 나는 너를 세상에 태어나게 했어. 나는 니 생명의 주관자야. 너를 세상에 오게 했으니까 너를 떠나게 할 수도 있어. 너는 내 거니까. 너의 삶과 죽음은 전적으로 나에게 달려있어. 그리고 오늘 나는, 너를 끝내려고 해.

첼로의 무거운 선율이 서서히 밀려온다
파도가 바위를 덮쳐버리듯
복잡한 두 사람의 마음처럼 깊은 떨림을 담은 첼로음

# 4. 마지막 여행

어둠 속에서
지수의 목소리 들려온다
지수가 지훈을 마중나온 듯
완전한 어둠이 흐릿한 어둠으로 서서히 변하면서 멀리 지수가 어렴풋이 보인다
지훈은 지수를 보지 못한다

**지수**  손을 내밀어봐. 내 손을 잡아봐.

**지훈**  누구야?

**지수**  나를 모르겠어? 나는 너를 아주 잘 아는데.

**지훈**  누구야, 어디 있는 거야? 여긴 어디지.

**지수**  오른쪽으로 손을 내밀어봐. 벽이 느껴지지? 거기 손을 대고 내 목소리가 들리는 쪽으로 와봐.

**지훈**  아무것도 없어.

**지수**  오른쪽으로 두 걸음만 가봐. 자 손을 내밀어봐. 뭐가 만져지지?

지훈    벽돌로 된 담벼락 같은 거.

지수    맞아. 여기는 학교야.

지훈    학교?

지수    일단 따라와 봐. 벽이 끝나면 이제는 운동장을 가로질러서
       한참을 걸어야 해. 운동장은 텅 비어 있어. 지금은 수업시
       간이라 다들 교실에 있거든. 니 발 앞에는 아무것도 없으
       니까 아무 걱정 하지 말고 앞으로 죽 걸어가. 좋아. 다음은
       계단이야. 계단이 세 개 있으니까 조심해서 올라와. 다음
       은 중앙현관이야. 커다란 유리문이 있으니까 살짝 밀어봐.

지훈    여기가 대체 어디냐구. 그리고 너는 누구야?

지수    곧 알게 돼. 다음은 계단을 좀 많이 올라가야 해. 1층에는
       1학년과 2학년 교실이 있어. 너는 2층으로 갈 거야. 오른
       쪽에 벽이 있어. 손을 대고 벽을 만지면서 걸어가면 돼. 이
       제 다 왔어. 오른쪽으로 꺾으면 3학년 2반. 너의 교실이야.
       너는 열 살이야. 초등학교 3학년이지.

지훈    그게 다 무슨 소리야. 내가 꿈을 꾸고 있는 거지.

지수    글쎄 꿈일지도 몰라. 기억을 떠올려 봐. 3학년 2반 교실에
       서 무슨 일이 있었는지.

지훈    3학년 2반… 아, 나는 맨 앞줄에 앉아있어. 교실 문이 바
       로 옆에 있었지. 그날이구나. 기억이 나. 엄마가 학교로 나
       를 데리러 왔어. 둘째 시간이었어. 내가 좋아하는 미술 시
       간…


지훈이 작은 책상 앞에 가서 앉으면 서서히 밝아진다

수지가

교실 문을 드르륵 하고 연다


수지    선생님. 급한 일이 생겼어요. 지금 당장 가봐야 해요.

**교사** 어머니. 수업 시간에 이렇게 막 들어오시면 안 됩니다. 곧
쉬는 시간이니까 복도에서 조금만 기다려주세요.

**수지** 안 됩니다. 급한 일이에요. 아주 급한 일이에요.

**교사** 무슨 일인지 모르지만 쉬는 시간에 얘기하시죠.

교사가 교실 문을 드르륵 하고 닫는다
수지가 더 세게 문을 다시 연다


**수지** 가야 합니다. 지금 당장요.

**교사** 학교에 나온 지 겨우 일주일인데 매일 이렇게 조퇴를 시키
시면 안 되죠.

**수지** 빨리 책가방 싸라. 얼른 가야 해.

**교사** 이 수업이라도 마치고 쉬는 시간에 데려가세요.

**수지** 안 돼요. 지금 당장 가야 해요.

**교사** 학교에 흥미를 붙여야 하는데 매일 이렇게 데려가시니.

**수지** 제 아들입니다. 제 아들 교육은 제가 알아서 합니다.

**교사** 정말 이러시면 안 됩니다.

**수지** 가자. 당장 가방 가지고 나와.

**교사** 다른 아이들도 수업에 방해를 받고 있잖아요.

**수지** 죄송합니다. 그러니 빨리 가게 해주세요. 급해서 그래요.
다시는 이런 일 없을 겁니다.

**교사** 이렇게 수업 중에 아이 데려가시는 건 절대 안 됩니다. 아
이에게는 학교에 다닐 권리가 있어요. 다른 애들처럼 학교
다니면서 배울 권리가 있다구요. 친구들과 같이 놀 나이잖
아요.

**수지** 앞으로 다시는 안 그러겠습니다. 자, 가자.

**교사** … 지훈아, 선생님하고 인사하고 가야지. 잘 가고 내일 만
나자. 안녕.

지훈이 고개를 꾸벅 하고 인사한다
수지가 지훈의 손을 잡고 학교를 나선다
수지는 지수를 인식하지 못한다


지수    자, 이제 학교에서 나온 후 길을 좀 걸을 거야.

지훈    아직 추위가 가시지 않았어. 약간 쌀쌀한데.

지수    맞아. 삼월이 그렇지. 아직 완전히 봄이 온 건 아니니까. 햇살은 환했지만 꽃샘추위라 아직 추운 기가 남아있었지.

지훈    아직도 한참 가야 돼? 여긴 어디야.

지수    앞으로 손을 내밀어봐.

지훈    기둥 같은 게 있어. 차가운 금속이야. 이게 뭐지?

지수    그게 뭔 거 같아?

지훈    모르겠어.

지수    기둥을 잡고 두 걸음만 앞으로 간 다음 오른쪽으로 손을 내려봐. 뭐가 만져지지?

지훈    나무 판자 같은 거. 의자 같은 거.

지수    맞아. 의자가 있어. 거기 앉아봐.

지훈    여기가 어디지?

지수    의자에 앉아서 고개를 들고 멀리 저 앞을 봐. 뭐가 보이지?

지훈    아무것도 안 보여. 완전한 어둠 속이야.

지수    이제부터는 마음의 눈을 뜨고 봐야 해. 여기는 버스 정류장이야. 엄마가 너를 학교에서 데리고 나와서는 한참을 걸어서 여기로 왔지. 바로 그날. 이 버스 정류장에서 너랑 엄마는 오랫동안 앉아있었어.

지훈    아, 누나구나, 지수 누나.

지수    그날의 이야기를 해봐.


지수는 먼발치에 앉아서 이들을 바라본다

**안내멘트**  잠시 후 고속버스터미널행 140번 버스가 도착하겠습니다.
잠시 후 주공아파트 5단지행 112번 버스가 도착하겠습니다.

두 사람 계속 앉아있다
안내멘트가 긴헐적으로 들려온다

**멘트**  잠시 후 시외버스터미널행 126번 버스가 도착하겠습니다.
잠시 후 대교 앞 사거리행 51번 버스가 도착하겠습니다.

**지훈**  어디를 가느냐고 몇 번이나 물었지만 엄마는 대답을 하지
않았어. 수없이 많은 버스가 지나갔지만 엄마는 계속 앉
아있었어. 기다리던 버스가 왔는지 벌떡 일어나기도 했어.
그리고는 멍하니 서 있었지. 기사 아저씨가 '안 타요?' 하
고 물었지만 엄마는 대답도 하지 않고 그냥 서 있었어. 아
저씨는 잠시 기다리다가 다시 떠나버렸지.

수지가 일어선다
잠시 후 다시 앉는다

**지훈**  엄마, 어디 가는 거예요…
**수지**  … 글쎄… 어디로 가야 하나…
**지훈**  그게 무슨 말이에요. 어디 가는지도 몰라요?
**수지**  어디로 가야 하는지, 항상 그걸 모르고 살아온 거 같아. 어
디로 가야할지 몰라서, 늘 뭔가를 기다리면서 살아온 거
같아.
**지훈**  누구를 기다리는 거예요? 올 사람이 있어요? 만나기로 약
속을 했어요?

**수지**　그건 아닌데. 누굴 기다린 거 같기도 하고 뭔가를 기다린 거 같기도 하고, 언제 올지도 모르는 그 무엇을 항상 기다려왔지.

**지훈**　그게 뭔데요?

**수지**　나도 모르지. 그걸 알면 기다리지 않았겠지. 모르니까 무작정 기다린 거지. 언젠가는 구원이 올 것처럼 말이야.

**지훈**　모르면서 무작정 기다리는 게 뭐예요. 하여튼 지금은 몇 번 버스를 기다리는 거예요?

**수지**　그러니까 말이야. 그걸 모르겠어. 몇 번 버스를 타야 가장 좋은 곳으로 갈 수 있을지, 여기 앉아서도 그걸 모르겠구나.

**지훈**　그럼 버스터미널로 가서 거기서 다른 버스를 기다려요. 거기 가면 버스가 많으니까 무슨 생각이 날지도 모르잖아요.


버스가 정차하고 다시 떠나는 소리들


**지훈**　정류장에서 아마 한 시간도 더 앉아있었던 거 같아. 엄마는 더 이상 늦어져서는 안 된다는 생각이 들었는지 마침내 버스를 탔어. 한낮이라 버스는 한산했어. 우리는 나란히 자리를 잡고 앉았지.

**수지**　창밖을 바라보았어. 수많은 건물과 사람들이 보였어. 창밖으로 풍경들이 휙휙 지나가고 있었지. 익숙한 풍경인데 갑자기 모든 게 낯설게 다가왔어. 하나하나가 모두 처음 보는 것처럼 생소했어. 머릿속이 하얘졌달까. 참 이상한 느낌이었지. 특히 나무들 아주 많은 가로수들. 저기 한없이 늘어선 저 나무 이름이 뭐지. 갑자기 아무 생각이 안 났어.

**지훈**　저건 플라타너스 나무예요.

**수지**　그렇구나. 넌 그걸 어떻게 알았니?

**지훈**　별것도 아닌걸요. 그 정도는 다들 알아요. 플라타너스를 가로수로 많이 심은 건 플라타너스가 토양을 정화시키기 때문이에요. 공해도 잘 견디구요. 빨리 자라고 나뭇잎이 커서 그늘도 많이 만들죠.

**수지** 잘 자란다고 욕먹는 바로 그 나무구나. 너무 빨리 자라서 보도블록을 다 깨버린다는 뉴스를 들은 적이 있어. 태풍이 오면 그 큰 몸을 주체하지 못하고 쓰러져서 자동차고 길이고 다 부숴버린다지.

**지훈** 그래서 요즘은 많이 베어버렸대요.

**수지** 저 나무가 있는 길을 걸으면 외로움이 덜하다는 시를 쓴 시인도 있었지. 그 사람도 퍽이나 외로웠나 봐. 세상에 같이 외로움을 달랠 한 사람이 없어서 나무한테 기댔거든.

**지훈** 사는 게 다 그렇죠. 본질적으로 사람은 외로운 존재인 걸요. 엄마도 그렇고 나도 그렇고 또… 하여튼 모든 사람은 다 외로운 존재예요. 하늘 꼭대기까지 가면 좀 덜 외로울까 싶어서 그렇게들 산을 올라간대요. 산에 올라가다가 떨어져 죽은 사람이 이 산 저 산 계곡마다 그렇게도 많대요. 땅에서 사는 게 너무 외로워서 아예 물고기랑 살려고 물속으로 들어간 사람들도 많대요. 아무리 애를 써도 그놈의 외로움과 싸워서 이길 사람은 아무도 없어요.

**수지** 그렇구나. 너는 열 살밖에 안 됐는데 어떻게 그렇게 똑똑하니.

**지훈** 저는 나이를 많이 먹었어요. 벌써 스물여섯 살이거든요. 엄마는 저를 열 살까지만 기억하지만 어쩌다 보니 이렇게 나이가 많아졌어요. 그래도 저는 여전히 엄마 아들이고 엄마 마음속의 영원한 3학년 꼬마이기도 해요. 저도 외로워서 책을 읽어요. 갈 데도 없고 심심하면 도서관에 가서 종일 책을 읽어요.

**수지** 어느새 그렇게 나이를 먹었구나. 어떻게 된 영문인지는 모르겠다만. 하여튼 니가 똑똑한 사람이 되었다니 다행이다.

**지훈**　실은 그날, 플라타너스가 우리 영혼을 맞아줄 준비를 하고 있었어요. 검은 흙을 헤치고 플라타너스의 발밑으로 들어가면 거기서 플라타너스의 영혼과 이웃이 되어 살 수 있거든요.

**수지**　나는 영혼이 하늘로 가는 것만 생각했지 땅 밑으로 간다는 생각은 안 했다. 물론 몸뚱이야 흙 속으로 가겠지만 영혼이란 거는, 아니 뭐 혹시 그런 게 있다면 하늘로 올라갈 것만 같다.

**지훈**　영혼이 꼭 하늘로 가는 건 아닌가 봐요. 그리스 신화에 나오는 플라타노스라는 여자는 오빠들이 죽은 후에 슬퍼하다가 플라타너스가 되었대요.

**수지**　참 이상한 여자구나. 요즘은 어머니가 죽어도 슬퍼하지 않는 세상인데. 어떤 남자는 어머니가 죽었는데 불과 하루짜리의 장례마저도 몹시 지루했대. 그래서 장례식이 끝나자마자 바닷가로 수영하러 가서는 웬 여자를 만나서 데이트를 했대. 영화관에 가서 코미디 영화를 보면서 낄낄거리고는 집까지 여자를 데려왔다는구나. 그런데 그 냉정하고 생각 없어 보이는 그 남자 이야기가 세계명작이라고 온 세상 사람들이 읽는다더라. 난 왜 그런지 잘 모르겠다. 하기야 세상은 이해하기 어려운 것들로 가득 차 있지.

**지훈**　엄청나게 큰 바윗돌을 까마득한 절벽 위로 끝없이 밀고 올라가는 남자가 바로 그 남자예요.

**수지**　같은 사람이라구? 모든 게 지루해서 못 견디는 그 남자는 햇빛 때문에 애먼 사람 쏴 죽이고 살인자가 되어 감옥에 갔는데 언제 또 절벽에 가서 바윗돌을 올리고 있었지? 참 분주하게도 산다. 그 남자가 사형당한 줄 알았는데 안 죽었나.

지훈　이를테면 그 작가의 사상 안에서 같은 인물일 수 있다 이런 말이에요. 힘들게 바윗돌을 산꼭대기까지 밀고 올라가도 그 돌이 다시 굴러떨어지는 것처럼 산다는 건 참 의미 없는 일일 수도 있어요. 하지만 차라리 그렇다는 걸 알고 깨끗하게 인정을 하면 오히려 당당하게 살아갈 수가 있대요. 그게 인간이 자기 존재를 지키는 길이래요.

수지　사실 엄마 죽었다고 그렇게 슬퍼할 건 아니지. 오랫동안 교류도 없던 엄마가 죽었는데 무슨 애틋한 마음이 있어서 울겠냐. 얼른 장례식 끝나고 해수욕이나 가야지 한 그 남자가 솔직한 사람이지. 그 남자는 자기 엄마 나이도 정확하게 몰라서 사람들이 인사치레로 어머니께서는 몇 살이나 되셨나요, 하고 물으면 아마 육십 세쯤 되셨을 걸요, 이렇게 대답했대. 얼마나 정직하냐. 그러고 보니 그래서 그 작품이 세계명작인가 보다.

지훈　사람이 죽는다는 게 참 쓸쓸한 일인 거 같아요. 한 사람이 죽어 사라진 다음에 그 사람이 이 세상에 없다는 생각을 하면서 그리워할 사람이 몇 명이나 될까요.

수지　그런 걸 바라면 못 쓴다. 사람은 다 죽게 마련이고 죽은 다음에 기억되기를 바라면 안 돼. 깨끗하게 잊혀지는 게 좋은 거다. 자꾸만 끄집어내서 그 인생이나 죽음에 대해서 이러쿵저러쿵하는 거는 안 좋다. 진실은 아무도 알 수 없는 거잖니.

지훈　그래도 한 사람 정도는 기억해 주는 게 좋을 거 같아요. 제가 엄마를 기억할게요.

수지　아니다, 지나간 건 모두 잊는 게 좋아. 나는 잊혀지고 싶다. 아무도 내가 사라진 걸 몰랐으면 좋겠다. 아무도 내 인생에 대해서 어쩌고저쩌고 하지 않으면 좋겠다.

지훈　기억하든 잊혀지든 그것도 억지로 할 수는 없는 거니까요.

**수지**　죽어서 나무가 된 여자도 참 대단하구나. 이렇게 기나긴 세월이 흘렀는데도 그 이름이 온 세상에 남아 있으니 말이야. 내가 죽으면 누군가 나의 나무가 되어줄까? 세상에, 이런 터무니 없는 소리를 하다니. 사실 나는 그런 욕심은 조금도 없어. 너도 알지.

지수가 다가와 앉는다

**지수**　이제 곧 우리 모두 다시 만나게 될 거야.
**지훈**　우리가 다시 만나게 될 거라고 했었지.
**수지**　다시 만나는 게 무슨 의미가 있겠니. 모든 게 다 끝이 날 텐데.
**지수**　나의 꿈이야, 언젠가 나무가 되는 거. 그렇게 말한 적 있지?
**지훈**　나의 꿈이야, 언젠가 나무가 되는 거. 그렇게 말한 적 있지.
**수지**　모든 게 끝인데 나무는 또 무슨 소용이 있겠니.

뚝뚝 떨어져 앉은 세 사람의 모습이 어색한 가족사진처럼 보인다. 다 같이 어둠 속으로 사라진다

# 5. 재회

오토바이 소리 들리기 시작한다
공포에 빠지는 여고생 수지
남자의 친절한 목소리가 오토바이 소리와 함께 수지의 대사 사이 사이로 들어온다

수지    그는 선량한 얼굴을 하고 자상하게 말을 하지. 어린 시절부터 유독 나한테 친절했어.

남자    중학교는 서울서 다니게 하세요. 학교 근처에 방 하나 구해주고 공부시켜야죠. 저렇게 공부 잘하는 애를 계속 시골에 두면 안 돼요.

수지    서울 변두리 그 작은 방에서 나의 십대는 산산조각 부서져 내렸어. 나는 날마다 죽어가고 있었는데 그의 정체를 아는 사람은 아무도 없었지.

남자    쌀하고 김치다, 이건 옥수수 삶은 거. 이건 또 뭐냐, 깻잎장아찌랑 콩조림이네. 도시락 꼭 싸가지고 다녀. 계란후라이 하나 얹어서. 다음에는 장조림이라도 가져와야겠다. 공부하는데 잘 먹어야지.

수지    시도 때도 없이 들려오는 그놈의 오토바이 소리… 죽자, 차라리 죽어버리자. 사는 것보다 차라리 죽는 게 나았어.


자해를 하고 조용히 쓰러지는 수지
마침 오토바이 소리 다가온다
멈추었다가 다시 급하게 출발하는 소리


수지    그런데 어느새 나는, 그놈의 오토바이에 실려서 응급실로 가고 있었어.

남자    다시는 이런 짓 하지 마라. 너 잘 되기만 바라고 있는 엄마 아버지 생각도 해야지.

수지    살아있다는 게 절망이었어. 그놈의 질기고도 무거운 목숨이라는 걸 끝없이 밀어 올려야 하는 날들, 죽을힘을 다해 올라가면 다시 아득한 바닥으로 떨어져야 하는데, 뭘 기대하면서 그놈의 절벽을 올라간단 말이야.

오토바이 사고 현장

찢어질 듯한 굉음

그 뒤로 아무 일 없이 편안한 사회를 의미하듯 뉴스의 경쾌한 시
그널뮤직


**뉴스**  어젯밤 자정 무렵 42번 국도를 과속으로 달리던 오토바이
가 빗길에 미끄러져 40톤 트럭을 추돌하는 사고가 있었습
니다. 오토바이 운전자는 즉시 병원으로 이송되었으나 도
착 전에 사망했습니다.


**수지**  마침내 기다리던 그날이 왔어. 비가 억수같이 오는데 깊은
어둠을 뚫고 그놈의 오토바이가 왜 거기서 사고가 났는지
를 아무도 몰랐어. 오직 나만 알았지. 그건 바로 나에게로
오는 길이었으니까.


앰뷸런스 소리가 늘어진 테이프처럼 느린 템포로 평화롭게 멀어
져간다


**수지**  아무에게도 말하지 못한 비밀이 영원한 나만의 비밀로 묻
히게 됐어. 이제는 다 끝났다는 생각에 안도감도 있었지.

**담임**  이렇게 뒤통수를 치다니. 차라리 대놓고 못된 짓을 하지
그랬어. 너 정말 강적이다.

**수지**  하나님 감사합니다. 나는 믿지도 않는 하나님께 감사 기도
를 했어. 그건 정말 진심이었어. 아, 그런데 더 큰 일이 나
를 기다리고 있었어.

**담임**  허구한 날 양호실 들락거릴 때부터 알아봤어야 했는데. 그
동안 양호실에서 먹은 약들은 다 어쩔 거야. 두통약에 감
기약에 배탈 설사약에 주는 대로 다 받아먹었으니 어떡할

거야. 이렇게 무지할 수가 있어?

**수지**  … 악마에게서 절대로 벗어날 수 없다는 걸 깨닫게 되었지. 내 몸 안에서 무서운 일이, 상상도 할 수 없는 끔찍한 일이 일어나고 있었던 거야.

**담임**  어떻게 이 지경이 되도록… 어휴, 말을 말자. 뭐, 윤동주를 좋아해? 참 기가 막혀서…

**수지**  아무에게도 말할 수 없는 그 일을 어떻게 해야할지 몰랐어. 할 수 있는 일이 아무것도 없었지.


오토바이가 멀리 떠나가는 소리
죽은 지수가 보일 듯 말 듯 나타난다
맑고 투명한 목소리


**지수**  엄마 잘못, 아니야.

**수지**  지수야…

**지수**  엄마는 잘못 없어.

**수지**  나는 너를 죽였어. 18년 동안 너를 먹이지도 않고 돌보지도 않고 끝내는 굶겨서 죽였어. 그것도 모자라서 확실하게 목 졸라 죽였지. 아득한 구렁텅이에 빠져 허우적대는 내 인생이 비참해서, 너를 세상에서 완전히 지우고 싶었어. 나는 미쳤었다.

**지수**  아니야, 엄마.

**수지**  나를 엄마라고 부르지 마라. 나는 엄마 자격이 없어. 나를 증오해라. 영원히 미워해.

**지수**  엄마는 나를 미워했지만 또 나를 사랑했어. 나는 다 알아. 하지만 엄마 이제는 나를 잊어요. 나는 이미 18년 전에 죽었잖아. 너무 오랫동안 엄마는 지나치게 내 생각을 많이 했어. 이제 그만 해요. 나는 엄마를 미워하지 않아요.

**수지**　무슨 소릴 하는 거야. 너한테 화가 나서 내가 너를 죽였잖아. 여행 가방에 너를 넣어서 베란다 창고에 넣어두었잖아.

**지수**　그건 내가 아니라 엄마 자신이야. 엄마는 고등학교 때 원치 않는 임신을 했지만, 내가 엄마의 그 무거운 슬픔을 못 견디고 스스로 엄마를 떠났잖아. 엄마는 나를 위해 준비한 양말을 여태 가지고 있었지. 실로 뜬 귀여운 양말이지. 방울도 두 개나 달려있고, 엄마 가방에 마스코트처럼 항상 가지고 다녔잖아. 엄마. 이제는 나를 내려놔요. 나를 그만 잊어요.

**수지**　그게 다 무슨 소리야. 너 대체 무슨 소릴 하는 거야.

**지수**　이제 그만 엄마를 용서해요. 아니 사실 용서할 것도 없어. 엄마는 아무 잘못이 없잖아. 그만 나를 잊어요. 엄마는 나한테 잘못한 게 없어. 아주 오랫동안 나를 기억하고 한껏 사랑해줬어. 엄마가 편안해지면 좋겠어. 지훈이랑 행복하게 살아요. 나는 아주 오래전에 이미 사라진 사람이잖아.

**수지**　이게 다 무슨 소리야. 나는 미쳤어. 내 딸, 내 아들을 다 내 손으로 죽였어. 내 정신이 아니었어. 지수야 지훈야, 나 어쩌면 좋아. 내가 지금 어디 있는 거야. 꿈을 꾸고 있는 건가.

**지수**　다시는 나를 찾지 말아요. 나는 과거의 엄마고 과거의 엄마 딸이고 과거의 시간이야. 사라진 것들을 이제 놓아줘요. 흘러가게 둬. 억지로 붙잡고 있으면 안 돼.

**수지**　지수. 니가 나의 과거라구. 그걸 나에게 믿으라구. 아 대체 어떻게 된 거야.

**지수**　과거를 지우고 앞으로 나아가요. 엄마에게는 미래라는 소중한 시간이 남아 있잖아.

**수지**　니가 과거라구. 모든 걸 잊어야 한다구. 18년 전의 그 일이 아직도 나를 옭아매고 있는데 그 모든 걸 버릴 수 있다구… 내가 너를 죽인 게 아니라 오래전에 이미 죽었다구.

그걸 믿으라구…

**지수**　곧 지훈이를 다시 만날 거예요.

**수지**　지훈이도 죽었어. 나와 함께 대교에서 뛰어내렸어. 아무것
도 모르는 어린 아들에게 같이 죽자고 했어. 착한 아들이
엄마가 혼자 가는 길이 너무 외로울 거라고, 그럼 자기도
슬플 거라고, 같이 가겠다고 했어. 그 어린 게 유서까지 써
서 집안에 고이 놔두고 내 뒤를 따라나섰어. 내가 미쳤어.
내가 우리 아들을 죽였어. 무죄한 딸을 죽인 내가, 어린 아
들마저 또 죽였어. 이 미친 짓을 어떻게 하지. 되돌릴 수도
없는 이 끔찍한 일을 어떻게 해.


어둠과 함께 혼란스러운 음악
이것은 지수를 살해한 자기를 구하려는 수지의 마지막 노력으로
보이지만
수지가 18년 전 임신 중에 이미 죽은 지수와
상상 속에서 함께 해 왔다고도 할 수 있다


또 다른 곳을 향해 흘러가는 슬픈 음악


수지가 어린 지훈과 함께 죽음을 향해 가던
그 마지막 날
대교에 서 있는 두 사람


**지훈**　바람이 많이 불어요. 너무 추워요.

**수지**　그렇구나. 조금만 참으면 모든 게 끝날 거야.

**지훈**　정말 여기가 끝일까요?

**수지**　그래. 더는 견딜 힘도 없구나. 더 이상 서 있을 수가 없어.

**지훈**　바람이 점점 더 많이 불어요. 바람에 밀려 떨어질 거 같아요.

**수지** 바람이 우리를 맞아주는구나. 손을 내밀어봐. 바람의 손을
잡아.

**지훈** 바람에게 고개를 숙여 인사를 할까요?

**수지** 바람을 향해 인사를 하는 나무들이 있다지. 바람의 말을
귀 기울여 듣다가 몸이 바람의 모양을 그대로 담아내서 구
부러진 나무들이 있다는구나.

**지훈** 엄마, 바람이 이제 나를 안아주고 있어요. 더는 춥지 않아요.

**수지** 그렇구나. 바람의 손을 잡고 가보자. 여행을 가는 거야.

**지훈** 엄마… 나는 가라앉아요.

**수지** 깊고 무거운 어둠 속으로, 한없이 무거운 침묵 속으로, 깊
은 강물 속으로… 온몸에 무거운 바윗돌을 매달고 있는 것
처럼 걷잡을 수 없는 어둠 속으로, 깊이깊이 가라앉아. 나
는 나를 어찌할 수가 없어.

**지훈** 나는 깊은 어둠 속으로 가라앉는 나를 바라봐요.

**수지** 나를 붙잡아서 한 손을 꼭 잡고는 깊은 어둠을 뚫고 저 위
로 세상 밖으로 나가고 싶어. 하지만 그럴 수가 없어. 모든
게 이제 너무 늦었어. 이렇게 우리는 함께 사라지는 거야.


수지는
죽음의 순간에
여고시절에 유산한 이름도 없는 아기
혹은 18세까지 키워서 얼마 전에 살해한 딸 지수를 떠올린다


**수지** 무거운 어둠 속으로 가라앉고 싶어요. 거기서 내 아기와
함께 있고 싶어요. 내 아기는 어디에 있을까요. 어둠 속에
서 아기를 끌어내서 밝은 곳으로 데려오고 싶어요. 그런데
어째요. 우리집은 따뜻하지도 않고 포근하지도 않은 차갑
고 어두운 곳인걸요. 아기를 우리집으로 데려올 수 없다면

난 어떻게 해야 하죠. 아기를 품에 안고 나는 어디로 가야
하는 걸까요…

어둠 속에서
두 사람이 물 속으로 몸을 던지는 커다란 물소리와 함께
무겁게 슬픈 음악

갑자기
경찰차의 사이렌 소리 크게 들려온다
점점 가까워진다


**뉴스앵커**  김수지씨 살해 사건을 수사해온 경찰은 아들 이지훈씨를
범인으로 체포했습니다. 이씨는 어린 시절 어머니 김씨의
동반 자살 강요 사건의 후유증으로 장기간 정신과 치료를
받아온 것으로 알려지고 있습니다. 이씨의 모친 살인죄에
대해서는 트라우마에 대한 정상참작이냐 존속살해에 대한
가중처벌이냐를 두고 형량에 대한 치열한 논란이 예상되
는 가운데…

누군가와 이야기 중인 지훈
정신과 상담 혹은 경찰 조사일 수도 있다


**지훈**  열 살 때 대교에서 떨어진 적이 있어요. 엄마가 누나를 죽
이고나서 온 집안에 시체 냄새가 가득 찰 무렵, 엄마는 나
한테 함께 죽자고 했죠. 마침 지나가던 사람이 신고를 해
서 나는 구조되었죠. 엄마는 급류에 휘말려 빠르게 흘러가
버렸고 며칠 동안 수색했지만 찾지 못했습니다. 지금까지
행방불명이지요.

어두워진다

어둠 속에서 판사가 판결문을 읽는 웅얼거리는 소리가 들려온다.

기자들의 플래시 소리와 방송 멘트 소리 등에 뒤섞여 잘 들리지

않는다

판사가 쾅쾅쾅, 법봉을 내리치는 소리 들린다


지훈이 엄마를 살해하고 재판을 받는 이 부분은

지훈의 상상으로

지훈은 이 과정을 통해 평생을 억압해온 엄마에게서 벗어나고

그동안의 모든 트라우마에서 벗어나게 된다


**의사**   이지훈 환자 보고서입니다. 이 환자는 자신이 엄마를 살해

하고 재판을 받는다고 상상해 왔습니다. 이 과정을 통해서

긴 세월 심리적으로 억압해온 엄마에게서 벗어나고 그동

안의 모든 트라우마에서 벗어나게 되었습니다. 앞으로도

치료는 계속되겠지만 이제 긴 터널의 출구가 보이고 있습

니다.


어슴푸레 밝아지면

현재의 지훈 앞에 수지와 지수가 함께 등장한다

사라진 두 사람은 같은 옷을 입고

거의 구별할 수 없을 정도로 닮았다

지수는 여고시절의 수지인 듯

두 사람은 마치 한 사람인 것 같다

지수가

수지의 과거를 의미하는 가방을 힘겹게 끌고 있다


**지수**   지훈아. 가방이 너무 무거워. 이제는 너무 무거워서 더 이

상 끌고 다닐 수가 없어. 마치 바윗덩이가 들어있는 거 같아. 좀 같이 끌어줄 수 있어?

**지훈**  그만 해. 나를 그만 내버려 둬.

**수지**  엄마가 어린 너를 죽이려고 했어. 내가 미쳤었다. 너와 함께 검은 흙 속으로 들어가면 플라타너스의 영혼을 만날 수 있을 거라고, 니가 그랬지. 너는 열 살밖에 안 됐는데 참 똑똑하구나.

**지훈**  나는 스물여섯 살이에요. 더 이상 애가 아니에요.

**수지**  너는 열 살에 나와 함께 죽었는데 어떻게 그렇게 나이를 먹었니? 참 이상하다.

**지수**  지훈이는 죽기에는 너무 어린 나이잖아요. 그래서 살아난 거예요. 아, 그런데 이놈의 가방을 이제 좀 버리고 싶어. 너무 무거워.

**수지**  그렇구나. 어느새 너는 내가 너를 낳을 때만큼이나 나이를 먹었구나. 열 살에 죽은 애가 스물여섯 살이라니 정말 신기하다.

**지훈**  더는 나를 엄마 마음대로 좌지우지할 수 없어요. 대교든 하늘이든 엄마가 원하는 곳으로 나를 끌고갈 수는 없다구요.

**수지**  그럼 이제 너는 학교에 다닐 수 있겠구나. 초등학교 3학년부터 다시 다녀야 하는 건가.

**지수**  동물원도 갈 수 있을 거야. 작은 곤충부터 커다란 맹수까지 다 볼 수 있겠구나. 아, 그나저나 가방 속에 든 것들을 모두 버려야겠다. 아니 가방을 통째로 버려야겠어. 그럼 되겠다. 이제는 지쳤어. 쉬어야 할 시간이야.

**지훈**  이제 그만. 제발 그만 해. 모든 게 끝났어. 다들 그만 사라져요. 나는 이제 모든 걸 잊을 거예요. 밝은 세상으로 나갈 거라구요.

**지수**  이제 지훈이를 놓아주세요. 엄마는 나와 함께 가요. 우리는 별이 될 거예요. 그래서 하늘에서 지상을 내려다보면서 지훈이를 지켜볼 거예요. 지훈이는 알바트로스가 되고 싶다고 했거든요. 우리는 망망대해를 거침없이 날고 있는 늠름하고 커다란 새를 보면 지훈이를 떠올릴 거예요.

**수지**　그렇구나. 가야 할 시간이구나. 늦었어. 너무 오래 머물렀어. 착한 내 아들. 이제 갈게. 그래도 너는 사라진 나를 기억해줄 테지. 아, 이제 곧 봄이 올 거야. 바람에서 봄 냄새가 난다. 꽃도 피겠지. 우중충한 세상에도 환한 빛이 따스하게 비치겠지.

**지수**　가다 보면 쓰레기장이 있을 거야. 분리수거장에 가방을 버리고 가야겠다. 이제는 아무 쓸모가 없으니까. 그럼 좀 가볍게 갈 수 있겠지. 지훈아, 너도 이렇게 큰 가방은 절대 가지고 다니지 마. 모름지기 여행은 가볍게 다녀야 하는 법이야. 안녕.


지수와 수지
가방을 끌고
흐릿한 어둠 속으로 서서히 사라진다
한 사람으로 겹쳐진다
돌아보고 아련하게 손을 흔든다


바람 소리
물결 소리
아스라이 잦아든다


흐릿한 어둠 속
세 사람이 무대에 삼각형 모양으로 서 있다
서로 다른 곳을 바라보다가

마침내 서로를 본다


**수지**　… 순이가 떠난다는 아침에… 말 못할 마음으로 함박눈이 내려, 슬픈 것처럼 창밖에 아득히 깔린 지도 위에 덮인다. 방안을 돌아다보아야 아무도 없다. 벽과 천장이 하얗다. 방안에까지 눈이 내리는 것일까.

**지수**　떠나기 전에 일러둘 말이 있던 것을 편지를 써서도 네가 가는 곳을 몰라 어느 거리, 어느 마을, 어느 지붕 밑, 너는 내 마음속에만 남아 있는 것이냐, 네 쪼그만 발자국을 눈이 자꾸 내려 덮여… 따라갈 수도 없다…

**지훈**　눈이 녹으면 남은 발자국 자리마다 꽃이 피리니… 꽃 사이로 발자국을 찾아 나서면… 일 년 열두 달 하냥 내 마음에는… 눈이… 내리리라…


어두워진다

# 에필로그

지훈이 냉장고를 연다
밝은 빛이 나와 무대가 환해진다
폐허가 된 집을 감싸안듯 따스하다
상자를 꺼낸다
종이를 펼쳐든다


**어린지훈의목소리**　유서.
　　내가 사라진 후에…
　　우리집에 다시 못 오게 되면
　　내 종이접기책과 내가 접은 종이동물들을
　　혼자 노는 외로운 아이들에게 나누어주세요.


유서를 읽으며 과거의 자신을 기억해낸다
상자의 종이학을 책상 위에 조심스레 쏟는다
하나씩 세워놓는다
그 중 한 마리의 종이학이 살아서 하늘로 날아오른다
종이학의 느린 날갯짓이 무대를 천천히 채우다가 베란다로 향
한다
지훈은 베란다의 창을 열어 종이학이 날아가게 해준다
종이학이 날아간 곳을 바라본다
누나가 머물렀던 창고문 앞에서 잠시 누나를 생각한다


냉장고 불빛이 점차 어두워지고
한동안 서있는 지훈

다시는 돌아오지 않을 집 안을 바라본다
자그마한 가방을 들고 길을 나선다
불을 끈다
문 닫는 소리 쿵, 들린다

사라진 모든 것들…

그럼에도
삶은 계속된다

책상 위에 남아있는 종이학들에 조명

여행의 기억

등장인물

여자

남자

그

그는 장마다 다른 역할이므로
한 명이 연기할 수도 있고 여러 명이 연기할 수도 있다

장소

화이트 아일랜드

# 1. 순환열차

아무런 장식이 없는 건조하고 삭막한 공간
깔끔한 흰색 유니폼을 입고 모자를 쓴 그가 열차를 운행할 준비
를 하고 있다
여자가 가벼운 여행복 차림으로
보이지 않는 남자의 팔짱을 끼고 등장한다
남자와 함께 나란히 앉는다
여자는 남자를 바라보며 환하게 웃기도 하고 들리지 않는 이야기
를 나누기도 한다
그러다 어느 순간부터 남자는 서서히 사라지고
여자는 남자를 완전히 잊어버린다


**그**　안녕하세요. 좋은 아침입니다. 저는 오늘 이 열차를 운행
할 기관사입니다. 지금부터 섬의 해안선을 따라서 운행하
는 이 열차를 타고 화이트 아일랜드를 한 바퀴 돌아보실
텐데요. 가는 곳곳마다 멋진 풍광을 보시게 될 것입니다.
열차는 섬의 명소마다 정차하면서 여러분이 그곳을 돌아
보고 오실 때까지 기다리게 됩니다. 특별한 하루를 기대하
셔도 좋습니다. 자 그럼 출발하겠습니다.

**여자**　섬에서 열차를 타다니 정말 새로운데요. 배를 타게 될 줄
알았거든요.

**그**　이 섬의 특별한 관광상품이죠. 이 상품이 개발된 이후 관
광객이 엄청 늘었답니다.

**여자**　오늘은 왜 이렇게 사람이 없죠?

**그**　원래 이 시간에 예약된 사람은 스물네 명이었습니다. 그런

데 오늘 아침에 모두 예약을 취소하셨습니다. 신혼부부들
은 이렇게 이른 아침에 출발하는 일정에는 참여하기가 좀
어렵거든요.

**여자**  그렇군요. 저희도 피곤해서 나오기가 싫었지만 이번이 아
니면 언제 또 여길 오게 되려나 해서 용기를 냈죠.

**그**  잘하셨습니다. 참여하신 기념으로 두 분께 와인을 한 병
선물로 드리겠습니다.

**여자**  감사합니다. 이 사람이 와인을 참 좋아하는데 잘됐네요.

**그**  자 망원경도 하나 드리겠습니다. 커플당 한 개입니다. 일
일이 가지 못하는 곳은 이렇게 망원경으로 감상하게 되지
요. 가장 먼저 가실 곳은 항구입니다. 요즘은 비행기로 섬
에 들어오기 때문에 항구는 쇠락했습니다.

**여자**  멋진 요트들이 많이 있는데요.

**그**  가까이 가서 보면 모두 망가진 배들이랍니다. 이 섬에 오
면 사람들은 저마다 요트를 사고 낭만을 꿈꾸지만 처음에
몇 번 타고는 금방 시들해지죠. 사람이란 참 싫증을 잘 내
는 존재거든요. 그렇다고 중고를 사는 사람도 없고 해서
그냥 방치되어 있습니다.

**여자**  믿어지지가 않네요. 저렇게 멋진데요.

**그**  멀리서 보는 것과 가까이서 보는 것은 큰 차이가 있지요.
그래도 잘 모르는 사람들에게는 그럴듯하게 보이니까 관
광 차원에서 당국에서도 저렇게 놔두고 있답니다. 언젠가
는 벌금을 매겨서 폐기하도록 하겠지요. 배에서 흘러나오
는 기름이 서서히 해안을 오염시키고 있거든요.

**여자**  저쪽의 호수도 정말 아름답네요.

**그**  호수의 물 색깔이 특이하게도 분홍빛이라서 아주 유명합
니다. 석양이 질 무렵이면 더욱 아름답지요.

**여자**  호수 한가운데 나무가 한 그루 보이네요. 어떻게 물속에

저런 나무가 있죠?

그　사진을 찍으면 정말 신비스럽죠. 그런데 가까이 가면 저 나무는 굉장한 악취를 뿜어낸답니다. 그래서 호수 근처에는 아무도 가까이 가지를 못하죠. 멀리서 사진으로만 존재하는 풍경입니다. 한 장 찍어드릴까요? 사람들은 여기서 사진을 찍지요. 그럼 마치 호수 바로 앞에서 찍은 것처럼 나오거든요. 자 여기 서보세요.

여자　아니요, 괜찮습니다.

그　단지 이 사진을 찍기 위해서 이 섬에 오는 사람들도 많은데요. 인스타나 블로그에 올리기 위해서 말입니다. 그런 용도로는 더없이 멋진 사진이거든요. 사진에서 냄새가 나지는 않으니까요.

여자　사진에 별로 취미가 없어서요.

그　그래도 사진을 찍으셔야 합니다. 이 지점에서 손님들의 사진을 찍어드리는 것이 저의 임무입니다.

여자　괜찮다니까요.

그　여기 서보세요. 어서요. 빨리 찍고 기차는 다시 출발해야 합니다. 서두르세요.

여자　왜 이런 것까지 강요를 하시는 거죠.

그　자 어서 오세요. 한 걸음만 왼쪽으로 가세요. 아니 아니 그 반대쪽이요. 네, 반걸음만 앞으로 오세요. 그럼 손가락을 들고 브이자를 만들어보세요. 자 치즈 해주시구요. 아니요, 더 자연스러운 미소를 지으셔야 합니다. 여행이 끝나면 사진밖에 남는 게 없답니다. 이 사진을 볼 때마다 제게 고마워하실 겁니다. 됐습니다. 이제 빨리 타세요. 조금 늦었습니다. 기차는 시간을 지켜야 합니다. 연착은 변명의 여지가 없습니다.

여자　친절이 지나치시네요.

그      다음은 해안의 저쪽 모래사장으로 가보겠습니다.

여자    여기서 저는 쉬었으면 해요.

그      저쪽 해안에는 온천수가 나오거든요. 모래를 좀 파고 나만
        의 온천욕을 즐길 수 있습니다.

여자    온천을 별로 좋아하지 않아요.

그      이건 세상에 하나밖에 없는 바닷가의 천연온천입니다. 자
        내리시죠.

여자    나가고 싶지 않아요.

그      그래도 내리셔야 합니다. 우리 열차는 시간을 맞춰서 정해
        진 곳에 정차를 해야 하고 일정 시간 동안 거기 머물러야
        만 합니다. 그것이 우리 열차회사의 규칙이거든요. 자 내
        리시죠.

여자    날씨가 벌써 더워졌어요. 모래사장은 더 뜨거울 거 같아요.

그      인생이란 그런 것입니다. 뜨겁다고 해서 마음대로 피할 수
        는 없는 법이지요. 발바닥이 데는 한이 있더라도 내 앞의
        인생을 마주 봐야 하는 것이지요.

여자    무례한 열차로군요. 손님에게 내리고 탈 선택권조차 없다
        니요.

그      우리 열차회사는 약속에 대한 신뢰 하나로 지금까지 성공
        가도를 달리고 있습니다. 모름지기 열차가 시간을 지키지
        않는다면 세상의 질서는 엉망이 될 테니까요.

여자    자부심이 대단하시군요. 온천이 나오는 해변을 구경했으
        니 다음은 어디죠?

그      더위를 식혀줄 빙하를 구경하러 가시지요.

여자    온천 다음 빙하요? 어떻게 그럴 수가 있죠?

그      그러니까 이 섬이 세계적인 관광지가 될 수 있는 것이지
        요. 불가능한 것들의 조합이 이 섬의 특징이랍니다. 빙하
        와 만년설이 있고 빙하가 녹아서 만들어진 호수도 있습니

다. 여기는 몹시 추운 곳이니 옷을 단단히 여미고 마음의
　　준비를 하세요.

**여자**　아 정말 춥네요. 이런 차림으로 빙하라니요. 샌들을 신고
　　만년설을 밟아야 한다구요? 꼭 내려야 하나요?

**그**　물론입니다. 자 저기 깃발이 보이시죠? 거기까지 전력질주
　　를 하세요. 그럼 저기서 손목에 도장을 찍어줍니다. 도장
　　을 찍어야만 기차에 다시 탈 수가 있습니다. 자 어서 달려
　　가세요.


여자, 옷을 여미고 어색하게 달려간다

바람이 휘몰아치는 소리가 난다

잠시 후 얼어붙은 여자가 간신히 돌아온다

여자, 손목을 보여준다


**그**　성공하셨네요. 기차에 타세요.

**여자**　그만 호텔로 돌아가고 싶어요. 너무 추워요.

**그**　기차는 앞으로만 달립니다. 돌아갈 수가 없어요. 일정을
　　마쳐야 호텔로 갈 수 있습니다.

**여자**　아… 너무 추워요.

**그**　걱정 마세요. 다음은 따스한 농장에 가서 쉬는 일정입니
　　다. 이 섬에만 있는 맛있는 과일을 곁들인 식사를 하고 각
　　종 와인을 맛보시면 추위 같은 건 금방 잊으실 겁니다. 기
　　대하세요.

**여자**　지쳤어요. 배도 고프구요.

**그**　자 내리시죠. 마음에 드는 식당에서 식사를 하고 천천히
　　돌아보세요. 오실 때까지 열차는 출발하지 않고 기다릴 테
　　니 편안한 시간을 보내십시오.

여자, 내린다
기운 없이 사라진다
이국적인 분위기의 민속 음악이 들려온다
그는 망원경을 들고 여자를 몰래 관찰한다
잠시 후 여자, 되돌아온다


그     식사를 잘 하셨나요?

여자    입맛이 없어서요.

그     저런, 정말 맛있는 요리가 많은 곳인데요.

여자    생각이 없어요.

그     그런데 왜 혼자 오시죠?

여자    무슨 말씀이세요?

그     동행하신 분은 어디 두고 혼자 오시냐구요.

여자    처음부터 혼자였는데요.

그     무슨 말씀을 하시는지… 이 열차는 커플 열차입니다. 두 사람이 커플을 이루어야만 탈 수 있는 열차입니다. 당연히 두 분 좌석으로 예약을 하셨고 아까 두 분이 함께 타셨는데요.

여자    아니에요. 저는 혼자 탔어요. 그래서 제가 아까도 물었잖아요. 왜 열차에 사람이 이렇게 없냐구요.

그     계속 두 분이 함께 다니셨어요. 화장실이라도 가셨나요?

여자    아, 정말 왜 이러세요.

그     혹시 와인을 너무 많이 드신 거 아닌가요? 여기가 약간 미로처럼 되어 있어서 술이 취하면 출구를 찾기가 좀 어려울 수도 있답니다.

여자    이상한 분이시네요. 하여튼 저는 처음부터 혼자 왔고 여전히 혼자거든요. 그만 출발하세요.

그     시간이 되었으니 일단 출발하죠. 기차는 약속을 지켜야만 하거든요. 그런데 혼자 가셔도 괜찮으시겠어요?

**여자**  아, 정말… 괜찮아요. 어서 가세요.

**그**  그럼 저는 책임이 없는 겁니다. 혹시라도 나중에 회사에서 전화가 오면 잘 이야기해주세요.

**여자**  어서 가기나 하세요.

**그**  어쩌죠… 다음 장소는 혼자서 가기에는 좀…

**여자**  어떤 곳인데요.

**그**  국립공원입니다. 키가 수십 미터나 되는 메타세콰이어 나무들이 울창한 숲을 이루고 있지요. 정말 멋진 장소랍니다. 중생대부터 생존해왔으니 수천만 년 전부터 형성되어 온 굉장히 오래된 숲이죠. 중생대란 즉 공룡이 살던 시대거든요.

**여자**  그래서요. 공룡이 나타나기라도 한다는 거예요?

**그**  그러게 말입니다. 저는 본 적이 없지만 몇 년 전에 공룡의 습격을 받아서 사라진 사람이 있답니다. 아주 사랑스러운 신혼부부였는데 그만 신부가 공룡에게 잡혀갔지요. 신랑은 여태까지 이곳을 떠나지 않고 신부를 찾아다니고 있답니다.

**여자**  그렇게 무서운 곳을 왜 가죠? 그냥 통과하면 되잖아요.

**그**  열차는 그렇게 할 수가 없다고 말씀드렸잖아요. 여기서 정해진 시간을 머무른 후에야 다음 장소로 갈 수 있다구요. 게다가 여기는 관광객들에게 가장 인기 있는 장소거든요. 사람들은 공룡 이야기를 들으면 무서워하면서도 강렬한 호기심을 갖거든요.

**여자**  저는 관심 없어요. 그냥 통과해주세요.

**그**  여기를 패스할 수는 있습니다. 오늘의 코스 중에서 단 한 번의 기회지요. 그런데 사람들은 여기보다 다음을 주로 패스하거든요.

**여자** 그건 또 뭔데요?

**그** 불의 고리라는 별명을 가진 화산이 폭발하는 걸 아주 가까이서 보는 건데요. 용암이 30미터나 올라가는 걸 보는데 대단한 장관이지요. 그런데 문제는 그 화산재가 여간 뜨거운 게 아니라서 넋을 놓고 구경하다가 그만 대부분 큰 화상을 입게 된다는 것입니다. 화상을 입으면 상당히 오랫동안 고생을 하게 되지요. 보기 싫은 흉터도 남구요.

**여자** 이 관광코스는 사람을 잡는 코스군요. 그만둬요. 당장 내리겠어요.

**그** 내리는 건 자유입니다. 하지만 혼자서는 호텔로 돌아가지 못합니다. 여기는 오직 철로만 있는 곳이거든요. 이 열차가 아니면 아무 데도 갈 수가 없습니다.

**여자** 당신 누구예요? 여기가 도대체 어디에요? 내가 미쳐가고 있는 거예요? 당신이 미친 거예요? 도대체 이게 뭐 하는 짓이야.

**그** 이 열차는 모든 명소를 지나서 호텔로 귀환합니다. 아직도 가야 할 곳이 좀 남아있습니다. 중생대 숲을 지나고 불의 고리 화산을 지나면 은하수 동굴에 도착합니다. 밤하늘의 은하수를 보는 것처럼 환상적인 동굴입니다. 참 낭만적인 경험이지요.

**여자** 좋아요. 어디 끝까지 해봅시다. 그놈의 동굴의 정체는 또 뭐죠?

**그** 그 빛은 사실 온갖 곤충의 유충들이 탈피 과정에서 내는 것입니다. 아름다운 빛을 보고 나오면 벌레들의 더러운 껍질로 온몸이 뒤덮이게 되지요. 하지만 그 광경이 어찌나 멋있는지 그까짓 거는 문제도 되지 않습니다. 사람이란 순간의 감각적 쾌락을 위해서라면 그 뒤에 올 고통쯤은 얼마든지 각오할 그런 존재들이거든요.

**여자**  당장 내리겠어요. 기차를 멈춰요.

**그**  이 열차의 시속은 180킬로입니다. 제가 멈출 수가 없어요. 실은 회사에서 원격조종하고 있거든요. 정해진 여정을 모두 마쳐야만 목적지에 도착합니다. 절대 중간에 내릴 수가 없어요.

**여자**  이런 미친 짓이라니… 당신은 미쳤어. 나까지 미치게 만들 작정이지.

**그**  열차라는 게 그렇습니다. 앞으로만 가는 거지 후진이라는 게 없으니까요. 그러니 어쩌겠습니까. 싫어도 앞으로 앞으로 계속 가는 거죠. 가다 보면 출발했던 곳으로 갈 수 있습니다.

**여자**  당장 이 섬을 떠나겠어요.

**그**  죄송하지만 아무도 섬에서 나갈 수가 없습니다.

**여자**  그건 또 무슨 소리죠? 나는 여행을 왔다구요. 그리고 당장이라도 이놈의 여행을 끝내고 내 집으로 돌아갈 수 있다구요.

**그**  안 됩니다. 이 섬에 일단 들어오신 분은 매일 아침 이 열차를 타야 하고 섬을 한 바퀴 돌고 저녁에 호텔로 돌아가게 됩니다. 매일 이 여행을 반복해야 합니다. 죽기 전에는 이 섬에서 아무도 떠날 수가 없습니다. 단 한 가지의 예외는 있습니다. 절벽 위에 있는 흰 바위 터널을 통과하면 이 섬에서 나갈 수가 있습니다. 그런데 그 터널에는 들어간 사람만 있지 나온 사람이 없다는 게 문제입니다. 아까 농장에서 사라진 일행분은 아마도 길을 잃고 헤매다 거기로 가셨을지 모릅니다. 길을 잃은 사람은 모두 그쪽으로 간다고 하거든요.

**여자**  당신 누구야? 대체 누구야? 여기가 도대체 어디야? 내가 미친 거야? 당신이 미친 거야? 대답을 해봐. 여기 도대체 어디야?

그　　조용히 해주세요. 안내방송을 할 시간입니다. 열차는 정확하게 매뉴얼대로 진행되지요.
승객 여러분께 안내 말씀 드립니다. 본 열차는 세상에서 가장 아름답고 신기한 명소들을 관광하는 순환 코스를 운행하고 있습니다. 오늘도 저희 열차를 찾아주신 신혼부부 여러분께 깊은 감사를 드리며 승객 여러분을 안전하게 모실 것을 약속드립니다. 일생 동안 단 한 번의 탑승이 허용되는 기회를 잡으신 여러분, 최상의 서비스와 함께 우리 열차 여행을 마음껏 즐기시기 바랍니다. 감사합니다.

어두워진다


# 2. 하늘기차


놀이공원의 밝고 명랑한 음악이 들려온다
여자가 가상의 아이의 손을 잡고 등장한다
아이는 커다란 인형으로 대체할 수도 있다
어깨에는 핸드백을 메고 한 손에는 아이의 여러 가지 물건들이 든 가방을 들고 있다
가방에는 빨간색 풍선이 매달려 있다
핸드백은 자꾸 흘러내리고 손에는 짐이 많아서 여자는 좀 힘겨워 보인다
가상의 하늘기차에 올라탄다
아이를 먼저 올려 앉히고

여자는 맞은편 의자에 앉는다

여자는 아이의 사진을 찍어준다

잠시 후 기차가 출발한다

기차는 점점 속도를 내기 시작하고 소리도 점점 커진다

여자는 창밖을 무심코 내다보다가 두려워하기 시작한다

차츰 공포심에 빠지면서 여자는 아이가 있다는 사실도 잊고

소리가 나지 않는 비명을 지르기 시작한다

여자는 마침내 의자에서 떨어지고

바닥에 앉아 온힘을 다해 의자를 붙잡고 매달리며 구토를 한다

마침내 열차가 멈추고 열차가 목적지에 도착했다는 멘트가 들려

온다

여자는 문을 박차고 뛰어내린다

문은 자동으로 닫히고 다시 소리를 내며 출발한다

여자는 열차에서 멀어지려는 듯 마구 달려나간다

어린아이의 커다란 울음소리가 들리다가 차츰 희미해진다

어두워진다


다시 밝아지면

작은 방

그와 여자가 마주 보고 앉아 있다

방은 앞면이 없는 세 개의 벽으로 이루어져 있으며

벽이 서서히 이동하면서 공간이 점점 작아지게 된다

여자는 숨이 막혀간다


| | |
|---|---|
| 그 | 자, 차를 한 잔 드시지요. 마음이 좀 가라앉을 겁니다. |
| 여자 | … 여기는 어디죠? |
| 그 | 경찰서입니다. |
| 여자 | 제가 왜 여기 있는 거죠? |

그      놀이공원에 있던 시민들이 부인을 고발했습니다.

여자    고발이요? 왜요?

그      기억이 안 나십니까?

여자    놀이공원에 갔어요. 우리 딸이랑 같이 갔죠.

그      딸은 지금 어디 있습니까?

여자    나랑 같이 놀이공원엘 갔어요.

그      그랬죠. 그 다음에는요?

여자    하늘기차를 탔어요.

그      왜 아이를 안고 타지 않았죠?

여자    마주 보고 앉았어요. 사진을 찍어주려구요.

그      아이가 무서워하지 않았나요?

여자    사진을 몇 장 찍어주었죠. 남는 건 사진뿐이잖아요. 아이
       가 커서 사진을 보면 엄마랑 놀이공원에 갔던 걸 기억하겠
       죠. 바쁜 엄마가 최선을 다했다는 걸 알아주겠죠.

그      기차가 출발한 다음 그 안에서 무슨 일이 있었죠?

여자    밖을 내다보았어요. 점점 기차가 위로 올라가더니 놀이공
       원을 한 바퀴 돌더군요. 발밑으로는 공원에 놀러온 사람들
       이 인형처럼 작게 보였어요. 그때 레일이 눈에 들어왔어
       요. 레일이 땅 위의 기차처럼 곧게 있는 게 아니었어요. 몹
       시 구불구불했죠. 게다가 너무 가늘었어요. 그것도 두 줄
       이 아닌 한 줄이었죠. 그 가늘고 구불구불한 레일을 보는
       순간 어지럼증이 확 밀려왔어요.

그      그 놀이기구는 사실 가장 어린아이들이 타는 간단한 기구
       인데요.

여자    저도 그런 줄 알고 탔지요. 그런데 막상 올라가 보니 그 레
       일만 보이는 거예요. 당장이라도 기차가 레일을 벗어나서
       아래로 곤두박질할 것만 같았죠.

그      고소공포증이 있으신가요.

여자　그동안은 몰랐는데 그 순간에는 그런 느낌이 막 밀려왔어
　　　요. 구토가 나고 온몸이 산산조각이 나서 뒤죽박죽으로 뒤
　　　엉키는 느낌이 들었죠.

그　　그래서 문이 열리자마자 뛰쳐나가셨군요.

여자　당장 거기서 뛰쳐나가야 한다는 것 말고는 아무 생각도 나
　　　지 않았어요.

그　　아이는요? 아이 생각은 하지 않으셨나요?

여자　아이는… 그래요, 아무 생각도 하지 못했어요. 딸아이는
　　　어디 있죠?

그　　당신이 혼자서만 내렸기 때문에 아이는 홀로 남겨졌죠. 기
　　　차가 두 바퀴를 더 돌고 막 다시 출발하려는 순간 직원이 아
　　　이를 발견했고 아이를 내려줬습니다. 직원이 아이를 보지
　　　못했다면 아이는 혼자서 그 열차를 계속 타야 했을 겁니다.
　　　내리지도 못하고 몇 바퀴를 계속 타야 했다 이 말입니다.

여자　아, 세상에… 불쌍한 아이.

그　　남 이야기 하듯 하시네요. 지금 당신 딸 이야기를 하고 있
　　　는 겁니다.

여자　네. 그래요. 혹시 우리 아이가 다쳤나요?

그　　겉으로 상처는 없습니다. 하지만 많이 놀라서 지금 병원에
　　　있습니다.

여자　그렇군요. 누구와 함께 있나요?

그　　아빠랑 있습니다. 화가 많이 나셨을 겁니다.

여자　왜요?

그　　아이가 그 지경이 됐으니 그렇지 왜라니요?

여자　아무 생각이 없었어요. 아이와 함께 왔다는 사실 자체를
　　　잊어버렸어요. 하지만 일부러 그런 건 아니잖아요.

그　　그렇죠. 일부러 자기 자식을 그런 상황에 놓아두는 사람이
　　　엄마라고 할 수 있겠습니까. 제정신이 아니고서야 말이죠.

여자  그날 제정신이 아니었어요. 그 작은 기차 안에서 제가 어
     디론가 사라져버렸어요. 저를 잃어버렸어요. 견딜 수 없이
     어지러웠고 구토가 났고 거의 쓰러질 지경이 되었어요. 그
     자리를 피해야만 했다구요.

그   도대체 왜 그러셨죠? 딸아이와 놀이기구를 타는 일이 뭐
     그리 별스런 일도 아니지 않습니까. 지극히 일상적인 일이
     죠. 아니 무척이나 즐거운 일이지요. 대개의 사람들 특히
     엄마들에게 있어서는요.

여자  그런데 저는 왜 그렇게 힘이 들었을까요.

그   무슨 다른 이유가 있었던 것은 아닐까요? 생각을 해보시
     지요.

여자  열차칸이 너무나 좁았어요. 너무 좁아서 공기가 희박해졌
     어요. 조금씩 숨이 막히고 나와 아이가 부풀어 올라서 그
     칸에 가득 차는 걸 느꼈어요. 그러다간 내가 아이를 눌러
     버릴 것 같았어요. 빨리 거기서 나와야 했어요. 그래야 아
     이도 숨을 쉴 수가 있을 거 같았어요.

그   아이와 놀이공원에는 자주 가시나요?

여자  아니요. 처음 갔어요.

그   보통의 어린이라면 일 년에 몇 번 정도는 갈 텐데요. 그럼
     전에는 아빠랑 갔나요?

여자  아니요. 아빠랑도 가지 않았어요. 실은 우리가 너무 바쁜
     데다가 주말에도 외부 일정이 있고 놀이공원 같은 데는 정
     말 좋아하질 않거든요. 그렇게 사람이 많은 곳에서 부대끼
     는 것은 생각만 해도 너무 힘든 일이라서요.

그   다들 애들 위해서 가는 거지 뭐 좋아서 가나요. 그럼 다른
     누군가가 데리고 다녔군요. 할머니라든가 이모라든가.

여자  아니요. 우리 아이는 다른 사람과는 절대 아무 데도 가지
     않아요. 심하게 낯을 가리거든요.

그	그렇다면 아이는 놀이공원엘 처음 갔고 게다가 엄마가 아이를 놓고 내리기까지 했다 이건가요. 참 대단한 엄마시군요.

여자	모욕적으로 들리는데요. 말씀을 삼가주세요. 모든 아이들이 똑같은 방식으로 자라야 하는 건 아니라고 생각합니다. 어느 집이든 부모의 교육 방침에 따라서 키울 수 있는 거죠. 제 잘못은 놀이기구에 아이를 두고 내렸다는 사실이고 그것에 대해서만 말씀하시면 됩니다.

그	그건 죄송합니다. 하여튼 아이에 대한 방임과 학대 의견으로 정리하겠습니다.

여자	학대라니요. 누구보다 정성을 기울여서 아이를 키웠어요. 그날의 제 상태를 참작해주세요.

그	솔직히 저는 이해가 안 되는데요.

여자	이해해 달라는 건 아닙니다. 제가 아이를 방임하려는 의도는 전혀 없었고 다만 저의 정신적인 문제로…

그	실례지만 혹시 정신과 치료를 받고 계신가요?

여자	저는 저만의 방식으로 아이를 사랑합니다. 단지 남들 다 가는 놀이공원에 자주 데리고 가지 않았다고 해서 또는 아이를 잠시 방치했다고 해서 나쁜 엄마로 낙인찍지는 말아주세요. 그건 부당합니다.

그	저는 단지 그날의 상황에 대해서만…

여자	어린아이가 어느 날 밤새 한잠도 자지 않고 온몸으로 죽을 힘을 다해서 울 때 그 얼굴을 보면서 달래본 적이 있으신가요?

그	아, 저는 아직 결혼을 하지 않았습니다.

여자	하루 종일 바깥일로 시달리다가 돌아왔는데 보모는 아이를 두고 가버리죠. 기진맥진한 상태인데 무슨 이유인지 전혀 알 수 없이 아이가 얼굴이 새빨개지도록 힘을 주며 울어댈 때 어떤 심정인지 아세요?

그    그럴 때는 아이가 어디 아픈 거 아닐까요?

여자  아이는 화를 내고 있는 겁니다. 엄마라는 존재에 대해서
     엄마의 부재에 대해서 엄마의 사랑의 방식에 대해서 비난
     하고 있는 거예요. 아이가 말을 하지 못할 때도 전 그걸 느
     낄 수 있었어요.

그    그럴 리가요.

여자  그럴 때마다 저는 아이보다 더 큰 소리로 울고 싶었어요.
     도저히 아이의 울음을 그치게 할 수가 없었어요.

그    그렇지만 요즘은 많이 컸고 그럴 일은 없지 않습니까.

여자  요즘은 울지는 않아요. 대신 말을 안 하죠.

그    아무하고도 말을 안 하나요.

여자  전혀 하지 않아요. 울음으로 저를 괴롭히던 아이가 이젠
     침묵으로 항의하고 있죠.

그    병원에서는 뭐라고 하나요.

여자  신체의 기능적인 면에 문제가 있는 건 아니라고 하더군요.
     말을 할 수 없는 건 아니라는 거죠. 그저 의지적으로 말을
     거부하고 있다고 해요. 그 어린아이가 침묵으로 나에게 무
     언가를 말하고 있는 거죠.

그    어린아이가 어떻게 그럴 수가 있나요? 저는 믿어지지가
     않습니다만.

여자  나는 우리 아이가 두려워요. 무서워요. 어린아이가 아니라
     나보다 더 나이를 많이 먹은 누군가가 나를 위에서 내려다
     보고 있는 거 같아요. 자, 너 이제 어쩔 거야? 이렇게요.

그    오늘은 이상으로 마치겠습니다. 휴식이 필요하신 것 같습
     니다. 다시 연락을 드리겠습니다.

여자  어떤 때는 나는 우리 아이의 아이가 되고 싶어요. 그래서
     그 아이 앞에서 한번 실컷 울어보고 싶어요. 그리고 화가
     나면 우리 아이처럼 그 한없는 침묵에 잠겨보고 싶어요.

그　　그만 돌아가셔도 좋습니다. 엘리베이터를 타는 곳까지 바래다 드리겠습니다. 자 가시지요.

여자　내가 이상한 여자인가요… 나쁜 여자인가요…

그, 여자를 데리고 나간다
점점 어두워진다


# 3. 흰 바위 터널로 가는 기차


남자가 의자에 앉아 있다
급히 재킷을 걸친 듯 어수선한 차림의 여자가 등장한다
아는 사람이 있는지 둘러보다가 남자를 발견하고 가까이 온다


여자　혹시 퇴근길에 저를 좀 태워주실 수 있어요?

남자　누구시죠? 저를 아세요?

여자　글쎄요. 확실하게 기억은 나지 않지만 익숙한 얼굴인 것 같아요. 아주 오랫동안 보아온 것 같은 그런 느낌이에요.

남자　하여튼 좀 앉으시죠. 어딜 급히 다녀오시나 봐요.

여자　서점에 갔었어요. 최근에 제가 출간한 책의 사인회가 있었거든요.

남자　멋진데요. 어떤 책을 쓰시죠?

여자　서점에서 나와서 카페에 갔어요. 진한 에스프레소를 마셨어요. 베이글도 하나 시켰지만 갑자기 시나몬 향이 확 올라오자 먹기가 싫어졌어요. 오래도록 앉아서 커피만 마셨죠. 세 잔이나 마셨답니다.

남자  그런데, 어떤 책을 쓰시죠?

여자  쇠락한 항구의 풍경과 악취가 나는 아름다운 호수, 극한의
      뜨거움과 추위를 경험하는 온천과 빙하, 은하수 동굴에서
      느끼는 황홀한 쾌락과 고통의 추억들… 게다가 중생대 숲
      에는 공룡에게 잡혀간 아내를 아직도 찾아다니는 남편이
      있다는 거예요.

남자  제가 아는 이야기 같아요. 혹시 비행기를 타고 열 시간쯤
      가서 기차여행을 하는, 절대 나올 수 없는 섬 이야기를 하
      는 건가요?

여자  아, 당신도 다녀오셨군요. 거기는 신혼부부만 갈 수 있는
      곳인데요.

남자  세상의 많은 남자와 여자들은 한때 신혼부부 시절이 있지
      요. 한 번 올라타면 다시는 내릴 수도 없는 순환열차에 꿈
      과 기대를 안고 기꺼이 오르는 사람들 말입니다.

여자  아름다운 풍경들이 가까이 가면 악취가 나고 순간의 쾌락
      은 무거운 고통과 이어지고 극한의 뜨거움과 차가움이 공
      존하는데다 과거와 현재와 미래가 뒤죽박죽으로 뒤엉켜
      있는 그런 섬이죠.

남자  흰 바위 터널로 탈출할 때까지는 내릴 수도 없는 기차를
      타고 끔찍한 여행을 해야하죠.

여자  당신도 그 섬에 다녀왔군요. 아무것도 되돌릴 수가 없어
      요. 저는 아직도 내리질 못했거든요.

남자  하기야 내리고나면 또 다른 순환열차가 기다리고 있답니
      다. 생이라는 굴레는 영원히 벗어날 수가 없지요.

여자  그래서 남의 차를 타려구요. 한번 벗어나보려구요.

남자  오늘은 마침 차가 없는데요. 사고가 나서 며칠 전부터 수
      리 중이거든요.

여자  아 어떡하지.

남자  무슨 일이 있으세요?

여자  실은 제가 미행을 당하고 있어요.

남자  네? 왜요?

여자  그럴 일이 좀 있어요. 오늘 아침에 버스를 타고 오는데 옆 좌석에 앉은 남자가 저를 계속 힐끔거리면서 아이패드에 뭔가를 적고 그러는 거예요.

남자  그게 누군데요?

여자  정보원에서 나온 사람이에요. 아이패드에 정보원 마크가 딱 찍혀 있더라구요. 어젯밤에도 집 밖에서 차를 세워놓고는 계속 감시를 하더니 오늘은 아침부터 버스 옆자리에 앉아서는 아예 따라다니는 거예요.

남자  거 참 흥미로운데요.

여자  무슨 그런 말씀을 하세요? 얼마나 괴롭고 불안한 상황인데 흥미롭다니요.

남자  죄송합니다. 차가 없으니 같이 기차를 타고 가면 어떨까요? 제가 옆자리에 앉으면 아무도 그 자리에 앉지 못할 테니까요. 그럼 제 차를 타고 가는 거나 마찬가지 아닐까요?

여자  아, 그렇군요.

남자  지금 세 시 반이니까 네 시 십삼 분 기차를 타면 되겠군요.

여자  친절하시네요. 전 항상 친절한 분들의 도움을 받으면서 살아왔어요. 제가 어려움에 처할 때마다 꼭 그런 분을 만나게 되거든요.

남자  저도 기쁩니다. 친절한 사람이 되는 것은 즐거운 일이지요.

여자  기차를 타면 잠도 잘 수 있으니 잘됐네요. 어젯밤에도 그 사람 때문에 잠을 한숨도 자지 못했거든요.

남자  전 사실 운전을 좋아한답니다. 오늘 제 차가 없는 게 참 아쉽네요. 게다가 저는 오랫동안 열차 운전을 했답니다.

여자  기관사를 하셨다구요?

남자    네, 저는 어렸을 때부터 기차를 참 좋아했었죠. 그래서 기
       관사가 되어 기차를 한 50량쯤 연결하고는 시베리아 대륙
       을 횡단해서 멀리 유럽까지 달리는 꿈을 꾸곤 했답니다.
       그러다 마침내 그 꿈을 이루었지요.

여자    저도 몇 달씩 기차를 타고 낯선 곳을 돌아다니는 게 한때
       의 로망이었어요.

남자    단정한 기관사 복장을 하고 승객들에게 아침마다 인사 방
       송을 하고, 창밖으로 지나가는 지방의 역사와 문화와 풍속
       에 관한 방송을 하는 것이 저의 크나큰 기쁨이었답니다.

여자    저도 열차에 타고 그 방송을 들을 때가 제일 행복했어요.
       그럴 때면 제 마음은 온통 행복한 노란색으로 변하곤 했죠.

남자    혹시 제가 운행하는 열차에 타신 적이 있나요?

여자    여기서 출발해서 시베리아를 거쳐 유럽으로 가는 열차를
       운행하는 회사는 딱 한 곳이잖아요. 게다가 그렇게 먼 거
       리를 운전할 정도로 경험이 풍부한 사람은 이 세상에 단
       한 사람뿐이라고 들었어요.

남자    아 맞습니다. 제가 바로 그 사람입니다. 그렇다면 제가 러
       시아를 지나갈 때 자작나무 숲을 배경으로 세 자매 이야기
       나 갈매기 이야기를 해드린 걸 들으셨나요?

여자    기억나요. 그 이야기를 듣고 감명을 받아서 귀국하자마자
       읽었지요.

남자    '당신은 왜 항상 검은색 옷을 입으시나요?'

여자    '검은색 옷은 제 인생의 상복이에요.'

남자    아, 정말 읽으셨군요.

여자    '선생님의 책 『낮과 밤』 121페이지 열한 번째 줄과 열두
       번째 줄을 보세요.'

남자    '121페이지, 열한 번째 줄과 열두 번째 줄이라…
       "언제라도 내 생명이 필요하면 가져가세요."'

여자    '언제라도 내 생명이 필요하면 가져가세요. 난 당신을 사
       랑해요. 전보다 더 사랑하고 있어요.'

남자    하하하, 안내방송을 한 보람이 있습니다.

여자    슬픈 이야기는 다 좋아한답니다.

남자    인생이란 슬프기보다는 부조리하지요.

여자    누구든지 행복하게 살기를 원하는데 아무도 그렇게 살 수
       가 없으니 그것이 바로 세상이 부조리하다는 증거지요

남자    이런 세상에 살면서 감히 행복하기를 바라는 게 더 부조리
       한 거 아닐까요? 세상에 던져졌으니 그저 사는 것이지요.
       인생에서 무언가를 바란다는 것은… 특히 행복 같은 추상
       적이고 비이성적인 것을 바라는 사람이 아직도 있다니요.

여자    행복하게 사는 걸 바라지도 못하는 것이 인생이라면 도대
       체 뭣 하러 사는 거죠?

남자    그냥 무심하게 사는 게 좋다, 이것이 제 인생관입니다. 그
       래야 불행이 와도 놀라지 않고 행복이 와도 덤덤하고 그런
       거죠.

여자    저는 행복하게 살고 싶어요. 불행이 닥쳐오면 견딜 수가
       없을 거 같아요. 온몸으로 부딪쳐도 마침내 힘이 달려서
       막을 수 없다면 결국 그것에 무릎을 꿇고 죽는 것밖에 더
       있나요. 산다는 게 그렇게 몸부림치다가 죽는 거라면 저는
       차라리 당장이라도 죽고 싶어요.

남자    하여튼 저는 기나긴 열차를 끌고 먼 곳을 다니는 것이 참
       좋았습니다.

여자    그건 마치 일이라기보다는 여행이나 일종의 모험 같은 것
       이겠군요.

남자    아니요, 그런 마음으로 해서는 절대 안 되지요. 열차는 아
       주 길고 많은 사람이 타고 있는 데다가 때로는 위험한 물
       건을 싣고 다니기도 하니까요. 긴장을 하지 않으면 큰 사

고가 나기도 한답니다.

**여자**  사고가 난 적이 있으신가요?

**남자**  아주 큰 사고가 있었지요. 그날 저는 승객칸 뒤에 위험한 화학약품이 실린 화물칸을 달고 운전하고 있었지요. 저는 항상 50량의 열차 운전을 좋아했기 때문에 그날의 열차 또한 어마어마한 양의 위험물을 싣고 달리고 있었지요. 길이 휘어진 곳을 지나갈 때면 내 뒤의 기나긴 꼬리를 돌아보는 게 큰 즐거움이었습니다. 그건 뭐랄까 마치 내 뒷모습을 보는 것과 같은 느낌이었으니까요. 아무도 자기 뒤를 볼 수는 없지 않습니까?

**여자**  거울이 없이는 자기의 앞모습도 볼 수가 없죠. 참 이상하죠. 자기에 대해서 그렇게 관심이 많은데도 정작 볼 수 없다는 게 말이에요. 자기 눈으로는 남을 보고 자기 입으로는 남 이야기를 하고 자기 귀로는 남의 목소리를 듣죠.

**남자**  그렇군요. 하여튼 저는 그날을 잊을 수가 없습니다.

**여자**  무슨 일이 있었나요?

**남자**  제 기차는 터널을 앞두고 있었습니다. 그 터널은 생긴 지 얼마 되지 않았고 험한 산을 가로지르는 아주 긴 터널이었지요. 저로서는 그 터널을 처음 지나가는 날이었습니다.

**여자**  긴장되셨겠군요.

**남자**  약간은요. 터널 입구에 도착해서 막 들어서려는 순간 짙은 안개가 피어오르더니 순식간에 앞을 볼 수 없게 되었습니다. 그리고는 무슨 이상한 합창 같은 소리가 웅장하게 들려오면서 기차를 감싸는, 아니 마치 삼켜버리는 것 같은 느낌이 들었습니다.

**여자**  새로 만든 터널에 문제가 생겼군요.

**남자**  저는 정신을 차리려고 애를 썼어요. 그 소리가 마치 사이렌의 노래처럼 저를 혼미하게 만들었어요. 안개 속에서 이상한 냄새도 나기 시작했구요. 제가 싣고 가는 위험물이 터널 안의 기압 차나 온도나 뭐 그런 것 때문에 터진 거라고 생각했습니다. 그러다가 저는 마침내 기절했습니다. 한동안 의식을 잃었다가 며칠 만에 겨우 깨어났지요. 한참 동안 병원에 있었는데 뉴스에서 계속 제가 몰던 기차 사고 이야기를 하더군요. 기차가 터널 안으로 들어간 다음에 밖으로 나오지 않았다는 겁니다.

여자    네? 그럼 당신은 어떻게 나왔나요?

남자    그러게 말입니다. 아무도 그걸 설명해주지 않는 겁니다. 저도 도대체 어떻게 된 건지 알 수가 없어요.

여자    터널이 무너져서 기차가 그 안에 갇혔나요?

남자    아니요. 터널은 지금도 그대로 있습니다. 그런데 그 기차가 여태 나오지 않았다는 거예요.

여자    그 많은 사람들 중에서 당신 혼자 살아남았다. 와, 당신은 영웅이군요.

남자    아닙니다. 저는 기차를 잃어버린 비참한 기관사지요. 승객도 삼백육십오 명이나 탔었는데 아무도 돌아오지 않았다니 저는 정말 어찌해야 할지 모르겠습니다. 그 위험물들이 어디선가 폭발하면 크나큰 재앙이 될 텐데 그것도 걱정이구요.

여자    여태 돌아오지 않았다구요? 한 명두요? 오 세상에. 가족들이 얼마나 기다릴까요.

남자    승객의 가족들은 이미 다 죽었습니다. 아주 오래전 일이거든요. 이미 수십 년이 흘렀으니까요.

여자    네? 믿을 수가 없네요.

남자    위험한 화물들이 더 걱정이지요. 어떤 화학반응을 일으켜서 어디서 폭발이라도 한다면…

여자    하지만… 참 그런데 올해가 몇 년도인가요? 2020년 아닌가요?

**남자** 저는 그 사고 이후로 시간을 헤아리지 않습니다. 충격을 받아서 시간을 놓아버렸다고나 할까요. 올해가 몇 년도인지 오늘이 몇 월 몇 일인지 지금이 몇 시인지 저는 시간에 관해서는 아무것도 모릅니다.

**여자** 당신은 그럼 대체 몇 살이세요? 저와 비슷하게 봤는데요.

**남자** 여기 제 신분증이 있습니다. 기관사의 사진이 박혀있는 신분증이죠. 회사에 입사할 때 찍은 사진이라서 지금보다는 젊게 보일 겁니다. 자 이걸 보세요. 저는 스무 살부터 열차에서 일을 시작했죠. 기관사 일을 처음 시작한 것은 그로부터 7년 후입니다.

**여자** 저는 도무지 숫자에 약해서. 아, 계산을 잘 못하겠네요. 그러니까 당신이 몇 살이냐 하면… 2020 빼기…

**남자** 앗, 지금은 네 시 십일 분. 우리가 기차를 타야 할 시간입니다. 이러다 늦겠어요. 기차는 네 시 십삼 분 정각에 출발하거든요. 기차를 놓치면 우리는 터널 안에서 절대로 나가지 못합니다. 자 뛰세요. 안개 속을 뚫고 나가야 합니다. 자, 지금입니다. 뛰세요.

두 사람 달려 나간다
폭발음과 함께 안개가 피어오른다


# 4. 기차놀이


희미한 빛이 점점 밝아진다

테이블을 사이에 두고 앉아있는 남자와 그
테이블 위에는 레고 블록으로 만든 기차와 레일 세트가 있다
그는 대화 중에 기차를 움직이기도 한다
레일은 원형이고 출발한 기차는 곧 제 자리에 돌아온다


그    이게 뭔지 아시겠어요?

남자   애들이 갖고 노는 블록이군요.

그    소이 겁니다. 여기 블록 박스에 김소이라고 써있네요.

남자   어디서 그걸 가져온 거죠?

그    소이 가방에 들어있었던 겁니다. 말하자면 유품인 셈이죠.

남자   그런 소리 하지 말아요. 함부로 지껄이면 당신 그냥 두지
      않겠어.

그    벌써 다섯 번째 반복하는 중입니다. 그만 하시죠.

남자   백 번을 다시 해도 마찬가지요. 나는 당신 말 믿지 않아요.

그    그런 게 부모 마음이지요. 이해합니다.

남자   그만 가겠습니다.

그    안됩니다. 그런데 왜 이게 아이의 가방에 들어있었는지 혹
      시 아십니까?

남자   그건 소이의 생일에 내가 사준 겁니다. 그걸 아주 좋아해
      서 어디에 가든 가방에 넣고 다녔어요. 그리고는 그걸 펼
      쳐놓고 늘 기차놀이를 했죠.

그    그렇군요. 마지막 순간에도 기차가 든 가방을 메고 있었
      다…

남자   그만 하세요. 그런 말 하지 말라니까. 어딘가에 살아있을
      거요. 내가 찾으러 오기를 기다리고 있단 말입니다.

그    그렇군요. 자 이제부터 질문을 좀 하겠습니다. 너무 그렇
      게 긴장하실 건 없어요. 의례적인 질문들이니까요. 어쨌거
      나 오늘 날씨는 정말 화창하군요. 이런 곳에 처박혀 있기

에는 정말 부적합한 날씨입니다. 이런 날은 사랑하는 가족
들과 소풍을 가야죠. 김밥도 싸고 콜라도 챙기고 해서 놀
이공원 같은 곳에 가는 거죠. 아이들과 회전목마도 타고
바이킹도 타고 관람차도 타고 그래야 하는데.

**남자**　좋은 아빠시군요.

**그**　아빠는 아닙니다. 결혼을 안했어요. 그냥 날씨가 좋은 날
이면 그런 상상을 하곤 하죠. 아 참, 오리배도 타야죠. 발로
열심히 페달을 구르면 오리가 앞으로 나가는 거요. 그것도
한참 하면 꽤 다리가 아프더군요. 아이들은 지나가는 오리
배에 탄 처음 보는 아이들과 손을 흔들며 서로 인사를 하
죠. 참 아름다운 풍경이죠.

**남자**　그런 날이 오겠지요.

**그**　뭐 등산을 할 수도 있겠죠. 가을이면 아이를 어깨 위에 태
우고 배낭을 메고 아내와 함께 산 정상까지 가는 거죠. 야
호 그거 한번을 외치려고 그 고생을 하고 산 정상까지 올
라가는 게 사실 저는 이해가 안 됩니다.

**남자**　제가 시간이 없어서요. 이제 본론으로 들어갔으면 합니다.

**그**　아 죄송합니다. 하하하, 저는 사실은 등산을 가본 적이 전
혀 없답니다. 화창한 날씨에도 이놈의 어두침침한 방구석
에서 일을 해야 하거든요.

**남자**　다들 사는 게 바쁘니까요.

**그**　이 방은 참 특별하죠. 아주 좁고 약간 어둡고 아무런 장식
물도 없고, 그냥 뭐 아무것도 없는 텅 빈 공간일 뿐이죠.
그런데 이상하게도 아무것도 없는 이 방에만 오면 사람들
은 좀 달라진답니다. 뭐랄까, 막연한 공포 같은 걸 느낀다
고나 할까. 저는 이 방을 사랑합니다. 이 방은 저에게는 뭐
랄까, 참 남다른 의미를 갖는 방이죠. 이 방에서 인생의 전
성기를 다 보냈으니까요.

남자    이 방에서 주로 일을 하시나 봅니다.

그    이 건물에는 이런 방이 많습니다. 방의 번호는 21B, 카 427, A-56 이런 식의 번호가 붙어 있지요. 일련번호가 아니라 고유한 이름 같은 거죠. 전설적인 인물들이 다녀간 방도 있고 참 여러모로 추억이 깃든 방이지요. 어떤 점에서는 역사적 의미가 있는 곳이기도 합니다.

남자    이 방 번호는 어떻게 되나요.

그    이 방은 그저 다양한 사람들이 거쳐 가는 방이지요. 이렇다 할 지위를 갖지는 않은 사람들, 그렇지만 나름대로 자신의 생에 충실했던 사람들이기도 하지요.

남자    어서 마치고 돌아갔으면 합니다.

그    여기서 나가고 싶으신가요?

남자    여기서 하루를 다 보낼 수는 없으니까요. 저도 할 일이 많습니다.

그    저도 여기서 나가고 싶습니다. 오늘은 저도 모처럼 데이트가 있답니다.

남자    자 뭐가 궁금하신가요. 어서 질문해주세요.

그    하고 싶은 이야기가 있으면 해주세요. 결혼 생활은 어떠신가요? 아 참 이혼을 하셨던가요?

남자    그런 사적인 질문에 제가 대답을 해야 하나요?

그    궁금해서요. 제가 결혼을 안 해봐서요. 당연히 이혼도 안 해봤고, 도통 그쪽에 대해서는 잘 몰라서요.

남자    제가 여기 온 이유를 알고 싶습니다. 저의 결혼과 이혼에 대해서 알고 싶은 건 아니시겠죠. 제가 이혼을 했다고 해서 이 방에 갇혀 있어야 하는 건 아니지 않습니까.

그    물론 이혼이 범법 행위는 아니지요. 그런데 이혼이 어떤 사건과 연결된다면 그땐 다른 이야기죠.

남자    질문을 똑바로 해주세요. 대체 뭐가 궁금한 겁니까?

그    생각해보니 저도 그동안 너무 운동을 안 했어요. 몸이 찌뿌드드한 게 등산이라도 가야 할 거 같습니다.

남자    질문을 하세요. 아니면 답을 해주세요. 대체 왜 제가 이 방에 있어야 하는 겁니까?

그    하하하, 정말 웃기는 상황이죠. 그런데 선생께서는 등산을 자주 가시나요?

남자    아니요, 저도 바빠서요. 대학 다닐 때는 등산을 좀 하긴 했지만 최근에는 전혀 가본 적이 없습니다.

그    세모산을 특히 좋아하시나 봐요.

남자    네?

그    아 뭐 별 거 아닙니다. 사람들이 세모산하고 삼각산을 제일 많이 가니까요. 그냥 한번 여쭈어본 겁니다.

남자    세모산이든 삼각산이든 가본 적이 없습니다.

그    작년 여름에는 몇 번이나 가셨던데요.

남자    제가요? 어디를요?

그    세모산 입구에 있는 주유소와 휴게소에서 카드를 사용하신 적이 있더군요. 8월에 집중적으로 가셨더군요. 그리고 한참 동안은 뜸하다가 최근 들어 다시 가기 시작하셨죠. 심지어는 지난 주말에도 다녀오셨더군요.

남자    그럴 리가요. 아, 실은 제가 카드를 도난당했습니다. 어디서 잃어버렸는지 신고를 할 참이었습니다.

그    그러시군요. 그런데 그 카드로 오늘 점심시간에도 식당에서 결제를 하셨더군요. 잃어버렸던 카드를 그새 다시 찾으신 모양이죠?

남자    뭐라구요? 아니 이 사람이. 당신 무슨 자격으로 내 조사를 하고 다닌 거요?

그    아 그 정도야 뭐 어려운 건 아니지요. 하이패스와 인근의 씨씨티비로도 이미 확인을 했습니다. 지난 주말에는 왜 또

　　　　그렇게 늦은 시간에 그 깊은 산속엘 가셨나요?

남자　가지 않았어요. 절대로 가지 않았어. 당신들 대체 누구 허
　　　락받고 내 뒷조사를 한 거죠? 변호사를 불러줘요. 당신하
　　　고는 더 이상 한마디도 하지 않겠어.

그　　그러시죠. 일단 옆방에서 잠깐 기다려주세요. 제가 좀 다른
　　　일이 있어서요. 찬찬히 생각을 좀 해보시죠. 그동안 세모산
　　　에서 무슨 일이 있었는지 정리를 해서 말씀을 해주시죠.


　　　남자가 퇴장하고
　　　잠시 후 여자가 들어온다
　　　그가 의자를 권하고 그녀가 앉는다


그　　멀리 와주셔서 감사합니다.

여자　창을 좀 열어주세요. 공기가 너무 답답하네요.

그　　그렇습니까? 저는 잘 모르겠는데요. 이 방에는 창이 없습
　　　니다. 열 수가 없어요.

여자　저건 창이 아닌가요?

그　　저건 옆방에서 이 방을 몰래 보는 용도의 창입니다.

여자　지금도 누가 여기를 보고 있나요?

그　　아니요, 저 방에 들어가는 사람은 저뿐입니다. 제가 저 방
　　　에 가서 이 방에 있는 사람을 보는 거죠.

여자　왜 그런 창이 필요한가요?

그　　별다른 이유는 없습니다. 그저 관찰하는 것뿐입니다. 어
　　　떤 사람은 자해를 시도하기도 하거든요. 참 이해가 안 됩
　　　니다. 이 방을 보세요. 무서운 건 아무것도 없는 빈 공간일
　　　뿐인데 사람들은 이 방을 참 싫어합니다. 누가 쫓아오기라
　　　도 하듯이 이 방에 혼자 있으면 어디로든 출구를 찾는 거
　　　죠. 그러다 출구가 없다는 걸 알게 되면 자기 가방을 뒤져

서 뭐라도 찾아낸답니다. 손톱깎기나 면도칼 같은 거를 찾아서 자해를 하죠. 어떤 사람은 칫솔을 부러뜨려서 동맥을 자른 적도 있답니다. 심지어는 모나미 볼펜 있지 않습니까. 그 볼펜으로 자기 목을 찌른 사람도 있었어요. 하 참, 이 방이 도대체 왜 그렇게 무서운지 저는 통 이해가 안 됩니다. 그래서 이 방에 누군가를 혼자 남겨둘 때면 항상 저 방에서 이 방을 지켜봐야 한답니다. 순전히 보호 차원이지요. 숨 가쁘게 바쁜 가운데 그런 것까지 해야 하니 제가 데이트를 하고 결혼을 할 시간이 도무지 어디 있겠습니까? 남들은 연애를 하고 결혼을 하고 심지어 살다가 지쳐 이혼까지 하는 마당에 저는 시작조차 못했다니까요.

**여자**  다행이군요.

**그**  너무하시네요. 저도 남들처럼 살아봐야 하지 않겠습니까? 선생께서는 그 모든 걸 다 해보신 분이니까 그런 말을 아무렇지도 않게 하시겠지만 저로서는 여간 부러운 게 아닙니다.

**여자**  끝까지 가보면 내 말이 무슨 말인지 아실 거예요.

**그**  참 이혼하실 때 딸이 하나 있었죠?

**여자**  네? 아 네.

**그**  딸이 몸이 불편했죠? 어딘가 아팠다고 들었습니다.

**여자**  마음이요, 마음이 좀 아팠어요.

**그**  부모가 지나치게 머리가 좋은 경우 뜻밖에 자녀에게서 그런 경우가 있다고 하더군요. 아 물론 완전한 학설은 아니라는 건 알고 있습니다. 어쩌면 그래서 세상이 좀 공평한 게 아닐까요. 모든 것을 다 가진 사람들이 아무런 고통도 없다면 그 교만함으로 세상 무서운 줄 모르고 난리칠 테니 그걸 어쩌겠습니까.

**여자**  명석한 아이였어요. 다만 세상을 좀 두려워했죠. 마음이 연약했어요. 세상에 대해 마음을 닫고 아무 말도 하지 않았으니까요.

그  많이 힘드셨겠어요.

여자  엄마 노릇이 부족했어요.

그  너무 바쁜 분이니까요.

여자  엄마나 아내 역할이라는 게 쉽지 않았어요. 아니, 많이 힘들었어요. 모든 걸 넘어서고 싶었죠.

그  그래도 엄마 자리는 어쩔 수 없는 거죠.

여자  보모를 두고 가정교사도 뒀어요. 일주일에 한번 놀이치료 교사가 왔고 매주 월요일에는 영어 개인지도 수요일에는 수영 개인지도를 받았죠. 금요일에는 바이올린을 배웠어요. 모든 걸 완벽하게 채워주려고 했죠. 최선을 다했어요.

그  그래도 가장 필요한 건 엄마였겠죠.

여자  내 발목을 잡는 아이가 어느 순간 미워졌어요. 아이만 아니라면 세상에서 가장 높은 곳까지 날아오를 것만 같았죠. 점점 견딜 수가 없었어요.

그  그래서 이혼할 때 양육권을 포기하셨나요?

여자  엄마라는 이름이 너무 무거웠어요.

그  이 세상에는 엄마가 되기를 소망하는 여자들이 아주 많습니다. 심지어는 단지 엄마가 되고 싶어서 싫어하는 남자와 결혼하는 여자도 있을 정도인 걸요. 엄마가 된다는 것은 그렇게 굉장한 일이랍니다.

여자  세상에는 다양한 사람이 있으니까요.

그  단지 엄마가 되고 싶어서 자기가 낳지도 않은 아이를 입양하기 위해 엄청난 노력을 하는 사람들도 있습니다.

여자  그거랑은 다른 문제입니다.

그  하여튼 이혼하면서 아이를 포기하는 엄마는 거의 없죠. 더욱이나 병약한 아이로서는 더더욱 엄마가 필요했을 텐데요.

**여자** 　시댁에서 아이를 원했어요. 기나긴 재판을 했어요. 힘들었
죠. 나는 그만 아이의 손을 놓고 말았어요. 아이를 잘 키울
걸 믿었죠.

**그** 　선생에게 아이를 주기 싫어서 아이를 데려가려고 했던 걸
까요? 남편이나 시부모가 그 아이를 각별하게 대한 것 같
지는 않습니다만.

**여자** 　남편은 이미 다른 여자가 있었어요. 그 여자가 내 딸을 원
할 리 없었죠. 시아버지도 수년째 병원 신세인데다가 시어
머니도 지친 상태였죠. 그 집에서 아이를 원한 사람은 아
무도 없었어요.

**그** 　그런데 아이가 왜 그쪽으로 가게 되었을까요? 선생은 좋
은 직업도 있고 경제력도 있는 사람인데요.

**여자** 　우울증이 좀 있었어요. 그게 아이 정서에 좋지 않을 거라
고 그쪽 변호사가 주장했고 판사가 그 의견을 수용했죠.

**그** 　그랬군요. 아이는 얼마나 자주 만났나요?

**여자** 　저도 많이 지쳐 있었어요. 아이를 찾아갈 마음의 여유도 없
었지요. 딸 생각에 울면서 밤을 지새웠지만 아침이 되면 정
신없이 바빴고 여기저기서 불러대는 통에 내가 아주 중요
한 사람이란 생각이 들었죠. 그걸로 하루하루를 버텼어요.

**그** 　아이가 실종됐다는 소식을 들은 건 언제였나요?

**여자** 　작년 여름이었어요.

**그** 　아이의 기숙학교에서는 아이에 대해서 이렇게 말하더군
요. 그 아이는 엄마 아빠를 제외하고는 아무도 따라가지
않는다구요.

**여자** 　남편이 데려갔다는 말씀인가요?

**그** 　선생일 수도 있지요. 두 사람 중 한 사람을 따라갔을 거라
고 추측됩니다만.

여자　저는 아니에요.

그　작년 8월 15일 어디서 무얼 하셨죠?

여자　그걸 어떻게 기억하죠? 그렇게 오래전 일을 어떻게 기억해요.

그　모든 스케줄을 적어두는 습관이 있으시죠. 자 폰을 한 번 보시겠어요? 작년 8월 15일입니다.

여자　자 보세요. 마음대로 보세요. 저는 딸아이를 만난 적이 없어요.

그　8월 15일, 시민 대상 특강이 있었군요. 하나문화회관에서 특강이라… 그렇게 넓은 곳에서도 특강 행사를 하나요? 사람을 천 명씩 모아놓고 무슨 이야기를 하셨죠?

여자　늘 하는 그런 이야기죠. 제가 평생 연구해온 것들이요.

그　대단하시네요. 일단 존경합니다. 기회가 되면 저도 한 번 그 특강을 들어보고 싶군요. 이 시대 최고의 명사이시고 대단한 학자시고 유명한 여성이시죠. 그날 광화문에서 네 시에 일정이 끝나고 그 이후에는 무얼 하셨죠?

여자　거기 있는 게 다예요. 집에 갔겠죠. 휴일에도 일을 했으니 얼른 가서 쉬고 싶었겠죠.

그　아닙니다. 그날은 딸의 아홉 번째 생일이었습니다. 그래서 기숙학교로 찾아가서 외식을 하기로 했죠.

여자　그랬나요? 아, 기억이 나요. 학교에 갔는데 남편도 와 있더군요. 같이 저녁식사를 하기는 싫었어요. 그래서 제가 그냥 돌아왔죠.

그　남편은 그 반대로 말하던데요. 선생이 먼저 와 있는 걸 보고 자기는 그냥 돌아갔다, 이렇게요.

여자　그 사람 말은 다 거짓이에요.

그　하여튼 다음날 아이는 실종신고가 됐고 아이를 마지막으로 본 사람은 두 분이죠. 아이의 엄마와 아빠.

여자  도대체 나한테 왜 이러는 거죠? 무슨 권리로 나를 괴롭히
는 거죠?

그  잠시 쉬도록 하세요. 옆방에 가시면 커피가 준비되어 있
으니 잠깐 쉬고 오세요. 아 그 방에는 창문도 있답니다. 자
가시죠. 나가서 오른쪽입니다.


여자가 나가고
잠시 후 남자가 들어온다


그  유전자 감식결과가 나왔습니다.

남자  무슨 말씀이신지.

그  세모산에서 발견된 실종 아동의 머리카락과 선생의 머리
카락을 검사한 결과 99.9프로 일치한다는 결과가 나왔습
니다.

남자  그럼 세모산에서 죽은 아이가 제 딸이란 말씀인가요?

그  그렇습니다. 실종된 아이를 찾지 못하고 이렇게 슬픈 소식
을 전할 때가 제일 괴롭습니다. 더 부지런히 찾아다니고
더 노력을 했어야 하는데 그런 자괴감이 듭니다.

남자  믿을 수가 없군요. 제 딸이 그 깊은 산 속에 가서 발견됐다
는 게.

그  아이가 입고 있던 옷의 사진입니다. 맞나요?

남자  내 딸일 리 없습니다.

그  두 분의 수입에 비해서 아이가 입고 있던 옷이 좀 저급한
물건이라고 하더군요. 시장에서 파는 싸구려 중국산 옷이
라 처음에는 선생 댁 딸이라는 걸 연결시키지를 못했습니
다. 좀 더 고급스러운 옷을 입는 줄 알았거든요.

남자  99.9프로라는 건 100프로와는 다른 거 아닙니까. 제 딸이
아닙니다. 죽었을 리 없어요.

그	이상입니다. 오늘은 돌아가셔도 좋습니다. 나머지 조사를 위해서는 다시 연락드리겠습니다.

남자	제 딸이 아닙니다. 그 아이가 왜 그런 곳에 가 있단 말입니까. 그 깊은 산속으로 누가 왜 데리고 갔을까요? 그럴 이유가 없지 않습니까.

그	고생 많으셨습니다. 안녕히 가세요. 출구는 문의 왼쪽 복도 끝에 있습니다. 엘리베이터를 타고 B3을 누르면 주차장으로 연결됩니다.


남자, 조용히 일어나 나간다
여자, 스치며 들어온다
앞의 여자와는 전혀 다른 사람처럼 극도로 초췌해졌다
여자, 목에 붕대를 두르고 있다


그	볼펜이 흉기가 된다는 걸 제가 알려드린 셈이 됐군요.
여자	아니에요, 영화에서 본 적이 있어요.
그	이럴 때면 정말 제 일이 싫어집니다. 쉬어야 하는 환자분을 이렇게…
여자	자책하실 필요 없어요. 제 문제입니다.
그	왜 그러셨습니까? 사소한 물건 같지만 치명적일 수도 있습니다.
여자	어디에 있든 하루종일 그들로부터 벗어날 수가 없어요. 도무지 숨을 곳이 없어요. 그들은 줄기차게 저를 공격해요. 머리가 지끈거리고 심장이 터질 것처럼 벌렁거리고 온몸이 불에 덴 것처럼 뜨거워서 견딜 수가 없어요. 저는 집 밖으로 뛰쳐나와 소리를 지르죠. 나와. 숨어있지 말고 나와. 당장 내 눈앞으로 나와서 너의 정체를 밝혀라. 비겁하게 숨어있지 말고 내 앞에 나타나. 정정당당하게 니가 원하는 걸 말해. 왜 나를 이렇게 괴롭히는지 제발 말을 해줘.

그　　도대체 당신을 그렇게 괴롭히는 게 누구죠?

여자　그걸 모르겠어요. 아무리 생각해도 모르겠어요. 내가 이제
　　　까지 살면서 어느 누구한테도 나쁘게 한 적이 없는데요.
　　　왜 나를 쫓아다니면서 괴롭히는지 모르겠어요.

그　　그래서 어떻게 하셨나요?

여자　서울집에서 멀리 떨어진 섬으로 이사를 갔어요. 창을 모두
　　　잠그고 아무도 열지 못하게 안에서도 밖에서도 양쪽으로
　　　쇠창살을 했어요. 아무도 찾지 못할 구석에 쪽문을 만들고
　　　현관이며 대문은 모두 잠그고 봉쇄를 했죠. 그뿐인가요.
　　　지붕 위에는 철조망으로 칭칭 둘러서 집 전체를 단단히 폐
　　　쇄시켰어요.

그　　그럼 외출은 안 하시나요?

여자　물론이죠. 집 밖에는 공격이 더 심하니까요. 그나마 집 안
　　　에서는 완전히 커튼을 가리고 빛을 차단하고 모든 가전제
　　　품의 코드를 뽑아서 한 곳에 몰아넣고 문을 잠가버렸거든
　　　요. 그러니까 최소한 집 안에서는 어느 정도 안전한 거죠.
　　　하지만 집 밖에는 사방에서 공격이 오니까요.

그　　예를 들면 누가 공격을 하나요?

여자　세상의 모든 것이죠. 하늘의 태양부터 땅바닥, 포장도로,
　　　건물들, 자동차, 사람들이 들고 다니는 휴대폰, 그리고 사
　　　람들마저요.

그　　안전한 것은 없나요?

여자　전혀 없지요. 게다가 사람들은 사물보다 더 악랄해요. 사
　　　람들이 들고 다니는 가방에 뭐가 들었는지 아세요? 한번
　　　유심히 보세요. 사람들은 모두 가방을 들고 다녀요. 아니
　　　면 장바구니나 쇼핑 봉투라도 아무튼 뭐든지 들고 다니죠.
　　　빈 손으로 다니는 사람이 없어요. 그 들고 다니는 가방이

나 봉투 안에는 온갖 위험한 것들이 들어 있어요.

그    예를 들면요?

여자   모든 게 무기죠. 게다가 아무것도 안 들고 다니는 사람들
      은 손을 주머니에 넣고 다니죠. 그건 정말 최악이에요. 그
      들은 당장 나를 향해 던질 위험한 것을 손에 쥐고 있다가
      나를 지나칠 때면 어느새 그것들을 나에게 확 뿌리고 달아
      난다니까요.

그    세상의 모든 사람이 당신을 공격하나요? 왜 그렇죠?

여자   그러니 미칠 지경이죠. 내가 자기들한테 대체 무슨 잘못을
      했길래 이렇게 나를 괴롭히느냐구요. 내 집 안에서조차 편
      히 못 있는 신세를 생각해보세요.

그    도와드리고 싶군요. 진심입니다.

여자   감사합니다. 그런데 당장 내 앞에 있는 그 노트북과 전화
      가 이 순간에도 나를 향해 공격을 하고 있지요. 얼마나 머
      리가 아프고 온몸이 터질 것처럼 아픈지 상상도 못하실 거
      예요.

그    아 그렇군요. 죄송합니다. 마지막으로 한 가지만 더 묻겠
      습니다. 딸을 낳은 적이 있습니까?

여자   네? 그게 무슨 말씀이죠?

그    낳았다면 스스로 딸을 키운 적이 있습니까? 엄마 노릇을
      한 기간은 정확하게 얼마나 되지요? 소이는 지금 어디 있
      습니까? 소이는 몇 살이죠? 두 분이 이혼할 때 소이는 누
      구와 살기를 선택했나요? 아이들은 보통 아빠보다는 엄마
      와 더 친근하죠. 소이도 그랬나요? 이혼할 때 대부분의 엄
      마들은 아이를 자기가 맡으려고 하는데 왜 그렇게 쉽게 포
      기했나요? 왜 굳이 남편에게 양육권을 넘겼나요? 성공을
      향해 나아가는데 딸을 키우는 게 부담스러웠나요? 자식보
      다도 자신의 성공이 그렇게도 중요합니까? 그래서 남편도

보내고 딸도 보내고 혼자 남아 유명해지고 승승장구한 인
생이 행복했습니까?
이상입니다. 질문이 너무 많았나요. 제가 좀 궁금한 걸 못
참는 성격이라서요. 죄송합니다. 이제 가셔도 좋습니다.

그가 전화기를 든다

**그**     여자분도 그만 돌려보내. 오늘은 더는 못하겠군. 날씨가
       너무 화창해서 말이야. 나도 좀 나가봐야겠어.

그가 불을 끄고 나간다
어둠 그리고 정적
잠시 후

**그의소리** 두 사람 모두 알리바이가 확실합니다. 심증은 있지만 물증
       을 찾지 못했습니다. 일단 수사는 여기서 종결되며 김소이
       의 실종 및 사망 사건은 미제로 남게 됩니다.

흐릿한 어둠 속에
여자는 여전히 의자에 앉아 있고 남자가 한쪽 구석에 서 있다

**남자**    이 사람은 아이를 기를 자격이 없는 사람입니다. 아이가
       다섯 살 무렵 놀이공원엘 데려간 적이 있었지요. 하늘기차
       라는 놀이기구를 탔는데 기차가 멈추자마자 아이를 내팽
       겨 둔 채 혼자서 어디론가 사라져 버렸습니다. 아이는 내
       리지도 못하고 혼자서 그놈의 열차에 갇혀서 몇 바퀴나 더
       돌아야 했습니다. 그때 충격으로 우리 아이는 말을 잃어버
       렸습니다. 마음을 굳게 닫아버렸어요. 세상의 그 누구하고

도 말을 하지 않습니다. 특히 엄마 옆에는 절대 가지도 않습니다. 이 세상에서 우리 아이가 믿고 따르는 사람은 오직 아빠뿐이지요.

남자, 가상의 아이의 손을 잡고 나간다
남자가 들고 있는 아이의 가방에는 기차블록세트 상자가 삐죽 나와 있다
여자, 서서히 어둠 속에 잠긴다


# 5. 지하철


지하철
여자가 복잡한 지하철 노선도 앞에 멍하니 서 있다
사람들에게 떠밀려서 전철역 안으로 들어왔지만 어디로 가야할지를 모른다
커리어 우먼의 옷차림에 커다란 가방을 메고 나름 차려입은 듯하지만
어딘가 어울리지 않는 이상한 옷차림이다
수많은 화살표들과 출입구들과 개찰구로 흘러가는 사람들의 풍경을
영상으로 보여주다가 점점 빠르게 돌려 영상이 흩어져버린다

**여자**    잠원, 반포, 그 옆은 사평, 교대, 그 옆에도 길이 또 있네. 내방? 신반포… 왜 이렇게 복잡하지. 길이 여섯 개나 되네. 어디로 가야 하지… 고속터미널, 여긴 왜 왔을까. 기억이

안 나.

가방에서 휴대폰을 꺼내 전화를 걸려고 한다
어떻게 사용하는 건지 생각이 안 난다
폰을 이리저리 만져보지만 사용법을 알 수 없어 당황한다

여자    화면이 안 보이네. 자판이 안 나와.

사람들이 이리저리 휘돌아나가는 가운데 어쩔 줄 모르고 서 있다
가 문득 딸을 생각한다

여자    그런데 소이는 어디 갔지? 손을 놓쳤어. 손을 꼭 잡고 있었
는데 어디로 간 거야. 사람이 이렇게 많은 데서 어떻게 찾
지… 어느 길로 가야 하지…

당황한 가운데 과거의 기억으로 돌아간다

여자    아니야, 절대 아니야. 일부러 그런 거 아니야. 그날은 엄마
가 정신을 잃었던 거야. 너무 어지럽고 숨이 안 쉬어져서
급히 내린 거야. 혼자 하늘기차를 두 바퀴나 더 탔지. 얼마
나 무서웠을까. 미안해. 엄마가 잘못했어. 미쳤어, 너를 두
고 혼자 내렸어…
여자    근데 이게 뭐야, 소이를 또 잃어버렸어. 우리 딸을 또 놓쳤
어. 나 정말 미쳤나봐. 누가… 날 좀… 도와줘요…
여자    기차를 정지시켜요. 우리 딸이 저기 혼자 타고 있어요. 저
기 저 칸이요. 빨간색 풍선이 그려진 칸이요. 당장 정지시
켜요. 우리 아이가 울고 있어요. 우는 소리 안 들려요? 빨
리요. 제발…

놀이공원의 기계음이 큰 소리로 들리다가 정지된다
정신없이 이리저리 딸을 찾아 헤매고 다니는 여자
마침 전화벨이 울리고 여자는 다시 현실로 돌아온다
전화를 받는다

**소리**    안녕하세요. 여기는 현대가족문제연구소입니다. 잠시 설문에 응해주시면 스타벅스 커피 쿠폰을 보내드리겠습니다. 시간 괜찮으신가요?

**여자**    우리 딸 어딨는지 아세요? 딸을 잃어버렸어요. 이름은 김소이구요. 다섯 살이에요. 아니 아홉 살이에요. 아니 열다섯 살인가. 우리 딸 본 적 없어요?

**소리**    네? 아, 전화 잘못 걸었습니다. 끊을게요.

**여자**    여보세요. 여보세요. 끊지 마세요. 지금 우리 딸 잃어버린 걸 신고하는 중이잖아요. 전화를 그렇게 막 끊으면 어떡해요.

여자는 다시 전화를 걸려고 한다
남편에게, 아니 소이에게, 아니 경찰에, 아니면 어디든…
전화가 안 되자 당황한 여자는 주변을 둘러본다
저쪽에 뜬금없이 예쁜 빨간색 전화기가 보인다
소이의 장난감인 것 같다
꿈을 꾸듯 거기로 향한다
아무 번호나 누른다

**여자**    여보세요, 이시연 교수님 폰인가요?

**소리**    아닌데요. 전화 잘못 거셨어요.

**여자**    여보세요, 제발 끊지 마세요. 한국대학교 교수고 베스트셀러를 세 권이나 썼고 티비에 종종 나오는 그 유명한 이시

연 교수, 아시죠? 참 시도 쓰죠. 교보문고 전광판에도 한동
안 시가 떠있었잖아요. 사람과 사람 사이에 문이 있다. 이
렇게요.

**소리**　그런데요.

**여자**　아, 아시는구나. 그 사람이 바로 저예요. 제가 바로 그 사람
이에요.

**소리**　그 여자 쫓겨났잖아요. 벌써 한참 됐는데. 수업시간에 이상
한 소리나 하고 학생들에게 함부로 하다가 잘렸다는데요.

**여자**　그렇지 않아요. 학생들이 먼저 시작했어요. 내가 하지도
않은 말을 했다고 하고, 하지도 않은 일을 했다고 했어요.
내가 미쳤어요? 학생들에게 그런 말을 하게. 나는 상식적
인 사람이에요.

**소리**　이혼했다면서요. 불륜이라나 뭐라나. 입에 담기도 싫어요.

**여자**　그건 내가 아니라 남편이에요. 오랫동안 남편이 나를 외면
했어요. 나는 밖에서는 환호를 받았지만 집에 오면 쓸쓸했
어요. 항상 혼자였어요. 불도 켜지 않고 그냥 앉아 있었어
요. 아무 소리도 들리지 않는 어둠 속에 앉아 있다 보면 시
간은 더디게 흘러 어쨌든 아침이 왔어요. 그제서야 세수도
안 하고 전날 차림 그대로 다시 밖으로 나갔죠. 너무 바빠
서 씻을 시간도 없고 옷 갈아입을 시간도 없었어요. 날마
다 스케줄이 빡빡했거든요.

**소리**　딸도 죽었다면서요.

**여자**　딸을 죽인 건 내가 아니에요. 남편이에요. 유전자 검사도
하고 현장의 씨씨티비도 다 확인했거든요. 남편이 분명한
데, 경찰에서는 확실한 게 없대요. 뭐가 더 필요한 거죠. 남
편은 잘 살고 있어요. 딸이 죽었는데도 잘만 산다니까요.

**소리**　사람들이야 뉴스에 나오는 것만 알지 진실이야 모르죠.

**여자**　참을 만큼 참았어요. 이젠 나도 못할 게 없어요. 아이를 죽

일 수도 있어요. 그가 가장 사랑하는 것을 빼앗아 고통을 주기 위해서죠. 할 수 있어요. 자기를 위해서 아버지도 배신하고 동생도 위험에 몰아넣고 내가 살던 곳을 떠나왔어요. 그런데 이제 와서 나를 버리고 재벌집 딸과 결혼한다는 거예요. 모든 걸 바친 나를 버린 남자한테 복수하기 위해서 못할 게 뭐가 있어요. 그래요, 나 미쳤어요. 미친년이 뭐는 못해요. 이미 미쳐버린 여자가 더 이상 갈 데가 어딨어요. 아무도 나를 사랑하는 사람이 없고 모두들 나를 미워하는데, 이제 벼랑 끝인데, 여기서 뭘들 못해요. 우리 딸을 죽인 다음 남편에게 그 죄를 뒤집어씌울 거예요. 할 수 있어요. 자기들은 나한테 그보다 더한 짓도 하는걸요.

**소리**    딸을 죽인다구요?

**여자**    네? 아니요, 아니에요. 내가 엄만데 설마 내 딸을 죽일 리가 있어요. 당연히 남편이 그랬죠. 재혼을 위해서 걸리적거리는 내 딸을 죽인 거죠. 그 사람은 그렇게 잔인한 사람이에요. 그런 짓을 하고도 잘도 살아갈 사람이지요.

**소리**    대체 무슨 소리를 하는 거예요?

**여자**    실은… 내가 죽인 거나 다름없어요. 그날은 내가 학교로 아이를 데리러 가야 하는 날이었어요. 가는 길에 차가 많이 막혔어요. 게다가 비가 억수같이 왔어요. 태풍이었거든요. 한 시간이나 늦게 도착했을 때 우리 딸은 우산도 없이 고스란히 그 비를 맞고 서 있었어요. 학교로 다시 들어갈 수도 있었을 텐데 왜 길에서 그 엄청난 비를 다 맞고 서 있었을까요. 곧 오겠지 곧 오겠지 그런 생각을 했을 거예요. 제 딴에는 그래도 이 엄마를 믿었던 거죠. 나를 보자마자 그대로 쓰러졌어요. 그 길로 병원으로 갔지요. 그런데 비를 너무 많이 맞았나봐요. 폐렴을 앓다가 허망하게 죽어버렸어요. 그까짓 비 좀 맞았다고, 그까짓 폐렴에 걸렸다고,

그렇게 쉽게 죽었다니까요. 하하하. 저는 우는 대신 큰소리로 웃었어요. 죽고 사는 게 너무 하찮아서 미친 듯이 웃음이 나오더군요. 그놈의 웃음이 그치지를 않아서 나중에는 남편이란 작자가 내 등짝을 세게 한 대 쳐서 겨우 웃음이 그쳤다니까요.

**소리**    아이가 정말 죽었어요? 원래 없었던 거 아니에요?

**여자**    아이가 원래 없었다구요? 하하하. 정말 우스워요. 이거 지금 코메디에요? 미친년 나오는 코메디에서 내가 연기하고 있는 거예요? 전화해볼게요. 잘난 남편한테 물어볼게요. 우리 딸 소이를 어떻게 죽였는지 똑바로 한번 물어볼게요. 정말 왜 그래요. 나한테 왜 그러는 거예요. 왜 내 말을 안 들어주냐구요.

전화가 끊어지고 뚜뚜 소리가 난다
여자는 다시 여기가 어딘지 몰라 멍해진다
지하철의 열차 오가는 소리와 각종의 안내방송이 뒤엉켜서 어지럽게 들려온다
갑자기 모든 소리가 사라지고 정적
그가 나타난다

**그**    이시연 님, 약 먹을 시간입니다.

**여자**    저를 아세요? 제가 아주 유명한 여자인데요. 정말 저를 아세요?

**그**    물론 알죠. 잘 알죠.

**여자**    아 다행이에요. 드디어 나를 아는 사람을 만났네요. 제가 완전히 잊혀진 줄 알았어요. 그런데 여기가 어디죠. 고속터미널에 왜 있는 거죠? 어디로 가려고 했는지를 잊어버렸어요.

| 그 | 여기는 화이트 아일랜드입니다. 오래전에도 여기 오신 적 있으시죠. 남편과 함께 오셨었잖아요. |
| --- | --- |
| 여자 | 남편과 함께요? 기억이 나지 않아요… 그보다도, 제가 빨리 지하철을 타야 하거든요. 근데 노선도를 아무리 봐도 모르겠어요. 노란색 빨간색 파란색, 세상에 왜 이렇게 기차가 많죠. 대체 어느 기차를 타야 하는 거죠? 집에 가고 싶어요. 저 사람들은 다 자기 집이 어딘지를 잘 아나 봐요. 나만 몰라요. 이제 그만 집에 가고 싶은데요. 근데… 우리 집이 거기 그대로 있을까요… |

여자의 얼굴에만 조명

갑자기 팍, 불이 꺼진다

어두워진다


# 6. 비 오는 날 기차여행


건조한 방

비 오는 소리가 촉촉하게 음악처럼 낭만적으로 들린다

여자가 옷을 차려입고 등장한다

모자를 쓰고 낡은 여행가방을 끌고 유행이 지난 정장에

어딘가 어울리지 않는 어색한 차림이다

불안한 표정이지만 꿈을 꾸듯 설레는 듯한 분위기가 서려 있기도

하다

가방에는 빨간색 풍선이 몇 개 매달려 있다

그        이쪽으로 오시지요. 자 여기 앉으세요.

여자      감사합니다.

그        코트를 받아드리겠습니다.

여자      감사합니다.

그        가방은 여기 옆자리에 놓으시구요. 차를 한 잔 드릴까요?

여자      음… 허브차를 주세요. 아, 아니에요. 이런 날은 진한 홍차
         가 좋을 것 같아요. 따뜻한 우유를 조금 넣어주세요.

그        여기는 커피믹스밖에 없습니다. 티백에 든 현미녹차와 둥
         굴레차가 있기는 합니다만.

여자      오늘 같은 날은 진짜 차를 마셔야 해요. 비가 오잖아요. 이
         렇게 쓸쓸한 가을날에는 게다가 비도 내리는 이런 날에는
         아주 따뜻하고 향기가 짙은 차를 마셔야 해요.

그        한 번 찾아보죠. 잠시만 기다려주세요. 혹시 서랍에 홍차
         티백이 한두 개 있을지도 모르겠어요. 좀 오래된 거긴 하
         지만요.

여자      그리고 차에 곁들일 마카롱도 가져오세요. 아니면 치즈케
         이크나 티라미수 한 조각도 괜찮아요. 그런데 이 테이블은
         너무 삭막하네요. 고상한 자수가 있는 아이보리색 테이블
         보가 있어야 해요. 꽃병도 있어야 하구요. 오늘은 정말 특
         별한 날이잖아요.

그        네 알겠습니다.

여자      여기서 마지막으로 보내는 아침인데 좋은 추억으로 간직
         하고 싶어서 그래요. 흰 바위 터널로 가는 기차를 타기가
         이렇게 어려울 줄은 몰랐어요. 지난번에도 거의 탈 수 있
         었는데 한 걸음 차로 놓치고 말았죠.

그        그래도 뉴스에도 나고 굉장했지 않습니까. 그 열차를 타
         러 가는 사람은 이 섬에선 거의 없거든요. 진심으로 존경
         합니다.

| 여자 | 아, 음악도 좀 준비해 주세요. 제가 듣던 레코드가 제 방에 있을 텐데요. 제가 기념으로 몇 장을 내 방에 두고 왔거든요. 그걸 가져다가 여기서 좀 듣게 해주세요. |
| --- | --- |
| 그 | 어떤 곡을 들으시겠어요? |
| 여자 | 전에 제가 얘기해 드렸잖아요. 여자가 머나먼 세상으로 떠나고 남자는 끝없는 바다를 바라보며 그녀를 기다리는 이야기요. 동네 사람들이 다 여자는 죽었다고 기다리지 말라고 하지만 남자는 그녀가 돌아올 것을 믿죠. 남자는 매일 바닷가에 서서 찬란하게 빛나는 태양을 하염없이 바라봐요. 밤이면 그윽한 달빛 아래서 그녀에게 바칠 시를 쓰죠. 그의 주변 모든 것이 기다림으로 충만하죠. 하늘도 바람도 구름도 바다도 땅도 모든 것이 다 남자의 기다림으로 마냥 부풀어 올라요. 그 노래를 듣고 싶어요. |
| 그 | 기억이 나요, 항상 검은 옷을 입고 노래를 부른다는 그 가수 말이죠? 곧 가져오지요. |
| 여자 | 전 여기서 마지막 아침을 추억하기 위해 이 시간을 잘 담아두고 있을게요. 사람은 추억을 많이 가지고 있어야 해요. 가슴 속에 아름다운 기억들을 많이 담아두어야 남은 날들을 지낼 수 있거든요. 날마다 그것들을 하나씩 꺼내어 이리저리 굴려가면서 하루를 보내야지요. 그렇지 않으면 기나긴 하루를 뭘 하면서 보내겠어요. |

깔끔하게 차려입은 남자 등장

| 남자 | 실례합니다. 여기 좀 앉아도 될까요? |
| --- | --- |
| 여자 | 물론이죠. 앉으세요. |
| 남자 | 좋은 아침입니다. |
| 여자 | 비 오는 날을 좋아하시나 봐요. |

남자  네. 이런 날씨를 가장 좋아합니다.

여자  저도 그래요.

남자  비가 오는 날은 왠지 추억에 잠기게 되지요.

여자  아, 저도 그래요. 당신도 비 오는 날에 추억이 있으신가요?

남자  그렇습니다. ‘비 오는 날’이라는 닉네임을 가진 여자가 있
      었거든요.

여자  그래요? 흔한 이름이지요.

남자  그런가요? 전 이 세상에 오직 한 사람만이 그 이름을 가졌
      다고 생각했었죠.

여자  저도 그 이름을 쓰는걸요.

남자  아 그런가요? 정말 뜻밖입니다. 하여튼 제게는 그 이름을
      가진 사람은 이 세상에 한 명뿐입니다. 하지만 그 이름을
      쓰는 분을 또 이렇게 만나게 되다니 정말 신기합니다.

여자  오랫동안 그 이름을 썼어요. 하지만 지금은 그 이름을 잊
      었답니다. 추억의 이름이니까요.

남자  그렇군요. 저도 그 이름을 쓰던 사람을 잊었습니다. 아주
      오래전에 알던 사람이거든요.

여자  저도 오래전에 그 이름을 잊었지요. 어떤 한 사람에게만
      그 이름으로 편지를 썼거든요.

남자  왜 그 이름을 안 쓰게 되었나요?

여자  더 이상 편지를 쓰지 않게 되었기 때문이지요.

남자  왜요?

여자  그건…

남자  아 너무 캐물었다면 용서하십시오. 죄송합니다.

여자  아니 뭐 상관없어요. 이제 다 지난 일이라 아무런 느낌도
      없는걸요. 편지를 쓰는 게 더 이상 기쁨이 되지 않아서 그
      만두었어요. 아니 편지를 쓰는 게 더 이상 슬프지도 않고
      감동적이지도 않고 아무런 감흥이 없었기에 그만두었지

요. 그날로 이름도 함께 사라져버렸죠.

**남자** 저와 비슷한 경험을 하셨네요. 저는 처음에 그 이름을 참 좋아했습니다. 그 이름을 들으면 언제든 제 마음에는 비가 내렸죠. 저는 사실 비를 참 좋아한답니다. 비가 오지 않는 날이면 하루 종일 빗소리를 찾아서 듣곤 하지요. 여기저기에 비가 내리는 풍경을 보면서 빗소리를 듣는 것이 제 취미랍니다. 아름다운 섬의 해변에 내리는 빗소리 언젠가 갔었던 메타세콰이어 숲의 그 커다란 나뭇잎들에 내리는 빗소리 잔잔한 호수에 내리는 빗소리. 쇠락한 항구에 내리는 빗소리나 한적한 기차역에 내리는 빗소리에 이르기까지. 다 좋아합니다. 그리고 빗소리가 나오는 장면을 보기 위해 때로는 영화를 보기도 하지요. 〈화양연화〉의 한 장면에 나오는 빗소리 같은 식이죠.

**여자** 저도 그 장면을 좋아해요. 여자와 남자가 처마 밑에서 같이 비를 피하는 장면이죠. 남자가 우산을 가져다가 여자에게 주고 먼저 들어가라고 하죠. 둘이 같이 우산을 쓰고 가면 사람들이 이상하게 생각한다고 하면서요.

**남자** 그 영화를 보셨군요.

**여자** 인생에서 가장 아름다웠던 시절. 제 인생의 화양연화는 언제였나 그런 생각을 하곤 하죠.

**남자** 저도 그렇습니다. 아마도 제가 비 오는 날과 만나던 바로 그때가 제 인생의 화양연화였던 것 같습니다.

**여자** 제 인생의 화양연화는… 아직 오지 않았어요. 이러다 영원히 오지 않을지도 모르겠어요. 그런 생각을 하면 두려워져요. 사는 게 고작 이렇게 왔다가 가면 그만인가 하는 생각이요.

**남자** 그러시군요. 전 언젠가 그 남자처럼 앙코르와트에 가서 나무 속의 구멍에 제 비밀을 모두 말했답니다. 그리고는 돌

을 하나 주워서 구멍을 막고 왔지요. 비 오는 날을 거기 남
겨두고 왔어요. 참 오래전 일이기는 합니다만. 언젠가는
거기 다시 한 번 가보고 싶어요. 그 돌이 아직도 나무 구멍
을 막고 있는지 보고 싶은 생각이 들거든요. 아니 이제는
다시 갈 기회가 있으면 돌멩이를 꺼내서 멀리 던져버리고
와야겠습니다. 이미 조금씩 조금씩 이야기가 다 새어나가
서 아무것도 남지 않았을 테니까요.

**여자**  아름다운 추억이군요. 아주 지루하고 너무나 외로운 어느
날 당신이 하루를 보낼 추억거리가 되겠군요. 비 오는 날
이란 분을 생각하면서 하루를 보낼 수 있겠네요.

**남자**  그런 셈이지요. 그 사람도 나를 생각하면서 어느 지루한
하루를 보낼지 문득 궁금한 생각이 드네요.

**여자**  그런데 이 기차는 어디로 가는 건가요?

**남자**  무슨 말씀이세요?

**여자**  누군가 와서 저를 데리고 가기로 했거든요. 비 오는 날 오
기로 약속을 했답니다. 아주 오래전이라 그 사람이 그걸
기억하고 있는지도 잘 모르겠지만요.

**남자**  혹시 이런 약속 아니었나요? 비 오는 날 중앙역에서 만나
서 시베리아를 횡단하는 열차를 타고 유럽까지 가는 거요.
유럽에 도착하면 다시 기차를 갈아타고 아주 오래된 고풍
스러운 성에서 중세의 기사와 여왕처럼 살아보기로 한 약
속이요. 옛날 왕가의 초상화가 가득 걸린 방에서 벽난로를
지피고 밤새 오래된 이야기를 도란도란 나누기로 한 그 약
속이요.

**여자**  세상에… 당신이 그걸 어떻게 알죠?

**남자**  그렇군요. 역시 그랬어요. 당신이 바로 제가 찾던 바로 그
'비 오는 날'이군요.

**여자**  그럴 리가 없어요. 당신의 얼굴은 내가 기억하는 '그 사람'

이 아니에요.

**남자** 시간이 너무 많이 흘렀지요. 잘 보세요. 제 손을 만져 보세요. 눈을 감고 제 얼굴을 만져 보세요. 기억을 떠올려보세요.

**여자** 당신은 제가 누군지 아시나요?

**남자** 네. 저는 당신을 보자마자 처음부터 알 것 같았습니다. 모습이 많이 변했지만 그래도 알아볼 수가 있었지요. 당신이 저를 기억해내기를 기다렸습니다.

**여자** 기억이 나지 않아요.

**남자** 아 가련하신 분. 저를 용서해주세요.

**여자** 처음 보는 사람이에요.

**남자** 용서해주세요. 그동안 멀리, 그토록 무심하게 지냈던 것을 용서해주세요.

**여자** 아니에요. 기억이 안 나요.

**남자** '비 오는 날'은 세상에 하나뿐인 이름이에요. 그리고 저 또한 세상에 유일한 사람입니다.

**여자** 그만 내려야겠어요. 아직 떠날 준비가 안 되었어요. 아직 차도 마시지 못했어요. 짐도 덜 꾸렸구요. 이렇게 갑자기 떠날 수는 없어요. 내가 듣던 레코드들도 챙기지 못했어요. 내 방에 다시 올라갔다 와야 해요.

**남자** 아니요, 이제 열차를 세울 수는 없어요. 열차는 이미 출발했습니다.

**여자** 내리겠어요. 다음 역에 내려서 돌아가면 돼요. 떠날 준비가 안 되었다구요. 나를 데리고 갈 사람이 아직 도착하지 않았어요. 친절한 사람이 오기로 되어 있어요. 그 사람을 기다려야 해요.

**남자** 그동안 저를 기다리신 거 아닙니까?

**여자** 아니요. 당신이 누군지 몰라요. 제발 내리게 해줘요. 돌아가겠어요.

**남자**　열차는 앞으로만 갑니다. 돌아갈 수가 없어요. 그게 열차의 사명이고 열차에 올라탄 사람들의 운명이죠.

**여자**　아, 당신은 대체 누구세요. 왜 날 괴롭히는 건가요.

**남자**　당신이 기다리던 사람이 바로 나예요. 나를 기억해보세요. 당신의 이름은 비 오는 날. 나는 비 오는 날이면 당신을 보기 위해 아무도 모르는 길 위에서 당신을 한없이 기다리곤 했죠. 제가 바로 그 사람이에요.

**여자**　몰라요. 모르겠어요. 기차를 세우지 않으면 뛰어내리겠어요.

**남자**　내 말을 들어봐요. 내가 바로 당신이 기다리던 친절한 사람, 바로 그 사람이에요.

**여자**　아니, 아니야. 당신은 처음 보는 사람이야. 내가 기다리던 사람이 아니라구. 난 가야해요. 이제 정말 흰 바위 터널로 가는 기차를 타러 갈 시간이에요. 마지막 기회라구요. 이번에는 꼭 타야 한다구요.

**남자**　위험해요. 가지 말아요.

**여자**　여기 머물러 있는 것보다 더 위험한 건 없어요.

**남자**　결국 이렇게 헤어지는군요. 정 그렇다면 할 수 없죠. 자, 당신 가방이에요. 풍선도 가져가요. 모자도요.

**여자**　아니요, 이젠 아무것도 필요 없어요. 혼자 이 섬을 나갈 거예요. 순환열차의 궤도를 틀고 탈선한 기차를 운전해서 다른 길로 가겠어요. 길이 없는 곳에 길을 만들면서 먼 곳으로 갈 거예요. 아무것도 두렵지 않아요. 아무것도 나를 막을 수 없어요. 해가 떠오르는 곳을 향해서 계속 갈 거예요. 그 길 끝에서 친절한 사람들이 나를 기다리고 있어요. 하늘기차에서 내린 소이도 나를 기다리고 있어요. 처음부터 새로 시작하는 거예요. 할 수 있어요.

여자, 벌떡 일어나서 뚜벅뚜벅 걸어나간다
남자, 일어서서 여자가 나간 방향을 바라보며 서 있다
어두워진다
빗소리와 함께
기차의 덜컹거리는 소리 들려오다가 점점 사라진다

홀
로

등장인물

은수 / 미래

# 프롤로그

아련한 꿈속처럼

아득한 꿈을 꾸는 듯한

서로를 인식하지도 못하고

어딘가를 헤매는 듯한

서로를 아는 듯 모르는 듯

모호한 관계의 두 사람

보이지 않는 벽으로 막혀 있는 것처럼

두 사람은 서로의 공간을 넘지 않는다


은수는

도화지를 오리고 테이프로 실을 붙여 종이 전화기를 만들고 있다

**은수**　비행기를 타고 기나긴 시간을 가서 아무도 없는 곳에 내리는 거야. 끝없이 펼쳐진 사막을 혼자서 한없이 걷다 보면 뜻밖에 공중전화기 하나를 만나게 되지. 빨간색 공중전화기. 거기에 보이지 않는 동전을 넣고 알 수 없는 번호를 누르면 세상 어디에 있든 사랑하는 사람과 통화할 수 있대. 사막에 혼자 서 있는 전화부스, 거기 그런 전화부스를 놓을 생각을 한 사람은 누구일까. 아마도 먼 곳에 사랑하는 사람을 남겨두고 떠나온 사람이었을 거야. 그래서 날마다 그 전화기에 보이지 않는 동전을 넣고 기나긴 통화를 했을 거야. 무슨 이야길 했을까.

희미한 불빛이 보이는 곳에 미래가 앉아 있다

미래의 공간에는 공항을 의미하는 전광판이 있고 간이의자와 캐
리어가 있다
은수는 미래에게 무심하게 전화기 한쪽을 주고 돌아온다
돌아오는 동안 미래 쪽 전화기에서 줄이 떨어진다
그런 줄도 모르고 은수는 전화기에 대고 계속 말을 한다

**은수**　　그런 공중전화처럼 우리는 아무리 멀리 있어도 이야기를
나눌 수 있지. 간절함만 있다면 말이야. 처음에 선이 하나
였을 때 나는 전화기를 만들어서 너와 이야기를 했어. 도
화지를 오려서 동그랗게 말아 원기둥을 만들고 너 하나 나
하나 이렇게 나누어 갖지. 그리곤 거기 선을 연결하면 떨
어져 있는 우리가 대화를 할 수 있어. 우리는 선을 통해 이
런저런 이야기를 할 수 있었지. 우리가 얼만큼 떨어져 있
는지 얼마나 멀리 있는지 시각적으로도 알 수 있어. 줄의
길이를 보면 되거든.

미래. 무신경하게 끈 떨어진 전화기를 만지작거린다
두 사람의 대화는 서로 들리지 않는다
무대의 양쪽 끝에 떨어져 앉은 두 사람은 각자 자기 이야기만 하고
전혀 소통이 되지 않는다
처음부터 끝까지 서로를 보지 않는다
이들이 떨어져서 서로를 보지도 않고 자기 말만 하는 것은
화합하기 어려운 내면의 거리를 의미하기도 하고
한국과 유럽이라는 물리적 거리와
언어가 다른 데서 오는 현실적인 장벽을 드러내는 것이다
미래의 첫 대사에서
북유럽의 낯선 언어가 배경으로 들린다

**은수**  우리는 한 개의 선만으로 충분한 걸까. 혹시 선이 더 많으면 더 많은 이야기를 할 수 있고 더 많이 소통하게 되고 더 가까워질 수 있을까.

**미래**  어릴 때부터 집 근처에 있는 성에 놀러가곤 했어. 커다란 성에서 여기저기 돌아다니다가 동굴에 들어갔지. 어두운 동굴 끝까지 들어가면 거기 전설의 영웅[1]이 있거든. 긴 수염에 무섭게 생긴 할아버지가 커다란 칼과 방패를 가지고 앉아 있었지. 보통 때는 의자에 앉아서 자고 있다가 나라에 어려운 일이 생기면 싸우러 간다는 영웅이었어.

**은수**  선은 너와 나를 이어주지만 선이 너무 많아지면 선들은 면이 되어서 너와 나를 가리지. 나는 이쪽 편에 너는 저쪽 편에 있고 우리는 서로를 볼 수 없어.

**미래**  어렸을 때 나는 그 동굴 끝까지 들어가는 게 좀 무서웠어. 어두컴컴하고 어디선가 박쥐 같은 게 튀어나올 것만 같았지. 귓가에서는 이상한 소리도 들리는 거 같고 말이야.

**은수**  면은 쉬지 않고 움직여. 그럼 이따금 그 사이로 니가 보이기도 해. 오늘 니 표정은 너무 우울해 보여. 무슨 안 좋은 일이 있는 걸까. 오늘은 니가 친구와 함께 있네. 그럼 나는 안도하지. 아주 조금씩 보이는 너의 파편들을 맞추면서 너의 하루를 상상해 봐. 너를 진짜로 만나고 싶어. 너의 얼굴을 만져보고 싶어. 너의 손을 만지고 너에게 어떤 일이 있는지 니가 무슨 생각을 하는지 너의 목소리로 듣고 싶어. 아 드디어 우리를 가로막고 있던 하얀색 면들이 사라졌어.

**미래**  반은 호기심으로 반은 두려움으로 마침내 거대한 할아버지 앞에 섰을 때 꽤 감격스러웠어. 마치 굉장한 모험의 길을 떠나서 목표를 달성한 거 같은 느낌이랄까.

---

1) 덴마크의 바닷가 마을 헬싱괴르에는 햄릿성으로 알려진 크론보르성이 있고 그 성의 지하에는 전설적 영웅 홀거 단스크의 상이 있다.

**은수**　하지만 끝이 아니야. 이번에는 검은색이야. 검은색의 면들이 나를 향해서 달려와. 너와 나 사이를 가로막아. 움직여. 처음에는 천천히 그러다 점점 빨라져. 움직이는 검은색들은 흰색보다 조금 더 무서워. 그래서 나는 움츠러들지. 저건 뭐지. 모르겠어. 나는 소리 질러. 그런데 소리는 내 안에서만 맴돌아. 아무리 소리를 질러도 절대로 소리가 안 나오는 악몽을 꿀 때처럼 점점 무서워져. 어떡하지. 그 검은 면 뒤에 가려 전혀 보이지 않는 니가 너무나 걱정이 돼.

**미래**　한참을 그 앞에 그냥 서 있었어. 뭔가 중요한 이야길 하러 온 것 같았는데 그게 뭐였는지 모르겠어. 그냥 할아버지 옆에 앉았지. 커다란 방패 옆에 기대앉으면 든든한 기분이 들었거든.

**은수**　그런 날이면 나는 총을 들고 너에게로 달려가고 싶어. 마지막 남은 한 개의 총알을 녹슨 총에 넣고 너를 괴롭히는 그것을 향해 총을 쏠 거야. 이 세상 어딘가에 너를 위해서라면 무엇이든 하려는 한 사람이 있다는 걸 너에게 알리고 싶어. 단 한 개의 선이 있다면 너에게 이 말을 할 수 있을 텐데. 너무 많은 선이 면이 되어 우리를 가로막고 있어.

**미래**　거기 기대어 한참을 앉아 있다 보니 마음이 진정되고 내가 가진 근심 걱정이 다 사라지는 느낌이 들었어. 할아버지가 이렇게 말하는 거 같았어. 얘야, 너 참 대단하구나. 여기까지 나를 만나러 와주었어. 그렇게 용감하니 네가 원하는 길을 찾을 수 있을 거야. 언젠가 내가 필요한 날이 온다면 기꺼이 너를 도와주마.

**은수**　다음엔 여러 가지 색깔들이 몰려와. 여러 가지 색의 면들이 사정없이 나를 향해 달려들어. 어지러워서 더 이상 서 있을 수가 없어. 그래서 스르륵 무너지는 거야. 바닥에 온몸을 대고 누워버리지.

**미래**　아주 어렸을 때 거길 간 이후로 혼자라는 생각으로 힘들 때면 종종 그를 만나러 갔어. 내 할아버지인 것처럼 언제든 반겨주었지. 그 성으로 가는 도중에는 항상 바닷소리가 들려왔어. 배를 타고 이 바다를 건너가면 어디까지 가게 될까, 그런 생각을 했었지.

**은수**　면들이 내 몸 위로 사정없이 빠른 속도로 지나가. 나는 잘게 잘게 나뉘어져. 나는 수많은 면이 되었다가 수없이 많은 선이 되어버려. 그 다음에는 빛이 되어 하늘로 날아올라. 어디로든 갈 수 있는 빛이 되는 거야. 나는 당연히 너에게로 가려고 하지. 그 순간 불이 완전히 꺼지고 나는 어둠 속에 툭, 소리를 내며 떨어져. 그리고 나면… 끝이야. 그냥 모든 게 다, 끝이야.

어둠 속으로 선과 면의 움직임들 서서히 사라져간다
미래 사라지고
혼자 남겨진 은수
하늘을 바라보며 숨을 쉬어본다

**은수**　하늘을 보면 좀 살 거 같아. 하루종일 원고와 씨름하다 보면 숨이 막혀. 내가 일하는 출판사는 달랑 책상 두 개만 있는 좁은 곳이거든. 근데 며칠 전부터 사무실 베란다에 풀이 올라오기 시작했어. 곧 데크를 다 채울 거 같아. 좁은 틈으로 여기까지 온 게 신기하지. 날이 추워져서 메마른 줄기만 남으면 그 틈으로 돌아갔다가 봄이 오면 새싹이 돼서 다시 나오겠지. 모든 시작은 끝과 연결돼 있고 모든 끝은 시작과 닿아있는 법이거든. 나도 그럴 수 있을까. 끝까지 가면, 다시 시작할 수 있을까.

약간의 희망적인 음악과 함께
어둠 속으로 사라진다


# 2. 엄마라는 이름


은수와 미래는 무대의 양 끝에 있다
은수는 왼쪽의 테이블 앞에 앉아 있고
미래는 캐리어를 끌고 무대의 오른쪽을 오간다
두 사람은 각자 자기 세상에 속해 있으나
서로를 향해 가는 과정에서 접점을 찾으려고 애쓰는 중이다


**미래**  한 손에는 커다란 종이배를 만들어서 끌고 한 손에는 빨간
색 가방을 들고 여행을 떠나는 거야. 희망에 차서 머나먼
곳으로. 그런데 숲을 지나서 산을 넘어서 겨우 강에 도착
했는데 더 이상 갈 수가 없어. 길 끝에는 강이 아니라 폭포
가 있거든. 엄청난 소리를 내면서 무섭게 떨어지는 폭포수
를 봐. 이 종이배를 타고 저기로 내려갈 수 있을까.

**은수**  어떤 여자가 있어. 그 여자는 크게 성공했어. 여자의 집에
서 파티가 있던 어느 날 한 젊은 여자가 주인 여자에게 쪽
지 하나를 주고 가.

**미래**  밤마다 이런 꿈을 꾸면서 엄마에게 가는 걸 생각했어. 마
침내 여기까지 왔는데 이제 어쩌지, 다시 돌아가야 하나.

**은수**  여자는 그 쪽지를 보고 놀라. 그녀는 삼십 년 전 여자가 집
을 떠날 때 포기했던 딸이었어. 그 딸이 어른이 되어서 여
자를 찾아온 거야. 여자는 그녀가 나타난 이유를 분명히는

모르겠지만 자기가 유명해지고 부자가 되었기 때문에 돈을 바라고 왔나 어렴풋이 생각해.

**미래**  어렸을 때는 하늘의 달을 보면서 이런저런 생각을 했어, 달을 보고 엄마에게 하고 싶은 말을 하면 달이 엄마에게 그 이야길 전해줄까.

**은수**  마침내 두 사람이 만나기로 한 날 여자는 변호사까지 대동하고 나타나. 그녀는 아무것도 바라는 게 없다, 돈 같은 거 바라지 않는다. 다시는 나타나지도 않고 뭘 요구하지도 않겠다, 이런 조건들이 가득한 서류에 사인을 해. 모녀 관계인 두 사람이 만나는 자리에는 눈물도 슬픔도 안타까움도 없어. 마치 비즈니스의 한 과정처럼 건조하게 진행되지. 여자에게는 죄책감이나 후회 같은 거는 보이지 않아. 갑작스런 딸의 방문에 대해서 놀라고 궁금할 뿐이지. 여자는 엄마라기보다는 자신의 생을 선택하고 성공한 커리어 우먼이야.

**미래**  나는 내가 백인인 줄 알았어. 백인 엄마 딸이니까 당연히 나도 백인이라고 생각했지. 학교에 가면서부터 내가 딴 애들과 다르다는 걸 알게 됐지. 그렇지만 철이 든 후에도 줄곧 내가 유럽인이고 백인이라고 믿었어. 외적인 것보다 내적인 게 더 중요하다고 생각했거든.

**은수**  여자는 그녀의 유일한 부탁을 실행하기 위해 그녀의 작고 초라한 집으로 가. 여자는 물어, ‘나한테 바라는 게 뭐니.’ 그녀는 대답해. ‘열흘만 함께 지내요.’

**미래**  애들은 나한테 더러운 거라도 묻은 것처럼 대했어. 줄을 서게 될 때마다 애들끼리 다 짝을 하고 나면 우리 반에 딱 두 명이 남았어. 어릴 때 사고를 당해서 다리가 불편한 친구가 있었거든. 휠체어를 탄 그 애와 나, 이렇게 두 명이 남는 거야. 나는 친구와 손을 잡고 걷는 대신 그 애의 휠체어를 밀면서 맨 뒷줄에 섰지.

**은수** 그 말이 계속 맘속에서 맴돌아. 나한테 바라는 게 뭐니. 바라는 게… 대체 뭐니.

**미래** 다음 학년이 되었을 때는 또 다른 이유로 남겨진 아이와 짝이 되었어. 서로 좋아하지도 않으면서 어쩔 수 없이 짝이 되었지. 그래도 어른이 되면 엄마처럼 하얀 얼굴에 금발이 되는 줄 알고 참고 기다렸지.

**은수** 두 사람은 함께 지내. 별로 하는 일도 없어. 평소처럼 똑같이 생활해. 특별한 일은 일어나지 않아. 여자는 기다리다 마침내 다시 물어. '바라는 게 뭐니.'

**미래** 열 살쯤 되어서야 알게 되었지. 지구 반대편에 한국이라는 나라가 있고 거기 내 진짜 엄마가 살고 있다는 거, 왜 내가 진짜 엄마가 있는 한국에서 안 살고 이렇게 백인들이 사는 나라에서 살게 되었는지는 좀 더 나중에 알게 되었지. 어댑션이라는 단어와 어답티라는 내 평생의 지울 수 없는 신분증과도 같은 단어를 알게 되면서 이 세상 어디에서도 뿌리를 내릴 수 없는 아주 특별한 존재로서의 나를 알게 된 거지. 입양. 입양아. 생모. 양모. 남들은 평생 모르고 살아가는 이런 단어들이 날마다 내리누르는 그런 인생.

**은수** 마침내 열흘째 되는 추운 겨울날 두 사람은 함께 강으로 가. 그리고 두 사람이 하기로 한 '그 일'을 하는 거야. 그건 바로 물속에서 자기를 죽여달라는 거였어. 그녀는 몸이 안 좋았어. 죽음을 앞두고 있었거든. 그녀는 태어나기 전 엄마의 몸 안에서 물속에 있었던 것과 똑같이 엄마 손으로 물속에서 죽기를 원했던 거야.

**미래** 난 덴마크 사람이기도 하고 한국 사람이기도 하지. 아니, 덴마크 사람도 아니고 한국 사람도 아닐 수 있어. 그 사이 어디쯤에 있는데 반은 덴마크 사람이고 반은 한국 사람인

가. 덴마크에서는 덴마크 사람이라고 느껴지지 않고, 한국
에서는 한국 사람이라고 느껴지지 않아. 한국에서는 한국
말을 못 하는 이방인이고 덴마크에서는 어딜 가든 눈에 띄
는 노란 얼굴의 이방인이지. 이 세상에는 편히 숨쉴 수 있
는 나의 유토피아는 없어. 하기야 유토피아는 이 세상에는
없는 곳이란 뜻이긴 하지.

**은수** 여자는 그 부탁을 들어줘. 그건 이 세상에 한 생명을 태어
나게 한 여자가 감당해야 하는 최대한의 벌이었어. 자기가
준 생명을 자기가 거두어야 한다니. 여자는 세상에 생명을
내놓고 그 생명을 포기했던 자기 죄를 깨닫고 그걸 홀로
짊어져야만 하는 거야.

**미래** 엄마라는 사람이 궁금하기는 했어, 어떤 사람일까. 왜 나를
이렇게 머나먼 나라에 보냈을까. 아버지는 어떤 사람일까.
두 사람은 나를 보내기로 합의가 잘 되었던 걸까. 둘 다 어
린 자식을 멀리 보내고도 살 수 있는, 그런 사람들일까.

**은수** 엄마라는 이름이 이렇게나 무거운데, 감당할 수 있을까.

**미래** 엄마는 어떻게 생겼을까. 나는 엄마를 닮았을까. 아니면
아버지를 더 많이 닮았을까. 형제자매가 있을까. 나와 비
슷하게 생겼을까. 어디서 살고 있을까. 내 생각을 할까. 나
를 보고 싶어 할까. 나를 만나기 싫어할까…

**은수** 니가 바라는 게 뭐니, 자꾸만 이 말이 내 안에 가득 차올
라. 우리는 만나서 무슨 말을 할 수 있을까. 무슨 말을 해
야 하지. 너는 아마도 엄마라는 말을 배워 올지도 모르겠
다. 자격도 없는 나를 엄마라고 불러줄까. 막상 그 말을 들
으면 나는 어떻게 해야 할까.

**미래** 오 년에 걸쳐 한국에 세 번째 방문했을 때 나는 비로소 엄
마의 연락처를 알게 됐어. 입양기관을 통해서 통역자를 구
하고 연락을 시도했지.

**은수** 아임 소리… 그 말 말고 또 무슨 말을 할 수 있을까. 아이 러브 유… 한번도 해 본 적 없는 이 낯선 말을 내가 너한 테 할 수 있을까. 너에게는 전혀 와닿지도 않을 그런 말밖 에 할 수 없는데 우리는 만나서 얼마나 더 멀어지게 될까. 몸에 남아있던 엄마라는 흔적들, 시간이 되면 흘러나오던 모유. 아기가 없는데도 몸은 내가 엄마라고 말해주고 있었 지. 내 품에는 안아줄 아기가 없는데… 너를 안을 수 없어 서 공허했던 두 팔을 축 늘어뜨리고 지낸 날들, 텅 빈 눈으 로 바라보던 흐릿한 세상. 나는 그저 나를 미워하는 걸로 하루하루를 버텼지.

한국어와 영어가 뒤섞인 공항의 안내멘트가 한동안 들려온다

**안내** 지금 코펜하겐에서 출발한 핀에어항공 138기가 도착했습 니다. 기상악화로 3시간 연착했음을 알려드립니다.

미래가 캐리어를 끌면서 무대 중앙으로 온다
은수가 천천히 무대 중앙으로 온다
두 사람 서로를 마주 보지도 않고
앞을 향해 나란히 선다
한참 동안 아무 말도 하지 않는다
어색한 침묵과 복잡한 마음들
어두워진다

# 3. 미래의 질문

그동안의 힘겨운 삶에 대한 이야기를 나누는 두 사람
내적인 고통과 슬픔의 오르내림에 따라서
둘 사이의 거리는 가까워졌다 멀어졌다를 반복한다


은수가 몸을 웅크리고 앉아 있다
어둠 속의 동그란 빛 속에 앉아 있는 그녀는 엄마 뱃속의 태아와
같이 보인다
빛 속에서 조금씩 움직이면서 조명을 깨뜨리고 나오는 것 같다
은수가 어둠과 싸우는 것처럼 빛과 어둠이 교차된다


**은수**　아기를 안고 뜨거운 추운 사막을 맨발로 끝없이 걸어갔어. 뒤에서 누군가 오는 것 같은 소리가 들려. 무서웠지만 아기를 안고 계속 걸어갔어. 그러다 달리기 시작했어. 그런데 더 이상 갈 수가 없었어. 물이 온통 내 앞을 가로막고 있는데 다리도 없고 배도 없어. 나는 아이처럼 큰소리로 엉엉 울었어. 정신을 차리고 발을 담가보니 물이 얕은 거야. 아, 다행이다. 겨우 물을 건너고 나니 이번에는 가시덤불이야. 도저히 맨발로는 걸어갈 수가 없어. 나는 다시 절망했지.


엄마의 노랫소리 '섬집 아기'가 나지막하게 들려오기 시작한다


**은수**　품 안에 있던 아기가 어느새 아장아장 걸어가네. 저 앞에 팔랑거리는 나비를 잡으려고 그냥 막 가는 거야. 나는 아

기를 잡으려고 달려갔어. 막상 가보니 거기는 가시덤불이
아니고 그냥 풀밭이었어. 평화롭고 행복한 순간이었어. 내
가 공연히 두려워했던 거야. 세상은 그렇게 무서운 곳은
아니야. 겁쟁이…

은수가 부르는 '섬집 아기'를 배경으로 은수의 환상은 계속된다

**은수**    어느새 풀밭은 바람이 거세게 부는 사막으로 변해버렸어.
아아, 모래가 너무나 뜨거워. 발바닥이 타는 거 같아. 나는
아득한 사막에서 길을 잃고 어디로 가야 하는지 몰라서 멍
하니 서 있어. 아기가 안 보이는데 찾을 생각도 못하고 넋
을 잃고 서 있어. 미친 여자처럼 어찌할 바를 모르고 아무
생각 없이 그냥 서 있어. 어떡하지…

은수의 환상이 사라지면서 어두워진다
어둠 속에서 엄마의 죽음을 의미하는 찬송가 들려온다
요단강 건너가 만나리…

공항의 안내소음들 사이로 미래의 입국심사 과정이 뒤섞여 얼핏
얼핏 들린다

**직원**    What's your occupation?

**미래**    Writer.

**직원**    What's the purpose of your visit to Korea?

**미래**    I'll publish my book. And… meeting my mother.

**직원**    How long will you stay in Korea?

**미래**    For two month.

**직원**    Have you been to Korea?

미래　Two years ago.

다시 밝아지면
무대의 한쪽에는 상중임을 의미하는 검은색 셔츠를 입은 은수가
있다
미래가 캐리어를 끌고 등장해서 무대의 다른 쪽으로 간다
두 사람은 서로를 바라보지 않고 각자 자기 엄마 이야기만 한다

은수　엄마가 죽었어. 온몸에 열 가지도 넘는 병을 가지고도 진통제로만 버틴 엄마, 갯벌에서 날마다 조개를 캐며 살던 엄마, 눈이 오나 비가 오나 장터에서 생선을 팔던 엄마, 온몸에 비린내가 배어 있는 엄마, 그렇게 힘겹게 돈을 모아서 나에게 통장을 남긴 엄마, 나만 생각하던 엄마가 죽었는데… 엄마, 참 이상하지. 눈물도 안 나오네.

미래　나를 입양했을 때 양엄마는 이혼 무렵이었어. 혼자 사는 게 두려웠던 거지. 엄마는 자기의 외로움을 달래줄 누군가가 필요했던 거야.

은수　엄마는 날마다 나를 업고 갯벌에 조개 캐러 나갔어. 겨울이면 꽁꽁 싸매고 나가도 집에 오면 얼굴이 빨갛게 얼어 있곤 했는데. 내 얼굴에 엄마 얼굴을 대고 비벼줬지. 엄마한테서 나는 바다 냄새가 좋았어. 엄마가 일하면서 항상 '섬집 아기' 흥얼거렸잖아. 엄마 등에 매달려서 듣다가 아장아장 걸어다닐 때도 들었는데 어른 돼서도 그걸 들으면 잠이 왔지. 아무리 힘든 날에도 잠들 수 있었어.

미래　엄마는 인형이 필요했던 거야. 외로울 때 슬플 때 혼자라는 사실이 뼈저리게 두려울 때 그걸 견디는 데 도움이 될 인형. 그래서 결혼이 끝나갈 무렵 서둘러 한국에서 인형 아이 하나를 주문했지.

**은수**  장날이면 엄마가 생선 파는 좌판 옆에 앉아서 책도 읽고 숙제도 했지. 그 좁고 추운 데서 엄마 따라다니면서 공부했어. 하도 붙어 다녀서 사람들이 놀렸지.

**미래**  그냥 아무 아이나 다 괜찮았어. 다만 여자아이가 남자아이보다는 키우기가 좀 더 수월할 거라 생각해서 여자아이 하나 보내주세요, 이렇게 나를 주문한 거지. 마켓에서 물건 하나를 살 때도 한참씩 고르는데, 어떻게 자식이 될 아이를 한번 만나 보지도 않고 결정할 수가 있지?

**은수**  내 고향은 갯벌이지. 엄마가 일하는 옆에서 바닷소리 들으면서 바닷바람 냄새를 맡으면서 잠들었어. 그게 내 어린 시절의 추억이지. 섬집 아기는 내 자장가고 내 인생의 주제가야. 세상에 대한 두려움이라곤 없던 시절, 엄마만 곁에 있으면 아무 걱정이 없던 날들.

**미래**  아무 상관이 없었던 거지. 그 아이의 생김새나 그 아이의 성격이나 마음이나 그런 건 문제가 안 됐어. 마치 아이를 장난감 하나 주문하듯이 쉽게 데려왔어. 마음에 들지 않으면 어쩌려고 했어. 이 아이는 코가 너무 낮아, 이 아이는 표정이 뚱하고 불만에 차 있어, 아이치고는 너무 우울해… 강아지 파양하듯 돌려보내려고 했어? 아무 데나 내팽개치려고 했어? 더 이상 한국 아이도 아닌 아이를 국적도 없이 공항에 버리려고 했어?

**은수**  엄마, 이제는 아픈 몸도 없고 고달픈 노동도 없고 돈 걱정도 없는 곳으로 가세요. 무거운 몸은 그만 안녕하고. 그동안 고생 많았어요. 이제는 내 걱정도 하지 마요. 잘 할 수 있을 거야. 엄마가 의지하고 살아온 엄마의 세상, 바다로 가세요.

**미래**  모르는 사람 품에 안겨 열네 시간 동안 비행기를 타고 가서 엄마를 공항에서 처음 만났지. 그때는 아빠도 있었어.

입양을 하려면 공식적인 부부관계를 유지했어야 하니까. 국제소포처럼 엄마에게 배달됐지. 내 고향은 공항이야. 나는 공항에서 태어난 에어포트 베이비지.

**은수**  엄마가 그랬지. '모래사장에 동그라미를 그려봐. 그 안에 돌멩이가 하나 있어. 선을 거치지 말고 돌멩이를 동그라미 밖으로 꺼내봐.' 나는 꺼낼 수 없다고 했는데 엄마가 돌멩이를 위로 들어 올리면 된다고 했지. 앞으로 너는 이렇게 살면 돼. '눈에 보이는 선에 집착하지 말고 좁은 동그라미도 보지 말고 위로 한없이 터져 있는 무한한 곳으로 눈을 돌려봐. 저렇게 파란 하늘이 있잖아. 끝이 안 보이는 바다가 있잖아. 발만 쳐다보지 말고 높은 데 먼 데를 보면서 살란 말이야.'

**미래**  아빠는 곧 사라졌고 내가 그 자리를 대신해서 엄마랑 살게 됐어. 엄마랑 사는 동안 엄마의 우울과 불안과 신경질은 모두 다 내게 옮겨왔고 나는 나를 낳지도 않은 엄마랑 아주 똑같은 사람이 되어서 서로 상처를 주고받는 모녀가 되었지. 우리는 진짜보다도 더 진짜 같은 모녀가 되어버렸어.

**은수**  어렸을 때 얼음을 가지고 놀다가 녹아서 물이 되었을 때 엄마가 그랬지. '물이 얼면 얼음이 되고 얼음이 녹으면 물이 된다. 얼음과 물은 모양은 다르지만 같은 거다.' 엄마 몸은 비록 내 곁에 없지만 마음은 그대로 나와 함께 있다는 거 믿을게. 이제 가요. 걱정 말고 넓은 바다로 가요.


은수가 바다에 유골을 뿌린다

파도 소리 가득한 사이로

'섬집 아기' 흐릿하게 들려온다


미래의 날선 질문들

미래   한국 사람들은 왜 그렇게 남의 일에 관심이 많지? 내가 한
국어를 못하는 이유를 왜 그렇게 꼬치꼬치 묻지? 내가 어
느 나라에서 왔는지를 왜 알고 싶어하지? 택시 기사들은
왜 내 말을 제대로 듣지도 않고 엉뚱한 곳에 내려놓고는
휙 가버리지? 왜 매번 나의 출생과 인생사를 알지도 못하
는 사람들에게 녹음기처럼 읊어대야 하지? 자기들은 아무
것도 말해주지 않으면서 왜 나만 내 인생을 탈탈 털어놓아
야 하지…

은수   혼자서 장례를 치르고 출근한 날, 입양기관에서 전화가 왔
어. 니가 나를 찾는다구, 만나겠냐고 묻더라구. 머릿속이
하얘졌어. 언젠가는 이런 날이 올 거라고 예상은 했지만
막상 닥치고 보니 내가 아무런 마음의 준비가 안 됐다는
걸 알았어.

미래   나는 스물다섯 살이야. 스무 살이 되면서부터 내 과거에
대해서 알아야겠다는 생각을 굳혔어. 내가 왜 이렇게 머나
먼 나라에서 온통 얼굴이 희다 못해 창백해 보이는 사람들
과 살아야 했는지. 내가 왜 태어난 나라에서 살지 못하고
한국과는 비행기로 무려 열네 시간이나 걸리는 지구 반대
편에 있는 이 나라에서 살게 됐는지를 알아야 했어.

은수   무슨 말을 해야 하지, 나는 영어도 못하는데. 너는 한국어
도 못할 텐데, 니가 하는 그 낯선 나라의 말을 나는 한마디
도 알아듣지 못할 텐데, 어떻게 하지. 어쩌면 우리가 서로
의 말을 모르는 게 잘된 일일까. 내가 하고 싶은 말을 다
해도 너는 못 알아듣고 니가 얼마나 힘들었는지 말해도 나
는 못 알아듣고. 우리는 서로 이해하지 못하는 평행선 같
은 말만 하다가 서로를 미워하면서 다시 헤어지게 될까.
그래서 다시는 만나지 못하고 홀로 살아가게 될까.

미래   한국어를 배우려고 했어. 언젠가는 엄마와 이야기를 나누

려고. 그런데 내 안에는 한국과 관련된 거는 뭐든 밀어내려는 거부감이 있었어. 친구들이 한국 노래를 듣고 한국 드라마를 보면서 한국어를 자연스럽게 배우고 있었지만 유독 나만 한국어를 못했어.

**은수**  원하는 게 뭐니? 삼십 년 만에 나타난 젊은 여자에게 나이든 여자가 물어. 이제 와서 나한테 원하는 게 뭐니? 멀리 떨어진 곳에서 각자 홀로 살아왔는데 이제 우리가 만나서 무슨 말을 해야 하는 건지. 나한테 원하는 게 뭐니? 그 여자처럼 나도 그렇게 물어야 할까?

**미래**  내 이름은 미래. 영어로는 future라고 한국어 강사가 알려 줬어. 희망에 가득 찬 좋은 이름이라고 했어. 과거가 암흑 속에 있는데, 현재는 걸을 수도 없는 칼끝 위에 서 있는데, 이런 나에게 어떤 미래가 있을 거 같아. 과거와 현재를 진흙탕 속에서 헤매고 다 뭉개버리고 사는데 어떤 미래로 나아갈 수 있지? 왜 이런 잘난 이름을 지어줬어?

**은수**  나도 어둠 속에 있었어. 나도 진흙탕 속에 있었어. 죽고 싶은 생각밖에 없었어. 그래도 살기로 결심했고 그런 나의 바램을 너에게 담은 거야.

**미래**  그랬겠지. 각자의 어둠 속에 홀로 있었겠지. 아무리 그렇다 해도 그 끔찍한 일만은 하지 말았어야 했어.


미래가 입양인 모임에서 자신의 입양체험에 관해 말한다
은수도 입양기관에서의 입양체험에 대해서 회상한다


**사회자**  덴마크에서 오신 미아 킴을 소개하겠습니다. 한국에서 태어나서 생후 3개월 무렵 입양되었고 현재는 작가로 활동하고 있습니다.

**미래**  미아 킴 한센이에요. 미아는 덴마크 이름이고 한센은 아버

지의 성이죠. 김은 입양서류에 있던 한국 어머니의 성이에
요. 나를 포기한 사람의 성을 양부모님이 미들네임으로 넣
어주셨어요. 덕분에 내가 한국인이었다는 사실을 매번 기
억하게 되죠. 과거를 이름에 지고 다니면서 살고 있는 셈
이죠.

**입양기관사회복지사**  (은수에게) 포기하는 게 최선이야. 이제 겨우 열여덟
살인데 아이 데리고 어떡할 거야. 검정고시 해서 대학도
가야 하잖아. 아빠 없는 애라고 불리는 거 너도 아이도 다
힘들어.

**미래**  미아는 마리아라는 뜻이에요. 한국어로는 잃어버린 아이
라는 뜻이라고 들었어요.

**사회복지사** 니가 잘못한 건 없지만 그걸 누가 알아. 너는 그냥 미혼모
일 뿐이야. 아이가 '그 사건'을 알게 되면 그건 또 어떡할
거야. 너 하나도 힘든데 아이까지 왜 그렇게 자라야 해.

**미래**  내적인 억압이 심했어요. 버려진 적이 있는 사람이 가진
두려움, 아무도 나를 원하지 않을 거라는 염려, 사랑받아
야만 하고 칭찬받아야만 한다는 압박으로 가득 찬 나날이
죠. 입양아지만 그래도, 아니 어쩌면 그래서 더 남보다 잘
났다는 걸 보여줘야만 하고 주어진 거는 뭐든 잘해야만 하
고 절대 실패는 안 된다는 생각으로 버텼어요. 다시 쫓겨
나지 않고 다시 버림받지 않기 위해서 자랑스러운 아이가
되어야만 한다는 강박관념으로 살았죠.

**사회복지사** 유럽의 잘사는 집에 보내면 둘 다 새롭게 살 수 있잖아. 여
기 서명만 하면 나머진 우리가 다 알아서 할 거야.

**미래**  내 정체성을 확인할 수 없는 불안이 내 인생에는 뭔가 빠
져 있다는 허전함을 주곤 했어요. 뭘 해도 채워지지 않는
텅 빈 느낌은 나만의 히스토리가 없기 때문이란 생각을 했
습니다.

**사회복지사** 어서 서명해. 김은수, 이렇게 이름 세 자만 쓰면 돼.

**미래** 어떤 정당에서는 입양인들은 강제불임을 시켜야 한다고 주장한 적이 있었어요. 입양인들의 피가 늘어가는 것을 막기 위해선 강제불임을 시켜야 한다는 폭력적인 주장을 했죠.

**사회복지사** 뭘 망설여. 널 도와주려는 거야. 너 우리 기관이랑 연결돼서 다행이지 대체 어쩔 뻔했어.

**미래** 입양은 엄청난 돈과 연관됩니다. 그 돈은 힘없는 엄마들에게서 아이를 빼앗는 것을 돕는 기관과 시설로 흘러가죠. 십대가 책임질 수 있는 거의 유일한 서명이 바로 입양기관에 제출하는 아기포기서입니다.

**사회복지사** 우리만 믿어. 우리가 6.25 때부터 전쟁고아들 미국으로 보내기 시작해서 지금까지 얼마나 많은 애들을 구했는지 아니?

**미래** 어떤 나비는 5천 킬로미터 가까이 날 수 있는데 그렇게 날고 나면 날개가 거의 다 찢어지고 너덜너덜해진다고 합니다. 입양아가 엄마를 찾아가는 여정과 비슷하죠. 생모를 만나는 것은 온몸과 마음이 다 찢어져서 너덜너덜해지는 그 나비의 체험과 유사한 거 같습니다.

**사회복지사** 우리는 정말 너하고 니 아기 위해서 봉사하는 거야. 어서 서명해. 할 일이 태산이야. 너 말고도 줄 서 있는 미혼모가 잔뜩이야. 하나라도 빨리 해결하자. 응? 자 어서 여기에 이름을 써. 빨리 써. 그럼 모든 게 끝이야.


두 사람의 자리

대화를 시도하는 두 사람


**은수** 해질녘이면 바다에 앉아 멍하니 하늘을 바라봐. 하늘과 바다가 하나가 되어버린 수평선을 바라봐. 나와 아기가 이렇게 하나였던 시간이 있었는데 언제부터 둘로 나뉘었을까. 내 안에서 우리는 하나였는데 왜 이렇게 헤어지게 된 걸까. 너는 어디서 와서 어디로 간 걸까.

**미래** 그런 허황된 소리로 현실에서 도망치려고 하지 마요. 비겁하잖아요.

**은수** 너에 대해서 아무에게도 말할 수 없었어. 너는 분명히 이 세상에 존재하고 있는데 니가 마치 없는 사람인 것처럼 살았어. 니가 한 번도 산 적이 없는 것처럼, 너에 대해 말하는 게 금지됐어. 침묵하는 게 너와 내가 살 길이라고 했어. 나는 너를 내 안에 가장 깊고도 어두운 곳에 숨겨두었어.

**미래** 누구의 어둠이 더 컸는지를 대보기라도 할까요. 이놈의 어긋나버린 인생을 어떻게 해야 제자리에 갖다 놓을 수가 있죠. 불가능한 일인 줄 알면서도 날마다 그 생각을 하게 돼요. 그래서 화가 나. 아무리 이성적으로 엄마라는 사람을 이해하려고 해도 도무지 이해가 안 돼요.

**은수** 그렇게 하면 살 수 있을 줄 알았지. 살아낼 수 있을 줄 알았지. 하지만 아니야. 너의 흔적을 지웠다고 해서 니가 사라진 게 아니야. 너는 절대로 내게서 사라질 수가 없어. 만일 다른 아이를 낳는다 해도 그 어떤 아기도 너를 대신할 수는 없을 거야.

**미래** 그런 말 하지 마요. 나하고 아무 상관없어요. 진실이나 말해줘요. 내 아버지가 누군지, 왜 나를 먼 나라로 보냈는지. 사실대로 말해요. 내가 바라는 건 진실뿐이야. 여기서 같이 살 생각도 없고 죄책감에 시달리게 하고 싶지도 않아요. 돌이킬 수 없는 일이고, 새삼스럽게 모녀 관계 연연하고 싶지도 않아요. 용서한다 괜찮다 낳아준 걸로 고맙다, 이런 말들 하고 싶지도 않아요. 그런 말 하는 사람들도 있다는데 난 안 해. 못 해요. 그 모든 걸 용납하기에는 내 인생이 너무 개 같아서 도저히 할 수가 없어요.

**은수**　끔찍한 일이었지. 당장 내 앞에 닥친 어둠을 피하려다가 더 무서운 어둠을 택했다는 걸 나중에야 알게 됐어. 나는 실패자야. 벌 받고 있어.

**미래**　다 그만두고 아버지 이야기나 해봐요. 나도 알 권리 있잖아요.

**은수**　대학생들이 봉사활동을 왔었어. 외진 시골이어서 대학생을 처음 봤지. 그 중 한 사람이 특히 멋져 보였어. 밤에는 야학을 했는데 그 사람한테서 영어를 배웠지. future라는 단어의 깊은 의미를 그에게서 배웠어. 그리고 방학이 끝날 무렵 그들이 돌아간 후에 몸이 이상하다는 걸 알았어. 나는 고등학생이었고 너무 당황했어. 고민 끝에 학교를 그만두고 너를 낳았어. 엄마랑 도시로 나가서 입양기관이라는 델 찾아갔지. 잘못이었어. 그렇게 해선 안 되는 건데, 나는 너무 어렸고 여고생으로 인생이 끝나는 게 두려웠어. 나도 아빠가 없는데 내 딸마저 아빠 없이 사는 게 슬펐어. 최대한 좋은 여건에서 너를 살게 해야 한다고 그렇게만 생각했었어.

**미래**　그게 진실이라면, 내 아버지는 나라는 존재도 모른 채 살고 있겠군요.

**은수**　실은, 단 한 가지 이유였어. 나에게 일어난 일에 대해서, 너의 출생에 관해서, 설명하면서 사는 인생을 상상할 수 없었어. 다시는 만날 수 없는 머나먼 곳으로 너를 보내고 아무런 미련도 갖지 않으려고 했어.

**미래**　아버지를 알아야겠어요. 한 번만 만나보고 싶어요. 이 세상에 내 진짜 아버지가 있다, 그것만 확인하면, 내 존재의 근원을 확인하면, 곧 돌아가요. 이름과 나이만 알려줘요. 내 힘으로 찾을 테니까.

**은수**　때로는 모르는 채 살아가는 게 나은 경우도 있어. 이제는 밝은 곳으로 가야지 또다시 어둠으로 갈 필요는 없지 않니.

**미래**　아니, 더 지독한 데라 해도 가야겠어요. 끝을 봐야 시작도 할 수 있을 거 같아. 여기가 막다른 길이고 마지막 남은 길이에요.

**은수**　내가 막다른 길 앞에 섰을 때 나는 고향을 떠나 다른 곳으로 갔어. 새롭게 시작하고 싶었지.

**미래**　난 피하지 않아요. 수없이 부딪쳐서라도 찾아낼 거야. 그만한 각오도 없이 살아왔을 거 같아요?

**은수**　어느 날 도로를 운전하고 있었어. 차들이 갑자기 다 멈춰 섰어. 무슨 일인지 내다봤지. 맨 앞에는 엄마오리가 아기오리 세 마리를 데리고 무려 4차선이나 되는 도로를 건너고 있었어. 엄마오리는 좀 더 안전한 곳으로 가려고 길을 나선 거야. 그런데 그렇게 먼 거리를 걸어서 도착한 곳에는 높은 담장이 있어. 상행선과 하행선을 가르는 경계석이 있는 거야. 차들이 오리를 피해서 조금씩 움직였어. 나도 그 흐름을 따라서 거길 지나쳤어.

**미래**　그놈의 화법은 참 이상도 하네. 싫으면 싫다, 못하면 못한다, 확실하게 말을 해요. 내 아버지에게 알렸더라면 이렇게 내 인생이 비틀리진 않았을 수도 있잖아요. 엄마하고는 끝났을지 모르지만 나와는 끊을 수 없는 사람이잖아요.

**은수**　후회가 돼. 내가 그 오리를 도와줬어야 했는데, 그들을 내 차에 태워서 엄마오리가 가려고 했던 곳으로 보내줬어야 했는데, 그냥 지나쳤어. 집에 돌아와서 그 오리들 생각에 엉엉 울었어. 어두워진 밤에 그 애들은 길을 헤매다 어떻게 됐을까. 내가 바로 살길을 찾아 나섰다가 죽음의 길로 들어선 그 엄마오리야.

**미래**　좀 도와주면 안 돼요? 나도 여기만 매달려 살 수는 없어요.

나도 내 일이 있고 내 삶이 있어요. 이 일을 빨리 끝내고 돌아가야 한다구요. 아버지를 만날 수 있게 해줘요. 마지막 부탁을 들어줘요. 제발.

**은수**  거리를 걸으면서 항상 누군가를 찾고 있어. 아는 얼굴을 찾고 있어. 지나치지 않으려고 다시는 잃지 않으려고 미친 듯이 찾으려고 하지. 기억나지 않는 어떤 얼굴이야. 그래도 알아볼 수 있을 거야. 그건 바로 네 얼굴이야.

**미래**  꿈 같은 소리는 그만 좀 해요. 나를 보고 똑바로 말을 해요. 니 아버지는 몇 년도에 어디로 봉사활동을 왔던 어느 학교 무슨 과 누구다, 이렇게 말을 해요.

**은수**  더 이상 아기를 안을 수가 없어. 만질 수도 없어. 볼 수도 없어. 울음소리를 들을 수도 없어. 몸이 반쪽이 아예 없는 느낌이야. 걸어도 한 발로 걷는 것 같아서 휘청거려. 서 있을 수도 없어. 숨이 안 쉬어져. 내 안의 소녀를 안아줘. 괜찮다고 말해줘. 울어도 괜찮다고, 숨겨둔 아이에 대해서 이젠 말해도 된다고, 그렇게 말해줘.

은수와 미래는 간절함을 가득 담은 채 각자 자기 앞만 바라보고 있다
그들의 거리는 좁혀지지 않은 채 그대로이다
외로운 두 사람


# 4. 꿈속의 진실


은수와 미래가 무대의 양 끝에 있다

두 사람은 각자 꿈 이야기를 한다
서로의 언어를 알아듣지는 못하지만
두 사람은 서로의 꿈 안에서 서로의 고통을 느낀다


**은수**　어떤 방에 있어. 여기가 어디지 하고 주위를 둘러봐도 낯선 곳이야. 창고 같기도 한데 아무리 봐도 어딘지 모르겠어. 그런데 저쪽에서 빛이 어슴푸레 새어 나오고 있어. 그쪽으로 가보았지.


영사기 돌아가는 소리가 차르르 들린다


**은수**　무서운 생각이 들었지만 가지 않으면 안 된다는 생각이 들었어. 천천히 걸어갔지. 낡은 영사기가 돌아가고 있어. 벽에 무언지 모를 영상이 희미하게 비치고 있었지. 가까이 가서 봐도 도무지 알 수가 없었어.

**미래**　계단이 있어서 올라가기 시작했어. 그런데 그 계단이 아래로 옆으로 계속 뻗어나가. 계단을 올라갔다가 내려갔다가 옆으로 갔다가 하면서 건물 안을 돌아다녀. 어느 순간에는 거꾸로 서서 계단을 올라가고 있어. 발밑으로는 파란 하늘이 보이고 머리 위로는 도로가 보여. 차들이 오가는 도로가 내 머리 위에 있어.

**은수**　눈을 크게 뜨고 자세히 봤어. 교복 입은 여학생들이 어렴풋이 보여. 하나 둘 셋… 여학생 세 명이 걸어가고 있어. 한 명이 헤어져서 먼저 가네. 잠시 후 또 한 명이 인사를 하고 다른 길로 가. 순식간에 한 명만 남았어. 여학생이 혼자서 산길을 걸어가고 있어. 누구지, 얼굴을 봤어.
아, 그건 바로 나였어. 날마다 다니던 길인데 이상하게 그날은 무서운 생각이 들었어. 뒤를 돌아보려고 했지만 그럴 수가 없었어. 꾹 참고 앞만 보고 걸어갔어. 점점 다리가 무거워졌어. 달리기 시작했지만 다리가 땅에 붙은 것처럼 떨어지지를 않는 거야. 뒤에서는 누군가가 나를 쫓아오고 있다는 확신이 들었어. 다리는 더 이상 움직이지 않았어.

**미래** 이게 어떻게 된 일이지. 그런데 조금도 이상하게 느껴지지 않아. 당연하고도 자연스러운 일이야 계단이 있으니까 걸어가는 것뿐이거든. 내가 계단을 믿고 있는 동안 계단은 나를 붙잡아줘. 그게 계단이 하는 일이잖아. 하지만 내가 이게 어떻게 된 일이지, 하면서 계단을 의심하기 시작하면 나를 잡아주지 않아. 그럼 나는 그대로 떨어지는 거야. 나는 그냥 그걸 알아. 아무도 말해주지 않았지만 그냥 아는 거야. 나는 의심하지 않아. 그래서 받아들이기로 해. 괜찮아. 사람이 거꾸로 걸어다니고 도로가 머리 위에 있어도 무서울 건 없어. 자꾸만 마음을 다잡는 거지. 괜찮아, 다 괜찮아, 아무 일도 아니야, 이렇게 되뇌면서 말이야.

**은수** 그 순간 누군가 어깨를 턱, 잡았어. 헉… '이제 집에 가니?' 익숙한 목소리에 고개를 돌리고 보니 아, 이웃집 사는 아저씨였어. '왜 그렇게 놀라니?' 깜짝 놀랐잖아요. 안도의 한숨을 후 내쉬는 순간 툭, 필름이 끊기는 소리가 나면서 영화는 끝이 났어. 세상의 불이 다 꺼져버리고 내 머릿속도 그렇게 깜깜해졌지. 나는 쿵, 소리를 내면서 무덤 같은 어둠 속으로 깊이 빠져버렸어.

(긴 사이) 끊어진 필름 뒤로 무슨 일이 있었던 거지? 내가 구덩이에 빠진 걸까, 아니면 절벽으로 떨어진 걸까. 도대체 무슨 일이 있었던 거지? 끔찍한 일, 차마 입 밖에 낼 수도 없는 지독한 일, 무서운 일… 아, 머리가 아파, 머리가 터질 것만 같아.

은수가 이웃 남자에게 끔찍한 일을 당하는 순간을 의미하는 잔혹한 음악

미래    미술관에 갔어. 멋진 그림들을 보고 있었지. 너무 강렬하고 독특한 그림들이라 자세히 보려고 그림 앞으로 다가갔어. 아, 정말 살아있는 것 같은 그림이야, 나에게 말을 거는 것 같아… 그런 생각을 하고 있는데 다리가 간질간질한 느낌이 들었어. 다리를 내려다보았어. 빨간색 물감이 마치 뱀처럼 내 다리를 타고 기어오르고 있는 거야. 이게 무슨 일이지, 주변을 둘러보았지. 미술관의 그림들이 모두 울고 있었어. 그림들이 눈물을 흘리듯 물감이 아래로 아래로 흘러내리는 거야.

은수    미술 시간인가. 새하얀 도화지를 앞에 놓고 앉아 있어. 선생님이 누구든 생각나는 사람을 그리라고 하셨어. 누구를 그리지. 창밖에 멍하니 눈길을 두고는 턱을 고이고 생각에 잠겼지. 아, 얼핏 누군가가 내 머릿속을 스치고 지나갔어. 그림을 그리기 시작했지. 누군지는 나도 몰라. 그냥 내 마음이 내 손을 움직여 그림을 그려나갔어.

미래    그 흘러내린 물감들이 다 같이 나를 향해 오고 있었어. 나는 동물원의 우리에 갇힌 것처럼 그 흘러내린 물감으로 둘러싸였고 그 형형색색의 물감들은 뱀처럼 내 발밑에서부터 나를 타고 올랐어. 빠른 속도로 머리 위까지 타고 올라왔어. 나는 물감으로 포위되고 마침내 물감에게 완전히 잡아먹혔어.

은수    남자야. 아버진가. 내가 아는 남자 어른은 아버지뿐인데. 그림이 거의 그려졌지만 아버지는 아니야. 그럼 이 사람은 누구지… 생각이 날 듯 말 듯, 누굴까. 나도 모르는 남자의 얼굴을 물끄러미 바라보았지.

미래  나는 그림 속으로 빨려 들어갔지. 나는 미술관의 그림 한 장의 일부가 되어버렸어. 그림 앞에 선 사람들이 나를 들여다 봐. '이 그림 좀 봐, 꼭 사람 같애. 나한테 말을 하는 거 같아' 이렇게 말하면서 나를 구경해.

은수  순간 내 마음속 깊은 곳에서 무언가 올라오기 시작했어. 내 몸의 제일 밑바닥에서 한 가닥의 밧줄이 올라와. 살아있는 것처럼 꿈틀거리며 어느새 도화지를 바라보고 있어. 누군지 알 것 같아. 알아. 누군지. 절대 잊을 수 없는 바로 그 사람이었어. 기억나, 어떻게 잊을 수 있을까. 잊을 수 없는 사람을 그리라는 말에 기억해 낸 사람이 바로 그 인간이라니. 너무 비참해. 그런데 맞아, 그 사람을 절대 잊을 수 없지.

미래  미술관에 가서 너에게 말을 거는 그림을 보게 된다면 그 안에 어떤 여자가 빨려 들어가서 살고 있다는 걸 기억해. 그리고 얼른 도망쳐. 거기 더 있다가는 너도 다른 그림 속으로 빨려 들어가서 사람들에게 말을 거는 그림이 될지도 몰라.

은수  순간 내 안의 밧줄이 나를 뚫고 그림을 향해 달려가. 그림을 잡아 꽁꽁 묶고 비틀고 고문하듯 사정없이 찢어버려. 그렇게 하면 내 마음이 조금이라도 풀릴까. 아니야 그걸로 부족하지. 밧줄에게 말해. 저걸 불태워. 완전히 태워버려. 재로 만들어서 날려버려. 내 안의 분노를 담은 밧줄은 내 말을 듣고 그대로 하지. 태워버려, 맘속으로 다시 한번 소리쳐. 불태워버려, 또 다시 소리쳐. 그리고 그림은 순식간에 재가 되어 날아가 버려.

그를 없애버렸어. 나는 내 안의 소녀에게 물어. 교복을 입고 혼자서 산길을 걸어 가던 여학생에게 물어. 이제 나는 자유로울 수 있을까. 그래, 이제 그는 이 세상에 없어. 더 이상은 아무도 나를 괴롭힐 수 없어. 이제 나는 자유야…

진짜로 자유야… 그런데, 진짜로 자유일까…

**미래** 누군가 나를 이놈의 그림 속에서 구해줄 수 있을까. 내가 그려가는 생이 아니라 이미 그려진 그림 속으로 들어가야만 받아들여지는 인생, 저건 뭐지 하는 눈길에 구경거리가 되는 인생, 너그럽고 선한 이들의 동정의 대상이 되는 인생, 언제나 주목받는 멋진 인생이지. 온힘을 다해 소리를 질렀지만 도저히 소리가 나오지 않았어. 한참을 허우적거리다가 간신히 일어나보니 꿈이었어. 날마다 이런 식이야. 언제나 이런 악몽에서 벗어날 수 있을까. 그런데 사실, 꿈이 현실이고 현실이 꿈이야. 별 차이도 없어.


악몽에 시달린 두 여자
넋이 나간 듯한 두 여자가 앞을 멍하니 바라보고 있다
여전히 두 사람의 거리는 멀고
두 여자는 많이 지쳤다


# 5. 그게 시작이었어


은수는 중요한 날인 것처럼 옷을 차려입는다
잘 다려놓은 옷을 입고 가방에 무언가를 넣는다
가방을 몇 번씩 들여다본다
자동차 시동 거는 소리
은수는 차를 몰고 맹렬한 속도로 어딘가로 향한다


**은수** 명절이었던 거 같아. 친척집에 갔는데 나는 아주 어렸고 사람들이 많았어. 마침 텔레비전에서 공포 영화를 하고 있었고 나는 너무 무서워서 주위를 둘러보았어. 엄마가 안 보여. 엄마는 부엌에서 일을 하고 있었어. 그 순간 누군가와 눈이 마주쳤고 그 사람은 나한테 이리 오라고 했어. 나를 무릎에 앉히고 꼭 안아주었지. 이제 안 무섭지, 그는 말했어. 나는 그때부터 텔레비전이 아니라 그 남자가 더 무서웠어. 엄마, 어서 와서 나를 데려가요. 엄마… 잠시 후 나는 큰 소리로 울음을 터뜨렸어. 그는 이렇게 말했어. '귀신이 그렇게 무서워? 아주 울보에 겁쟁이구나.' 그러면서 그는 나를 더 꼭 안아주었어. 나는 그 안에서 벗어나려고 발버둥을 쳤지만 벗어날 수가 없었어. 저쪽에서 엄마는 나를 보고 웃고 있었어. 엄마는 내가 영화 때문에 우는 줄로만 알고 있었어… 그게 시작이었어.

귀신이 나오는 드라마의 음향이 괴기스럽게 들려온다
거기 덧붙여지는 어린아이의 불안한 울음소리

**은수**  시험기간이라 일요일에 학교에 공부를 하러 갔어. 아무도 없는 교실에서 공부를 하고 있는데 마침 당직 중이던 담임 선생이 교실에 들렀어. '무슨 공부 하니?' 하면서 내 등 뒤에서 나를 감싸고 내 책을 들여다보았어. 나는 온몸이 얼음처럼 굳어버렸어. 손을 밀치고 그 안에서 벗어나야 한다고 생각하면서도 그러지를 못했어. 잠시 후 담임은 교실에서 나갔어. '공부 열심히 해라' 이런 말을 남기고 사라졌어. 끔찍한 느낌이었어. 왜 벗어나지를 못했을까. 왜 뿌리치지를 못했을까. 선생님이 무안해할 거라고 생각했어. 그냥 잠깐만 참으면 될 거라고 생각했어…
그게 시작이었어.

남자의 친절한 목소리가 은수의 대사와 뒤엉킨다

**은수**  어느 날 친한 친구가 고백할 게 있다고 했어. 며칠 전 무서운 일이 있었다는 거야. 그때 우리는 겨우 중학생이었어. 그 애는 가족 중 한 사람이 자기에게 나쁜 짓을 했다면서 그 남자가 너무 가까운 사람이라 아무에게도 그 이야기를 차마 할 수가 없다고 했어. 그러면서 자기는 그 일 때문에 공부도 할 수가 없고 가족들을 똑바로 볼 수도 없다고 했어. 아무한테 털어놓지도 못하고 끔찍해서 죽고 싶다고 했어. 나는 그 순간 일요일에 있었던 일을 이야기해줬어. 친구가 그렇게 굉장한 이야기를 꺼냈는데 나도 뭔가를 털어놓지 않으면 왠지 공평하지가 않은 거 같았어. 그래서 시작했는데 이야기가 끝날 때쯤에는 나도 담임하고 뭔가 심각한 데까지 간 걸로 되어버렸어… 그게 시작이었어.

여학생들의 숙덕거리는 소리가 뒤죽박죽으로 들려온다

**은수**  며칠 후 나는 교무실로 불려가서 담임한테 따귀를 맞았어. 어디서 헛소리를 하고 다니냐면서 자기 몸이 휘청할 정도로 온 힘을 다해서 내 뺨을 때렸어. 나는 정신을 잃고 쓰러졌어. 얼굴 반쪽이 떨어져서 멀리 날아가 버린 것 같았어. 아이들의 비명소리와 선생님들의 만류하는 소리가 뒤섞여서 웅성거리는 소리가 들렸어. 순간 아득한 곳에서 큰소리가 들려왔어. '일어나 이 새끼야.' 도저히 일어날 수가 없었지만 안 일어나면 구둣발로 나를 마구 밟을 것 같았어. 그래서 비틀거리며 일어서려고 했어. 옆에 있던 의자를 붙잡고 간신히 일어서자마자 이번에는 다른 쪽 뺨을 또 그렇게 온 힘을 다해서 때리는 거야. 나는 속수무책으로 다시 반대편으로 쓰러졌어. 내가 잘못한 게 뭐지, 쓰러지면서 생각했어. 내가 왜 이렇게 맞아야 하지. 그 순간 거절하지 않아서, 친구라는 존재를 믿어서, 친구를 진심으로 위로하고 공감하려고 해서, 허튼 소리를 해서? 너무 아파서 완전히 넋이 나가버렸지만 쓰러지는 가운데도 나는 그게 참 궁금했어. 그게 시작이었어.

여학생들이 비명을 지르며 웅성거리는 소리

은수    어찌 보면 사소한 이야기가 눈덩이처럼 커져서 마침내 정학 처분을 받고 학교를 열흘 동안 가지 못했어. 겨우 중학생이었던 나는 수치스러운 스캔들의 주인공이 돼서 애들의 손가락질을 받으며 간신히 학교를 졸업했어. 그런데 지나고 보니 그건 정말 아무것도 아니었지. 파도가 가고 나면 더 큰 파도가 밀려오거든. 파도는 나갔다 돌아올 때면 더 강하게 오는 법이거든.

파도가 바위에 부딪치는 소리가 계속된다
은수는 파도소리에 쓰러질 것 같다
은수는 계속 차를 달린다
드디어 파도소리를 뚫고 어딘가에 도착한다
브레이크 레버를 끽, 하고 잡아당기는 소리
은수의 심장이 쿵쾅거리는 소리
은수는 가방을 들고 차에서 내린다
은수의 뒷모습이 어둠 속으로 사라진다
잠시 정적
어둠 속에서 탕, 탕, 탕, 하고 세 번의 총소리가 강하게 들린다
은수가 임무를 마친 요원처럼 당당하게 걸어나온다

그리고 옆집으로 들어간다
은수가 살던 집이다

**은수**  폐허가 됐을 줄 알았는데 말끔하게 새로 지은 집이 있어. 그 집에는 소녀와 엄마가 살고 있어. 교복을 입은 소녀는 책을 읽고 있어. 나는 그 소녀와 다정하게 이야기를 나눠. 소녀는 꿈에 관한 이야기를 하지. 책을 많이 읽고 나중에 시인이 되어 아름다운 시를 쓰겠다는 거야. 미소를 지으면서 소녀를 바라보고 있는 그 애의 엄마를 봐. 아, 소녀의 엄마는 바로 내 엄마야. 소녀의 얼굴을 자세히 봐. 그건 바로 나야. 여고 시절의 내 모습이야. 순수하고 고운 모습으로 미래에 대한 꿈을 꾸고 있는 소녀가 바로 나야. 그 자체로 완전한 소녀, 맞아 그게 바로 내 모습이지. 나는 이런 소녀였어. 우리는 오래된 친구처럼 인사해. 한동안 우리는 서로를 바라보고 있어. 나를 만났어, 여기까지 오는 길이 너무나 멀었어. 너무 오래 걸렸어. 괜찮아. 이제 갈게. 안녕. 잘 있어.

은수는 안도하는 표정으로 돌아서서 차에 탄다
부릉, 시동 거는 소리
차창을 내리고 시원한 바람을 쐰다
머리가 바닷바람에 마구 날린다
경찰차의 예민한 사이렌 소리 들리고
은수는 고속으로 차를 달린다
차가 파도 소리 속으로 사라진다

# 6. 비로소 홀로

아침
출근 준비하는 은수
티비에서 뉴스가 흘러나온다
흔하게 일어나는 사건 사고에 관한 뉴스

**앵커**  뉴스 속보를 말씀드리겠습니다. 어젯밤 청해시의 한 마을
에서 김 모씨가 총에 맞아 숨지는 사고가 발생했습니다.
김 씨의 집은 마을에서 좀 떨어진 곳에 위치하고 있어서
오가는 사람에 대한 목격자가 없는 상태입니다. 오늘 아
침 노인정에 같이 가려고 방문한 이 모씨에 의해 발견되었
으며 사망 시간은 어젯밤 열 시경으로 추정됩니다. 경찰은
없어진 물건이 없어서 강도 사건은 아니고 원한 관계에 의
한 살인 사건으로 보고 주변인물을 중심으로 탐문 수사에
들어갔습니다. 경찰에서는 이와 관련한 제보를 받고 있으
니 특이사항이 있으면 경찰에 연락주시기 바랍니다.

은수는 뉴스를 힐끗 본다
무심한 표정

무대 한쪽에 미래가 등장한다
가방을 싸고 있다
은수는 엄마와 마음으로 대화하며
두 개의 자아로 나뉘어 갈등한다

미래  오늘 한 시 비행기로 떠나요. 지금까지 살아온 것처럼 엄마는 엄마대로 나는 나대로 그렇게 살아가는 수밖에, 달라지는 건 없네요. 자기가 살던 곳에서 각자 홀로 그렇게 계속 살아가는 거죠.

은수  엄마, 오늘… 미래가 간대요.

미래  내가 원한 건 진실이었는데, 끝까지 그 진실을 외면했어요.

은수  이제라도 말을 해야 할까. 미래와 내가 그걸 함께 마주해야 한다면, 만일 미래마저 자기 인생을 환멸의 눈으로 보게 된다면…

미래  엄마 이야기는 처음부터 믿지 않았어요.

은수  미래는 동굴의 영웅에게서 용기가 뭔지를 어릴 때부터 배웠어. 미래는 더 이상 영웅의 도움을 기다리는 어린애가 아니야. 용감하게 홀로 설 거야. 스스로 자기를 구할 거야.

미래  내 아버지라는 그 대학생은 아마도 엄마의 마음속에서 만들어낸 이상적인 남자일 테죠.

은수  그래도 안 돼. 미래가 이대로 떠난다 해도 다시는 만나지 못한다 해도, 그걸 말할 수는 없어. 미래마저 내가 사는 세상으로 끌고 갈 수는 없어.


갈등에 빠진 은수


은수  아직도 날마다 악몽을 꾸지. 그러다 눈을 뜨면 그게 다 허상이야. 모든 게 마음에서 만들어내는 헛것에 불과해. '그 일'도 마찬가지야. 세상의 그 무엇도, 밖에 있는 것들은 아무것도 나를 해칠 수 없어. 이제 손을 놔. 절벽에 매달려 있다고 생각하지만 바로 발밑에 땅이 있어. 제발 그만 눈을 떠. 악몽에서 벗어나.

미래  실은 저, 임신했어요.

은수  눈을 떠도 보여. 그 더러운 얼굴이 내 앞에서 어른거려.

미래  떠나기 전에 이 말을 꼭 하고 싶었어요.

은수  눈을 크게 뜨고 고개를 흔들어봐. 모두 떨쳐버려. 그럼 다 끝나는 거야.

미래  아이를 낳기 전에 나라는 존재를 바로 알고 싶었어요. 내가 나를 모르는데 어떻게 한 아이의 엄마가 될 수 있어요.

은수  부모에 대해 알고 싶다는 너의 열망이 너를 어둠의 구렁텅이로 끌어내리는 일이라면… 간신히 기어나온 그 깊은 구렁텅이로 되돌아가야 한다면…

미래  과거를 알아야 미래로 갈 수도 있잖아요.

은수  내 인생은 엉망이 됐어. 제대로 된 남자를 만나지도 못해. 좋은 사람을 만나면 양심의 가책을 느껴. 그래서 안 좋은 남자를 만나. 나를 존중하지도 않는 남자를 만나서 똑같이 함부로 대하면서 진흙탕 속으로 서로를 몰아붙여. 돌아서면 너무 비참해.

미래  엄마한테 어떤 일이 있었는지, 설사 그게 아무리 힘든 일이라 해도 진실을 알고 싶어요. 어떻게 해서 이 세상에 왔는지 그걸 알아야만 내가 바로 설 수 있어요.

은수  나에게 일어난 ‘그 일’은 나의 것이 아니고 그 사람 거야. 그에게서 온 일은 그에게 속한 거야. 나는 그냥 나야. 나는 나 자체로 완전하고 소중한 존재야. 원에 갇혀있지 말고 그 위로, 넓은 하늘로 나아가기로 했잖아.

미래  그래야 앞으로 걸어갈 수도 있다구요.

은수  힘들 때마다 과녁 앞에 그 남자를 세우고 총을 쏴. 아무리 여러 번 총을 쏘아도 그는 죽지 않아. 불사신 같아. 얼굴에 수없이 총알을 맞추어서 얼굴이 뭉개져도 그 얼굴이 사라지지 않아. 아니야, 그는 이미 죽었어. 그는 나이를 많이 먹었고 오래전에 죽었어. 맞아, 그는 죽었어. 죽은 사람을 기억하면서 계속 거기 얽매이는 거 바보짓이지.

**미래**  엄마가 된다는 거, 가슴 벅찬 일이지만. 두렵기도 해요. 그래서 엄마와 이 모든 걸 나누고 싶었어요.

**은수**  내가 살던 동네에 가보았어. 사람이 거의 살지 않는 쇠락한 마을에 가보았어. 텅 비어있는 집, 그가 살던 낡은 시골집에서 이미 죽어버린 그를 떠올리며 총을 쐈어. 탕, 탕, 탕. 세 방을 쏘면서 그를 영원히 떠나보냈어. 모두 끝났어, 완전히.

**미래**  지금까지 홀로 살아왔고 앞으로도 홀로 살아가겠지만 우리가 어딘가에서 한번쯤은 만나는 지점이 있는 두 개의 선이기를 원했어요. 아무리 평행선처럼 보여도 조금이라도 기울어져 있다면 언젠가는 두 개의 선이 만나게 되잖아요. 아무리 멀리 있고 아무리 오래 걸린다 해도 말이에요.

**은수**  니가 바라는 게 그거였어. 용감한 딸이 되어 돌아왔어. 나는 너처럼 용감하지 못했어. 내 딸을 포기하지 말았어야 했는데. 어리석었어. 하지만 무서웠어. 너를 포기하는 것도 무서웠지만 너를 볼 때마다 마주해야 하는 그 일이 끔찍해서 너를 외면했어, 아무리 어렸지만 그래도 엄마였는데, 엄마로서 용기를 냈어야 했는데 도망쳤어.

**미래**  우리가 만날 접점이 바로 우리가 엄마라는 사실이고 우리가 딸이라는 사실이라고 생각했어요. 내가 엄마가 되는 날, 엄마를 완전히 이해할 수 있을까요.

**은수**  어서 공항으로 가야 해. 미래가 비행기에 타기 전에 만나야 해. 너와 끝까지 함께했어야 했는데, 그러지 못했어. 너와 헤어졌지만 너를 단 한 순간도 잊은 적 없어. 언제나 너를 생각했고 너를 그리워했어.

**미래**  내 외모가 아닌, 내게 일어난 사건도 아닌, 특히 내가 입양되었다는 사실은 더욱 아닌, 오직 앞으로 내가 성취하는

일만이 나라는 존재를 증명할 거예요. 강하고 독립적인 인
간으로 살아갈 거예요. 내 아기와 함께요.

**은수**   늦었지만 용서를 빌게.

**미래**   부모에게서 버림을 당하고, 그것을 직면해서 이겨낸 사람
은 세상에서 가장 강한 사람이 될 수 있어요. 홀로 살아 남
았으니까요.

**은수**   내 안의 웅크리고 있는 어린 소녀를 바라봐 줘, 그 애를 마
주하고 용서해줘. 그 애도 너무 무서웠던 거야.


은수, 엄마의 사진을 들여다본다


**은수**   엄마도 이제 가세요. 마지막이라 생각하니 이제서야 눈물
이 나요.
실컷 울고 나면 웃을 수도 있을까요. 고통은 행복을 안고
있고 슬픔 뒤에는 기쁨이 있다는데 내 인생도 그럴까요.
헤어진 다음에는 새로운 만남이 온다는데 정말 그럴까요.
모든 시작은 끝과 연결되고, 모든 끝은 다시 시작과 이어
진다는데 지금이 그때일까요. 인생이라는 거 어떤 사람에
게는 정말 멋지다는데, 엄마, 나도 그런 말 믿어도 될까요.


은수, 급히 달려나간다
자동차 시동 거는 소리, 활기차고 역동적으로 들린다


**공항의 안내멘트**   덴마크 코펜하겐으로 가는 대한항공 237기 편이
잠시 후 출발합니다. 아직 탑승하지 않으신 승객께서
는 13번 게이트에서 탑승해 주시기 바랍니다. This is
the final boarding call for Korean Airlines flight 237
to Copenhagen. All passangers should be onboard

through gate 13.

전화를 걸면서 주위를 두리번거리는 은수
전화벨이 오랫동안 울린다
미래가 전화를 받는다
미래가 캐리어를 끌고 나타난다
공항의 안내 멘트가 한국어와 영어로 뒤엉켜서 들려온다

**공항의 안내멘트**    대한항공 237기 편으로 코펜하겐에 가시는 미아 킴 승객님에 대한 마지막 탑승 안내입니다. 지금 즉시 13번 게이트로 가시기 바랍니다. This is the final boarding call passenger Mia Kim flying to Copenhagen on Flight Korean Airlines. Please proceed to gate 13 immediately.

무대의 양쪽 끝에서
서로를 향해 서서히 발걸음을 떼기 시작한다
무대 중앙에서 만난 두 사람
비로소 마주 보고 선다
그러나 보이지 않는 문이 두 사람 사이에 있는 것처럼
미래는 은수를 보지 못한다
은수는 문 손잡이를 열려는 듯 손을 앞으로 내민다
미래가 주위를 둘러보다가
마침내 가방을 끌고 돌아선다
은수는 애를 쓰지만 문이 쉽사리 열리지 않는다
은수와 미래가 있는 곳만 밝게 남겨두고 무대는 서서히 어두워진다
미래는 환한 빛을 받으며 뚜벅뚜벅 걸어 나간다

은수도 또 다른 빛 속에 서 있다

**은수**　문을 열면 돼. 이 문을 열기만 하면 나는 너에게로 갈 수
　　　있어. 문을 열면 상쾌한 바람이 들어오고 나는 너에게로
　　　갈 수 있어.

비행기가 활주로를 날아오르는 무거운 소리가 들린다

**은수**　나는 방바닥을 파란 물감으로 칠할 거야. 그럼 내 방은 금
　　　방 바다가 될 거야. 갈매기가 날아다니고 파도가 밀려와.
　　　나는 노를 저어 바다로 나아가. 이 배를 타고 머나먼 바다
　　　를 건너 너에게로 갈 거야. 비행기로 열네 시간이나 걸리
　　　는 머나먼 나라지만 나는 단숨에 갈 수 있어.
　　　나를 만나러 바다로 와주겠니?
　　　사랑하는 나의 딸 미래,
　　　돌아온 나의 딸 미아.
　　　엄마가 곧 갈게.

홀로 서 있는 은수
무대 한켠에서 빨간색 공중전화기가 울린다
은수 전화기를 든다

미래가 나타나서
자기가 쓴 책을 들고
엄마에게 보내는 마음을 쓴 부분을 읽어준다
기쁜 듯 슬픈 듯 모호한 표정의 은수

**미래**　진실을 말할게요. 지금까지 살면서 내가 가장 좋아한 소리

는 엄마의 목소리였어요. 가장 좋아한 냄새는 엄마의 체취였어요. 가장 좋아한 건 엄마의 품이었어요. 엄마는 나의 전 우주였어요.

**미래**  세상에서는 엄마와 아주 잠깐 있었지만, 그 전에 엄마 뱃속에서 상상할 수 없을 만큼 가까이 지냈잖아요.

**미래**  엄마를 사랑했어요. 사랑하는 만큼 화가 많이 났어요. 그게 다예요. 아니, 아니에요, 사실 엄마한테 화나지 않았어요. 화낸 척했어요. 너무 그리워서 참을 수가 없었어요. 그런 내가 싫어서 화를 내야 했어요.

**미래**  내가 아기를 낳으면, 엄마 안의 어린 소녀를 불러내서 아기를 안아보게 해주세요. 나를 포기했던 그날의 소녀는 아무 잘못한 게 없어요. 그 어린 날의 상처를 보듬어주고, 괜찮다고 이야기해주세요. 아기와 다시 올게요. 곧 다시 만나요.

**미래**  나의 첫 번째 책을 사랑하는 엄마 김은수 님께 바칩니다. 미아 킴 한센.


섬집아기 은은하게 들려온다


**은수**  미래가 어느 날 나를 찾고 나를 미워하고 마침내는 우리가 화해하게 된다는 해피엔딩을 꿈꾸지. 그런 날이 올 거야. 미래를 만나면 무슨 말을 할까. 나는 그 애가 사는 나라의 말을 한마디도 못 알아듣고 그 애는 한국어를 못하는데, 혹시 미래가 엄마라는 말을 배워올지도 모르지. 나를 '엄마'라고 부르면, 나는 무슨 말을 해야 할까. … 아이 엠 소리, 아이 러브 유…


서서히 어두워진다

사랑을 견디다 1
〈사랑을 견디다〉 1과 2는 단독으로
공연할 수도 있고 함께 공연할 수도 있다

등장인물

남자

# 1. 용서받지 못한 자

어둠 속에서
무거운 첼로 연주 들린다

조금씩 밝아지면
황야 같은 쓸쓸한 분위기
벽에는 흑백의 영화 포스터 〈Unforgiven〉이 걸려 있다
팔걸이가 있는 의자가 있고
테이블에는 몇 권의 책과 커피메이커와 머그잔이 있다
별다른 장식이 없는 단조로운 방이지만
품위 있는 의자와 테이블이 방주인의 취향을 드러내고 있다
이제는 세월의 흔적이 몸에 배어 노년기에 접어들었지만
과거에는 상당히 매력적이고 남성적인 분위기를 지녔을 법한
남자가 등장한다
의자에 앉아서
포스터의 클린트 이스트우드를 한참 동안 바라본다

**남자** 제가 좋아하는 배우입니다. 유난히 깊은 주름이 인상적이죠. 그의 얼굴에 깃들인 명암은 마치 서부의 황량한 벌판을 보는 것 같습니다. 깊은 우울과 사색이 깃들인 눈이며 황야의 건조한 바위산 같은 그 얼굴을 보고 있으면, 가슴 속에 서늘한 바람이 내려앉는 것 같습니다.

**남자** 그의 영화들을 다 좋아하지만 〈용서받지 못한 자〉를 가장 좋아합니다. 특히 제목이 마음에 듭니다. 악행을 저지르던 전설의 총잡이가 착한 아내를 만나 모든 과거를 청산하

고 돼지를 키우면서 초라하게 살아가는 모습은 마치 고행하는 수도자와 같은 느낌을 줍니다. 아내는 죽고, 보살펴야 할 어린아이는 둘이나 되고 호구지책인 돼지들은 병에 걸리고, 너무나 가난한 상황에서 그는 현상금을 벌기 위해 다시 총을 잡게 됩니다. 이제는 과녁을 제대로 맞추지도 못하고 말도 멋지게 타지 못하는 쇠락한 총잡이가 다시 누군가를 죽이러 떠나죠. 그 모습은 어쩔 수 없이 현실에 매어 살아가야 하는 가장이 짊어진 삶의 무게를 그린 것처럼 보입니다. 그에게는 서부의 과장된 개척정신이나 정의를 실현하고 떠나는 멋진 사나이의 뒷모습이나 그에게 반하는 여자와의 아련한 로맨스나 그런 것은 전혀 없습니다. 그저 척박한 삶의 현실이 있을 뿐입니다. 어쩌면 세상에 태어난 순간부터 죽을 때까지 알고 모르고 저지르는 수많은 악행으로 인하여 영원히 용서받지 못한 자로 살아가야만 하는 것이 인간의 숙명이 아닌가 그런 생각이 듭니다.

**남자**  그는 누구의 용서를 받아야 할까요. 그가 무참하게 죽인 사람들, 착하게 살겠다는 약속을 어겼다고 질책할 죽은 아내, 남겨두고 떠나온 어린아이들…

**남자**  용서를 받아야 한다면 그 용서의 모양은 어떤 것일까요… 그런데 대체 누가 누구를 용서할 수 있는 것일까요. 어쩌면 용서받지 못한 자라는 말 자체가 처음부터 잘못된 것일지 모릅니다. 이 세상에는 우리를 용서할 자가 없습니다. 그러니 완전한 용서란 처음부터 불가능한 것입니다. 용서받을 수 있다면, 그래서 우리가 지은 죄가 사라져버린다면, 그래서 그 죄책감에서 놓여날 수 있다면, 그래서 가벼워질 수 있다면, 그런 축복이 우리에게 허락된다면, 그렇다면 우리는 얼마나 행복한 존재일까요. 그러나 현실의 용서받지 못한 자는 죽지도 못하고 고통을 받으며 그저 살아가야 하는, 우리의 존재 자체를 뜻하는 것이겠지요.

**남자**  그럼에도 용서받고자 하는 이 초조한 마음에서 어떻게 놓여날 수 있을까요. 사실 용서를 꿈꾸지도 않습니다. 무슨 염치로 그런 희망을 갖겠습니까. 언젠가 세월이 더 많이 흘러서 그토록 찾고자 했던 길이 아예 안 보이는 날이 오면, 그 어둠 속에서 내가 죄악 그 자체가 되고 다시 그것이 보이지 않는 길이 되고, 길이 곧 나이고 내가 곧 길이 되어 어둠 속에서 완전히 하나가 되는 그런 날이 온다면, 아마 거기가 바로 용서의 자리가 아닐까 그런 생각을 어렴풋이 하기는 합니다. 아득한 길 끝에서 어쩌면 다시 만나게 될 그들, 그 자리에 이 몸이 먼지처럼 스러지는 순간이 바로 그토록 기다렸던 그 시간이 될 것입니다.

조금 더 밝아지면서 포스터는 사라지고
다소 활기찬 모습의 남자

**남자**  오늘은 현충원에 가려고 합니다. 어머니 기일이거든요. 부모님은 현충원에 계십니다. 대전까지 혼자 운전을 하고 갈 때면 저는 약간은 설레는 마음이 됩니다. 약속이 별로 없는 저로서는 갈 곳이 있다는 것만으로도 어느 정도는 즐거운 마음이 되기도 합니다. 휴게소에 일부러 들러서 커피도 마시고 의자에 앉아서 오가는 사람들을 하염없이 바라봅니다. 강아지를 안고 지나가는 사람도 보고 연인들도 보고 가족들도 봅니다. 전화기를 들여다보기도 하고 휴게소에서만 파는 조잡한 물건들도 구경합니다. 이리저리 오가며 시간을 좀 보내고는 차를 타고 다시 목적지로 향합니다.

현충원

남자	저는 이곳에 올 때마다 이 보훈매점에 들러서 꽃을 사곤 합니다. 꽃다발이 천정까지 높이 쌓여 있습니다. 아주 화려한 가지각색의 가짜 꽃들입니다. 천천히 꽃구경을 하면서 오늘은 무슨 꽃을 살까를 생각하는 것도 작은 즐거움입니다. 오늘은 분홍색 카네이션을 샀습니다. 갑자기 어버이날이 떠오르고 어머니께 카네이션을 사드리고 싶은 생각이 났습니다. 그리고는 아버지를 위한 술 한 병과 어머니를 위한 따뜻한 커피 하나를 골랐습니다.

남자	아버지의 묘역은 제일 높은 구역 양지바른 곳에 있습니다. 지난번에 꽂아둔 보라색 붓꽃을 빼고 화사한 카네이션을 꽂았습니다. 술 한 잔을 따르고 커피도 한 잔 따라서 올린 다음 옆에 앉아 봅니다. 하늘도 바라보고 풀도 만져보고 바람도 느껴봅니다. 어머니 아버지가 술과 커피를 드시는 동안 햇볕을 쬐면서 한참 동안 주변을 걸어다닙니다.

남자	묘비명을 하나하나 읽어봅니다. 똑같이 생긴 지루한 비석이지만 거기 적힌 이름들은 *그*가 누구였는지를 생생하게 말해줍니다. 앞면에는 본인과 아내의 이름이 있고 뒷면에는 생몰연대가 있고 옆면에는 가족들 이름이 적혀있습니다. 가족들 이름이 옆면을 가득 채운 사람이 있는가 하면 텅 비어있는 사람도 있습니다. 어떤 사람은 세상에 와서 사는 동안 수십 명의 자손을 남기고 갑니다. 그리고 어떤 사람은 세상에 올 때 혼자 온 것처럼 또 그렇게 혼자 가기도 합니다. 저는 묘비에 적힌 이름들을 하나하나 읽어 봅니다. 묘비의 주인은 죽었지만 아랑곳하지 않고 여전히 이 세상 여기저기에서 살고 있는, 너무나 많은 모르는 사람들의 이름을 읽어봅니다.

남자	그 묘역 옆에는 젊은 유공자 묘역이 있습니다. 저는 거기 있는 젊은이들의 이름을 보면 항상 가슴이 먹먹해집니다.

우리 어머니 아버지를 생각할 때보다도 아무런 연고도 없는 그 젊은이들의 묘비 앞에서 오히려 가슴이 콱 막히고 한없이 눈물이 납니다. 이 젊은이들은 대체 누구의 악행을 대신해서 이렇게 어이없는 죽음을 당한 것일까요. 이 젊은이 대신 살아남은 우리는 이렇게 계속 살아가야 할 어떤 권리가 있는 것일까요. 이들은 젊은 나이에 죽어 이런 차가운 묘비를 세우고 누워 있는데 무슨 자격으로 나는 이 앞에 서서 이들의 이름을 보고 있는 것일까요. 이런 생각들이 떠오릅니다.

산사의 풍경소리 은은하게 들려온다

**남자** 어떤 젊은이가 갓 결혼한 아내가 자기와 다투고 난 후 술을 먹고 자살했다며 죄책감으로 괴롭다는 고민을 털어놓았습니다. 큰스님이 그러한 고통과 슬픔과 그리움이 언제쯤이면 좀 옅어질 것 같으냐고 물었습니다. 한 일 년 정도면 어떠냐 하니 그 정도 시간이 지나면 좀 흐려질 것 같습니다, 대답했습니다. 그럼 이 년 정도면 어떠냐 하니, 좀 더 흐려질 것 같다고 했습니다. 그럼 삼 년 정도면 어떠냐 물으니, 좀 더 흐려질 것 같다고 했습니다. 그러자 큰스님이 말씀하셨습니다. 삼 년 후에는 다 사라질 번뇌를 왜 꼭 삼 년 동안 가지고 있어야 하느냐, 어차피 없어질 고통이라면 지금 이 순간 없애버리면 어떠냐, 그러시더군요.

**남자** 언제쯤이면 아내를 잊고 새로운 사람을 만날 수 있을 것 같으냐고 이어 물으셨습니다. 삼 년 후쯤 가능할 것 같다 대답하자 삼 년 후에 어차피 가능할 일을 왜 오늘은 할 수 없느냐 하시더군요. 이 모든 삶의 번뇌를 깨닫고 지금 이 순간 그 번뇌에서 벗어나는 것이 수행의 첫걸음이다 그러시더군요.

**남자**  그 젊은이는 이 생로병사의 윤회에서 벗어나기 위한 수행의 첫걸음을 언제쯤 뗄 수 있을까요. 삼 년 후일까요 아니면 큰스님의 말씀대로 오늘 당장 가능할까요.

**남자**  젊은이의 묘비 옆에서 이런 생각들을 하다가 부모님의 묘소로 돌아가 비석에 새겨진 가족들의 이름을 새삼스럽게 죽 읽어보았습니다. 맨 위에 내 이름이 보입니다.

**남자**  세월이 많이 흘렀고 그만큼 삶에 대한 열정 같은 것도 사라져 버렸습니다. 그러니 이제 저에게는 낡은 총을 손질하고 자신 없는 태도로 현상금을 찾아 길을 떠나야 할 그런 책무는 사라진 것일까요. 말을 푹신한 짚이 가득한 마굿간에 매두고 총도 깊은 곳에 넣어두고 한적한 집 앞에 앉아 그저 황혼을 바라보아도 될 그런 시간이 마침내 온 것일까요.

먼 곳을 바라보며 생각에 잠긴다


# 2. 이별


평온한 음악 잠시 들리고


**남자**  오늘은 하루 종일 혼자 집에 있습니다. 아내는 외출을 했습니다. 아내의 일과는 거의 교회와 관련된 일로 채워져 있습니다. 오늘도 교회에서 무슨 독거노인 돕기 김장 담그기 행사가 있다고 하더군요. 집에서는 김장을 담그지도 않으면서 교회에 며칠째 김장 봉사를 다니고 있습니다. 아내는 이제 나이를 많이 먹었지만 그래도 여전히 아름답고 멋진 모습입니다. 아내를 처음 만나던 젊은 시절이 생각나네요.

올드팝이 낭만적으로 들려온다

남자　(꿈꾸듯 과거로 거슬러 올라간다) 그녀를 처음 본 순간 저는 완전히 사랑에 빠지고 말았습니다. 그녀는 금방이라도 날아오를 듯한 젊음을 가진, 그야말로 완벽한 아름다움 그 자체였습니다. 저는 그녀에게 눈멀고 귀 멀었습니다. 그녀 외에는 아무것도 눈에 보이지 않았고 아무 소리도 들리지 않았습니다. 사람이 살면서 어떤 한 사람에 대해서 가질 수 있는 최대한의 간절함과 열망을 갖게 되었고 그러한 감정은 너무나 순수한 것이어서 진정 무죄하다고 느껴졌습니다. 아무도 이런 정도의 열정을 가질 수는 없을 것이다, 그렇다면 이것은 그 자체로 가치 있는 일이다, 그렇게 생각했습니다. 그녀와의 사랑을 이룰 수만 있다면 내가 가진 모든 것이 다 사라져버리고 나의 과거 현재 미래를 모두 잃어도 좋다는 확신이 있었습니다. 오직 그녀만이 나의 전부였고 온 세상이었고 그야말로 우주 전체였습니다. 그 간절함은 수단 방법을 가리지 않고 그녀에게 올인하게끔 나를 밀어붙였고 나는 마침내 그녀와 결혼하게 되었습니다.

남자　세상 전부를 얻은 것 같은 충만한 기쁨. 터질 듯한 희열, 그토록 고대했던 순간이 왔지만 그것은 절대로 완성도 끝도 아니었습니다. 더 이상 바랄 것이 없을 정도로 행복할 것만 같은 순간이 막상 현실이 되자, 내 앞에 쌓여 있는 문제들이 비로소 눈에 들어왔습니다. 가장 행복했던 그날, 그야말로 고통스러운 진짜 내 인생이 시작되었습니다.

격동의 첼로가 연주되다가
한동안 정적

**남자**  (무릎을 꿇고) 죄송합니다. 제가 다 책임지겠습니다. 이혼하겠습니다. 아닙니다. 단 한 순간도 그 여자를 좋아한 적이 없습니다. 아버님께서 한 번 보지도 못한 여자와 강제로 결혼을 시키셨고 법적으로만 부부지 같이 살지도 않았습니다. 부부간의 정 같은 것은 조금도 없습니다. 절대 아닙니다.

**남자**  하나 있습니다. 아들입니다. 중학생입니다. 자식은 두고 오겠습니다. 완전히 깨끗하게 정리하겠습니다. 꼭 행복하게 해주겠습니다. 믿어주십시오. 평생 갚으며 살겠습니다.

**남자**  한 번도 아내라고 생각해본 적 없는 여자, 사랑하는 마음이라곤 가져본 적 없는 라훌라와 같은 아들, 내게는 이미 남편과 아버지라는 이름으로 나를 얽어매고 있는 사람들이 있었습니다. 인간적으로는 한 번도 마음을 준 적 없는 두 사람이 가족이라는 이름으로 나와 법적 관계를 형성하고 있었습니다. 이러한 인연은 대체 어디서 온 것일까요. 왜 사랑하지도 않는 사람들과 이런 관계를 맺게 된 것일까요.

**남자**  아버님이 원망스러울 뿐이었습니다. 저는 아버지가 마음대로 정한 지인간 혼맥 만들기의 희생이 된 것입니다. 저뿐만 아니라 저와 결혼한 그 사람도 아이도 모두 불행한 처지에 놓이게 되었습니다. 무엇보다 아이에게는 정말 못할 짓이었습니다.

**남자**  경수, 그리고 경수 엄마. 나는 이 두 사람과의 법적인 관계를 정리하기 위한 절차에 들어갔습니다. 저는 경수 엄마가 어떤 사람인지 관심을 가진 적도 없었고 그 사람에 대해 아무것도 몰랐습니다. 그런데 이혼 수속을 하면서 처음으로 대화를 하게 되었고 속이 깊은 사람이란 것을 알게 되었습니다. 서로에 관해서 아무것도 모르고 살다가 헤어지는 순간에야 비로소 서로를 알게 되다니, 인생이 얼마나 아이러니한지 모르겠습니다. 그 사람은 이렇게 말했습니다. '인연이 여기까지인가 봅니다. 저마다 자기 업보를 지고 가는 것이니 각자 자기 길을 갈 뿐이지요.'

**남자**  저에게는 전생에 무슨 선업이 있어서 이렇게 선량한 아내를 만나 결혼을 하게 되고, 또 무슨 악업이 있어 이렇게 좋은 사람에게 이혼의 고통을 주게 된 것일까요. 도무지 알 수 없는 운명이었습니다. 약해지려는 마음을 다잡으며 저는 다시는 나를 찾으려는 생각도 하지 말고 아이에게도 나와의 인연은 완전히 끝났다는 것을 잘 알려주라고 다짐을 받았습니다. 참으로 뻔뻔한 일이라는 생각을 하면서도 어쩔 수가 없었습니다. 나이가 스무 살이나 많은 내가, 그나마 미혼인 줄 알고 어렵사리 결혼을 결심한 그녀를 생각하면 못할 일은 아무것도 없었습니다.

**남자**  이후 저는 시골 여자랑 이혼하고 젊고 예쁜 도시 아가씨와 재혼한 나쁜 놈으로 요약되었습니다. 어디서든 누구든 내 등 뒤에서는 다들 나를 이렇게 인식했습니다. 거기에 나의 인간성을 강조하는 데는 자식마저 버린 피도 눈물도 없는 놈이라는 수식어가 하나 더 추가되었습니다. 평생 그런 말을 들으면서 산다는 것은… 직장에서의 승진도 교우 관계도 온갖 인간관계도 모두 이러한 토대 위에서 다시 쌓아야 했습니다. 나에게 붙어 있는 그 '파렴치한 놈'이라는 수식어를 희석시키기 위해 저는 더 열심히 일하고 노력했습니다. 그래도 경쟁관계가 생길 때마다 누군가 은밀히 보내는 악의적인 투서로 몇 번씩 기회를 놓치곤 했습니다. 이 모든 일의 원인을 자식의 결혼마저 마음대로 결정해버린 권위적인 아버지 탓으로 돌리며 변명해 보았지만, 해결되는 것은 아무것도 없었습니다.

**남자**  힘든 사람은 나만이 아니었습니다. 아내에게는 그 젊음과 아름다움이 치욕의 주홍글씨가 되어 돌아왔습니다. 잘난 여자 얼굴 좀 보자, 얼마나 잘 사나 보자… 등 뒤에서 오가는 비난의 화살을 숱하게 맞으면서 아내는 어느새 다른 사람처럼 변해가고 있었습니다.

**남자**  아내는 자신의 젊음과 아름다움이 칭찬이 아닌 경멸의 대상이자 비난의 원인임을 알게 되면서 그것들이 가능하면 빨리 사라지기를 원하는 것 같았습니다. '부인이 너무 젊고 예쁘세요', 부부동반으로 어디 나갈 때마다 듣게 되는 이런 말은 날카로운 칼이 되어 아내의 가슴에 박혔습니다.

**남자**  아내는 점차 부부동반 외출을 꺼리게 되었고 손님 초대도 싫어했으며 모든 인간관계와 모임들을 서서히 정리해 나갔습니다. 아내의 웃음소리를 듣는 것은 점점 어려워졌고 저는 항상 아내의 눈치를 보게 되었습니다. 아내는 점차 어둠 속으로 가라앉았습니다. 우리집은 명색이 신혼집이었지만 수십 년은 산 것 같은 한없이 무거운 집이 되었습니다. 우리는 서로를 위로하는 대신 상처를 건드리지 않으려고 조심하고 있었고, 그토록 기대했던 행복한 가정의 꿈은 그야말로 물거품처럼 사라져 버렸습니다.


따르릉, 전화벨이 급박하게 울린다
전화를 받는 남자

**남자**   그러다 설상가상으로 집안에 큰일이 생겼습니다. 어머님 돌아가신 후 혼자 사시던 아버님께서 갑자기 돌아가시면서 일이 예상치 못한 방향으로 흘러가기 시작했습니다.

**남자**   저는 장남이고 종손이었습니다. 지방에서는 어느 정도 유서 깊은 집안이고 집성촌이 형성되어 있다 보니 장례의 절차를 종중 어른들이 주관하게 되었고 모든 음식 준비의 절차 또한 종부가 맡아 해야 한다는 의견이었습니다. 불행히도 그때까지 저의 이혼 절차는 완전히 정리되지 않은 상태였기에 경수 엄마가 저의 아내이자 종부였던 것입니다. 저의 젊은 아내는 그런 일을 할 수도 없는 사람이었지만 법적으로도 앞에 나설 처지가 아니었던 것입니다.

**남자**   모두가 곤란한 상황에 처했습니다. 결국 종부인 경수 엄마가 그동안 어머니에게 배운 대로 모든 준비를 하겠다며 부엌으로 향했습니다. 그 일을 해낼 수 있는 사람은 집안에서 오직 한 사람 경수 엄마뿐이었습니다. 어려서 고향을 떠난 후 결혼 후에도 계속 서울에서 혼자 살았던 저는, 아내가 어머니에게서 종부 교육을 그렇게 착실하게 받은 것도 몰랐습니다. 그저 부엌살림이나 하는 무식한 여자에 불과한 그 사람이 그토록 대단한 사람이었다는 것은 전혀 알 수가 없었습니다.


장례행렬의 상엿소리 아련히 멀어져간다


**남자**   아버지의 장례는 가문의 절차와 법도에 따라 위엄있게 치러졌고 장례식이 끝난 후 경수 엄마의 위상은 하늘 꼭대기까지 올라가 있었습니다. 장례의 일등공신이었고 그 많은 상차림과 손님 접대를 해낸 음식솜씨와 사람들 부리는 품이 여간 야무지지 않았다는 칭찬이 자자했습니다. 저 또한 마음속으로는 감탄하고 놀라고 고마워하고 있었습니다. 그러나 저는 되도록 눈도 마주치지 않으려고 애썼고 말도 섞지 않으려고 했습니다. 이혼하고 남편도 외면하는 처지에 애먼 시아버지 초상을 치르는 경수 엄마의 마음이 어떠했을지, 서울에서 와보지도 못하고 전전긍긍 걱정만 하고 있을 아내의 마음이 어떠했을지를 둘 다 아는 저로서는 그 며칠이 정말 고통스러웠습니다.

**남자**  모든 일을 마치고 서울로 올라가는 날 나는 경수 엄마에게 부의금 일부를 넣은 두툼한 봉투를 전해주었습니다. 경수 엄마는 말없이 봉투를 되돌려주었고 경수에게 '아버지께 인사해라' 하며 절을 시켰습니다. 저는 엄마를 닮아 과묵하고 진중한 아들의 절을 받으며 일흔 살쯤 먹은 노인이 된 기분이었습니다. 그 순간 나는 그런 노인이 되어 아버지처럼 저렇게 세상을 홀연히 떠났으면 좋겠다는 마음이었습니다. 절을 받는 순간 이것이 우리 부자의 인연을 끊는 마지막 인사라는 느낌이었고 다시는 아들을 볼 수 없을 거라는 생각도 들었습니다. 그 아들을 마음에 깊이 새겨두기 위해 아들을 오래도록 바라보고 싶었습니다. 그러나 저는 그 순간 눈을 질끈 감았습니다. 아들의 얼굴을 기억하지 않으려고 아들의 얼굴이 내 안에 남지 않도록 하려고 마음을 굳게 닫았습니다. '어머니 말씀 잘 듣고 건강하게 잘 살아라, 공부 열심히 하고', 단지 그 말만을 간신히 내뱉었습니다. 참, 이 마당에 공부라니요, 허튼소리를 하고 있는 나 자신이 너무나 가소로워 실소가 나올 지경이었습니다.

**남자**  아들은 착하게도 '예', 하고 대답했습니다. 세상에 자기를 버리고 떠나는 아비에게, 무언가 명예로운 일을 하기 위해서 떠나는 것도 아니고 고작 젊고 예쁜 여자랑 살기 위해

떠나는 아비에게 아들이 '예', 하고 대답하는 소리를 듣는
순간, 저는 나라는 인간에 대해서 구역질이 치밀어 올라왔
습니다. 가족을 버리고 떠나는 아비에게 인사하라고 시키
는 엄마와, 그 말에 순종하고 절하는 아들, 이 선량한 모자
를 두고 어떻게 돌아서야 할지 저는 정말 몸이 천근만근
무거워졌습니다. 쇳덩이 같은 몸뚱이가 지남철 같은 방바
닥에 들러붙어서 절대로 떨어질 것 같지가 않았습니다. 아
들에게 손 내밀어 악수라도 하고 싶었고 경수 엄마에게 수
고했다고 고맙다고 말하고 싶었지만 그랬다가는 정말 영
원히 못 일어날 것 같았습니다.

**남자**  저는 주섬주섬 옷을 챙겨 들고 조국을 위해 만주로 떠나는
구국의 영웅처럼 의연하게 일어섰습니다. 일개 가족 때문
에 마음이 약해지면 안 되는 독립투사처럼 분연히 떨치고
일어섰습니다. 이 순간을 놓치면, 잠시라도 더 머물면, 영
영 못 나설 것 같은 두려운 마음이 들었습니다. 뒤도 돌아
보지 않고 방문을 쾅, 소리 내며 닫았습니다. 아무도 그 방
문을 열면 안 되고 아무도 그 방에서 나와서 나의 떠나는
모습을 보면 안 된다고 경고하듯, 과장되게 큰 소리를 내
며 방문을 닫았습니다. 신발을 간신히 꿰차고 도망치듯 집
을 나와 정신없이 달렸습니다. 무작정 달렸습니다. 그들이
숨 쉬고 있는 곳으로부터 벗어나야 했습니다. 그들이 아무
리 고개를 빼고 바라보아도 보이지 않을 곳까지 얼른 달려
가야 했습니다.

**남자**  그렇게 내빼듯이 달리고 달려 아무도 없는 한적한 길에 도
착했습니다. 저는 길 한 켠에 털썩 주저앉았습니다. 그제
서야 울음이 터져 나왔습니다. 장례식 하는 동안 소리만으
로 울었던 헛울음이 아니라 진짜 울음이 터져 나왔습니다.
꺼이꺼이 큰 소리로 울었습니다. 아무도 말리는 사람 없는

길에 퍼질러 앉아서 날이 어두워질 때까지 그냥 실컷 울었습니다.

앉아서 울고 있는 남자가 점점 어둠 속으로 가라앉듯 묻힌다

# 3. 재회

평온한 음악과 함께 서서히 밝아진다

**남자**  시간이 흐르면서 법적인 정리도 끝나고 그럭저럭 생활이 안정되어 갔습니다. 우리의 일상도 조금씩 차분해지기 시작했고 우리에 대한 뒷말도 가라앉고 있었습니다. 아내는 아들을 낳았고 우리는 그제서야 행복한 생활을 시작했습니다.

전화벨 소리

**남자**  경수와 헤어진 지 무려 십 년이 넘어선 어느 날 저는 전화 한 통을 받았습니다. 한번 만나자는 전화였고 저는 마음에 짐작되는 바가 있어 약속을 잡았습니다.

**남자**  전화를 받은 이후 며칠 동안 통 잠을 이루지 못했습니다. 경수의 그간의 동정은 이리저리 친척들을 통해서 조금씩 전해 듣고 있었습니다. 그동안 집안에는 혼사와 장례 등 일이 무척 많았습니다. 저로서는 집안에서 아내의 자리를 잡아주기 위해서라도 대부분의 행사에 참여하는 편이었습니다.

니다. 경수도 친척의 대소사에 참여하고 싶었겠지만 나와 아내를 만나면 서로 불편해질 것이 염려되어 참여를 줄인 듯했습니다. 그럼에도 저는 먼발치에서 경수를 몇 번 본 적이 있었습니다. 저의 젊을 때 모습과 너무나 비슷해서 누가 봐도 내 자식이라는 것을 알 수가 있었습니다.

**남자**  그럴 때마다 제 가슴이 얼마나 아팠는지 모릅니다. 그러나 그보다도 경수의 마음이 어떠했을지는… 제가 짐작조차 할 수 없을 만큼 힘들었을 것입니다. 그 아이 또한 멀리서 나를 보면서도 무슨 죄인처럼 숨어 지내고 있었으니 무죄 한 그 애에게 제가 무슨 짓을 저지른 것일까요. 요즘 세상 이라면 그냥 터놓고 지내도 되겠지만 삼십 년 전 그 시절 에는 그게 쉽지가 않았습니다.

카페의 잔잔한 음악 소리

**남자**  예상대로 그 애는 결혼 소식을 전했습니다. 이혼한 지 얼 마 안 되어 제 엄마도 출가하여 속세를 떠났고 세상천지에 고아 아닌 고아가 되어 이만큼 살아내고 마침내 결혼을 하 게 되었다는 것이 감격스러웠습니다. 검정고시로 중고등 학교를 마치고 공무원 시험에 합격한 후 인근 지역의 야간 대학도 졸업했다고 했습니다. 결혼할 여자는 일하다가 만 난 공무원이라고 했습니다. 아무런 할 말이 없었습니다. 이렇게 장하고 대견한 아들이 이 무심한 애비한테 할 말이 무엇이었을까요… 아들은 어렵게 말문을 열었습니다. 한 마디 한마디 어찌나 힘들게 말을 하는지, 저는 숨이 안 쉬 어질 지경이었습니다.

**경수(소리)**  어려운 부탁을 좀 드리려구요… 청첩장에 두 분의 성함을 적어도 될지 여쭈어 보려구요… 그리고 결혼식날 혼주석에… 두 분이 함께 앉아주시면 좋겠는데… 힘드시겠죠…
결혼할 사람이 바라는 게 오직 이것뿐인데… 실은 저도 마
찬가지입니다.

**남자**  저는 참았던 눈물이 쏟아졌습니다. 내가 그 자리에 앉을
자격이 있느냐고 간신히 한마디를 했습니다. 어디서 밥을
먹고 어디서 자는지 학교는 어디를 다니는지 학비는 어
떻게 내는지 아무것도 모른 척하면서, 이 세상에 경수라
는 존재가 아예 없는 사람인 것처럼 외면하고 살아온 내가
무슨 자격으로 거기 앉을 수 있겠습니까. 십 년 넘게 연락
한번 없던 심지 굳은 아이가 전화를 해서 만나자고 할 때
야 여간 중요한 일이 아닐 거라고 예상은 했습니다. 아들
이 그렇게 어렵게 부탁을 했지만, 애비 자격도 없는 주제
에 저 또한 선뜻 답하기가 어려웠습니다. 대답 대신 그동
안 조금씩 모아두었던 통장을 주면서 결혼에 보태라고 했
습니다.

**경수**  아닙니다. 결혼 비용은 그럭저럭 다 마련이 됐습니다. 저
희들은 그저 그날 참석해주시는 것만으로 충분합니다.

**남자**  한사코 거절하던 아이는 결혼할 사람에게 부모님이 주시
는 거라며 전하겠다고 했습니다.

**남자**  고맙다고 인사를 몇 번씩 하면서 돌아서는 남보다도 더 낯
선 아들, 그 뒷모습을 한없이 바라보면서 오랫동안 서 있
었습니다.


남자, 손을 흔든다


**남자**  돌아오는 길에 마음이 한층 무거웠습니다. 경수가 너무 안
돼서 괴로웠지만 집에 가까워질수록 아내에게 이 이야기
를 할 일이 또 걱정이었습니다. 한동안 조용히 살아왔는데

다시 소동이 벌어질 것이 염려가 되었습니다.

**남자** 며칠을 벼르다가 아내에게 어렵사리 말을 꺼냈습니다. 아내는 힘들어했지만 제 말에 따라주었고, 얼마 후 우리 두 사람이 나란히 경수의 부모 이름으로 새겨진 청첩장을 한 묶음 받게 되었습니다.

잠시 침묵

조용하게 잔잔하게 웨딩마치 들려온다
밝고 화사한 기쁨보다 아련한 슬픔이 전해진다

**남자** 아내는 결혼식 내내 눈물을 삼키느라 애를 쓰더군요. 몇 살 차이도 안 나는 전처 아들의 엄마 자격으로 앉아있는 자기 모습을 생각하며 그동안 쌓인 것들이 울컥 올라오는 모양이었습니다. 이 대견한 아들에게 아무것도 해준 거 없이 그 자리에 앉아 있는 나 자신이 너무 밉고 부끄러워, 저 또한 어서 식이 끝나기만을 초조하게 기다렸습니다. 삼십 분 남짓 하는 결혼식이 영원히 끝나지 않을 것처럼 길게만 느껴졌습니다.

**남자** 집에 돌아온 아내는 며칠을 몸져누웠습니다. 저는 살얼음 판을 디디듯 조심하면서 아내의 눈치를 살폈습니다. 그즈음 아내는 제가 점점 싫어지다 못해 미워지고 참을 수 없는 지경까지 간 모양인지 도무지 저와 말도 하지 않으려고 했습니다. 사랑하는 여자와 살고 싶다는 단 하나의 욕망을 이루고 싶었기에 많은 것을 포기해 가면서 내 모든 것을 걸었지만, 이제는 시간을 되돌리고 싶을 정도로 내 삶은 산산이 금이 가고 서서히 부서지고 있었습니다.

웨딩마치가 변형된 파열음이 낮게 들려온다

# 4. 다시 이별

현재

**남자**  요즘은 주로 이 방에서 지내고 있습니다. 하루 종일 창밖을 내다보면서 무념무상으로 지내는 시간이 많습니다. 일도 모두 정리했고 만나는 친구도 거의 없습니다. 누군가 저를 툭, 치는 순간 저의 텅 빈 몸뚱이가 주르륵 먼지처럼 흘러내릴 것만 같습니다. 그리곤 하염없이 바람에 날아가 버리는 환상에 젖기도 합니다. 아주 가벼워져서 눈처럼 흩날리면 알 수 없는 저 먼 세상으로 떠나는 기분이 들 것 같습니다. 다음 생이 있다면 아무것에도 매이지 않고 아무 바라는 것 없이 그저 가볍게 날아다니다가 스러져 버리는 하루살이 같은 생이면 좋겠다는 생각을 합니다. 하기야 하루살이에게도 그 생은 인간의 수십 년 생과 똑같이 기나긴 삶이겠지요. 사람은 왜 세상에 태어나 이렇게 숱한 고통을 짊어지고 끝없이 가야 하는 것일까, 그런 생각을 하게 됩니다.

**남자**  (문득 시계를 본다) 아, 저녁 시간이 거의 다 되었군요. 여섯 시가 되면 저녁을 먹어야 합니다. 아내가 부르기 전에 미리 나가 있어야겠습니다. 아내가 큰 소리로 부르기 전에 얌전한 학생처럼 시간을 지키는 편이 좋습니다.

뉴스 시작을 알리는 오프닝 음악

**남자** (소파에 앉아 티비를 켠다) 그날 저는 무심코 뉴스를 보고 있었습니다. 본다기보다는 그냥 틀어놓고 있었지요. 세상 돌아가는 어수선한 이야기들과 이해하기 어려운 사건들이 쏟아지는 가운데 화재에 관한 속보가 나오고 있었습니다. 명절을 앞두고 사람들이 북적거리는 커다란 쇼핑센터에 화재가 나서 아수라장이 되었다는 뉴스였습니다. 멍한 눈길로 아무 생각 없이 텔레비전에 눈길을 두고 있던 나에게 아내가 저녁식사를 하라고 부르는 소리가 들렸습니다. 화염이 맹렬하게 치솟아오르는 화재 현장이 텔레비전 화면을 가득 채웠습니다. 그 순간 나도 모르게 가슴이 찢어지는 것 같은 통증을 느꼈고 저는 소파에서 쿵, 소리를 내며 바닥으로 고꾸라졌습니다. 저녁 식사를 하라고 부르는 아내의 목소리가 아득히 먼 곳에서 아련히 들려오고 있었습니다.

급하게 암전

어둠 속에서

119의 사이렌 소리 급박하게 들려온다

화재 현장에서 뉴스를 보도하는 앵커의 높은 목소리가 사이렌 소리와 뒤엉켜

혼란스럽게 들려온다

거실을 가로지르는 아내의 쿵쿵거리는 발자국 소리

급한 전화벨 소리

구급차가 급히 달리는 소리

'눈 떠보세요' 하는 의사의 목소리 등

각종 소리가 뒤죽박죽으로 섞여 들려온다

천천히 밝아지면
희미한 어둠 속에 의자에 앉아 있는 남자가 보인다
한참 동안 무거운 침묵


남자  그날 화재가 난 장소는 경수가 사는 지역의 쇼핑센터였
      습니다. 경수를 만나러 갔던 1층의 커피숍이 뉴스를 보
      던 제 눈에 들어왔습니다. 그 앞에 정신없이 달려가는 사
      람들과 소방대원들, 그리고 소방차와 사다리와 사이렌 소
      리들… 저도 화재 현장에 있는 것처럼 가슴이 벌렁거리고
      숨이 차올랐습니다. 그러다 급기야는 정신을 잃고 쓰러진
      것이지요.
남자  불이 났다는 뉴스가 왜 그렇게 제 마음을 찢어놓을 듯한
      충격으로 다가왔을까요.


남자  저는 경수가 공무원이라고 했을 때 당연히 시청이나 동네
      주민센터의 행정직을 생각했습니다. 책상 앞에 앉아서 각
      종 민원 업무를 보는, 사람들이 일반적으로 떠올리는 공무
      원의 모습을 생각했었지요.


남자  그런데 경수는… 소방공무원이었습니다.
남자  그 많고 많은 공무원 중에서 왜 소방공무원이 되었는지,
      그 이유는 잘 모릅니다. 묻지를 않았으니까요. 무슨 자격
      으로 시시콜콜 물을 수가 있었겠습니까. 하여튼 그 소리를
      들었을 때 저는 왠지 가슴이 철렁했습니다. 현충원에 갔을
      때 아버지의 묘역 옆에서 보았던 젊은이의 비석이 떠올랐
      습니다. 그건 바로 소방공무원의 것이었습니다.
남자  10년 만에 만난 아들이 결혼 소식을 알려주면서 소방공무
      원이 되었다는 말을 했을 때 이상하게도 현충원의 그 묘비

가 덜컥 생각났습니다. 그 이후 무심코 보던 뉴스에서 화재 소식을 볼 때마다 제 가슴은 쿵쾅거리기 시작했습니다. 그리고 화재 지역이 어디인지를 확인하고서야 겨우 숨이 쉬어졌습니다. 가슴을 쥐어짜는 듯한 통증을 피하려고 한동안은 뉴스를 안 보기도 했습니다. 그런데 그것도 불안하기는 마찬가지였습니다. 그래서 뉴스를 저녁에만 한 번 정도 보기로 했던 것입니다.

**남자** 일하다가 죽을 수도 있는 직업을 가진 아들, 날마다 목숨을 걸고 일해야 하는 직업을 선택한 아들, 무엇이 내 아들을 그렇게 몰아붙였을까요. 베트남전에 참가한 미군들이 전쟁의 막바지에 가서는 자기 목숨을 걸고 러시안 룰렛을 하는 영화의 한 장면이 떠올랐습니다. 가상인 줄 알면서도 못내 눈물겨웠던 그 장면이 저는 자꾸만 경수와 겹쳐졌습니다. 그동안 제가 경수에게 지워주었던 삶의 무게가 죽음보다도 무거워져서 경수는 죽음을 겁내지 않을 만큼 극단적인 곳에 이미 도달해 있었던 것일까요.

**남자** 물론 소방공무원이라고 해서 늘 죽음을 생각할 만큼 위험한 것은 아니겠지요. 그것 또한 하나의 직업이고 가장들의 평범한 일터일 수도 있습니다. 당연히 그렇겠지요. 그런데 경수에게도 그랬을까, 자꾸만 그런 생각이 드는 것입니다. 경수가 모두가 말리는 위험한 곳에 끝내 스스로 들어갔다는 소식을 들었을 때, 그리고 한 사람을 간신히 구하고 나와서도 또 남아있는 사람을 구하려고 그토록 말리는 사람들을 뿌리치고 다시 들어갔다는 소식을 들었을 때, 저는 경수의 타고난 선량함과 책임감을 생각하면서도 자꾸만 제가 겹쳐졌습니다. 마치 불 속에서 제가 경수에게 손짓을 한 것만 같았습니다. 제가 지은 업보를 아들이 대신 지고 간 것만 같아서 저는 도저히 숨을 쉴 수가 없었습니다.

화재를 떠올리게 하는 현장의 각종 소리들
가라앉으면 다시 정적

**남자**  경수는 지금 현충원에 잠들어 있습니다. 그 애의 비석 옆
면에는 경수 처의 이름만이 새겨져 있겠지요. 청첩장에 박
혀 있던 부모의 이름은 결혼식날 딱 한 번 사용되었을 뿐
다시는 사용된 적 없이 잊혀졌으니까요. 경수 처는 소중한
남편의 비석에 제 이름을 새기지는 않았을 것입니다. 그놈
의 잘난 이름 석 자 때문에 평생을 상처받았을 경수가 죽
어서나마 그 이름과 영원히 이별하고 자유로워지기를 바
랬을 테니까요.

**남자**  그 일이 있은 후 현충원에 다시는 가지 않았습니다. 경수
의 비석을 보기는커녕 생각만으로도 아득합니다. 그곳에
경수가 있다는 사실을 기억조차 하기 싫습니다. 누군가 그
곳에 와서 비문들을 읽다가 이렇게 젊은 사람도 여기 있네
하면서 나 대신 눈물을 흘릴지도 모릅니다. 하기야 경수는
더 이상 나의 눈물 같은 것은 바라지도 않을 것입니다. 모
든 게 너무 늦어버렸습니다.

**남자**  저의 심장은 이제 정상이 아닙니다. 그동안 쌓아온 내 생
의 흔적들이 내 몸에 그대로 새겨져서 작은 충격에도 부서
져 내리고 있습니다. 나는 언젠가 내가 죽으면 절대로 장
례식을 하지 말라고 했습니다. 아무도 부르지 말고 아무도
울지 말고 어떠한 의식도 하지 말아 달라고 단단히 부탁을
해두었습니다. 나의 죽음을 마무리하는 의례 같은 것은 나
에게는 너무나 과분하고 사치스럽다는 생각입니다.

**남자**  이미 삶과 죽음의 순서가 달라졌습니다. 저는 아들보다 먼
저 떠나는 아비 된 자의 특권도 누릴 자격이 없습니다. 세
상에 와서 무엇을 하고 가는지 생각해보았습니다. 죽음 앞

에서 '이 세상 소풍이 아름다웠다'는 시를 남긴 시인이 생각납니다. 그는 얼마나 큰 복을 누린 사람인가요. 저는 사랑을 선택하는 대신 가족을 포기했고 결국 아들을 앞세웠습니다. 저는 아들에게 삶도 주었고 죽음도 주었습니다. 참 대단한 권세를 가진 대단히 잘난 아비입니다.

**남자**　머지않아 저 또한 죽을 것입니다. 아들은 천국으로 갔지만 저는 지옥으로 가게 되겠지요, 여기서도 헤어져 살던 우리는 죽어서도 어긋나 끝내 만나지 못할 것입니다. 꺼지지 않는 유황불에서 영원히 죽지도 못하고 고통받는 벌을 받게 된다 한들, 저는 아무런 불만이 없습니다. 신 앞에 엎드려 간절하게 빌고 구원을 바랄 마음도 없습니다. 아무리 사악한 죄를 지은 사람이라도 회개만 하면 용서해 주신다는 자비로운 신 앞에서도 저는 용서를 구하지 않을 것입니다. 그저 조용히 내가 짊어지고 가야 할 모든 죄악의 바윗돌을 끝없이 지고 올라가고 떨어지면 또다시 지고 올라갈 것입니다. 끝나지 않을 허무의 형벌을 받으며 나라는 존재가 완전한 무가 되어 소멸할 그날까지 묵묵히 모든 것을 견딜 것입니다.

**남자**　용서받지 못한 자. 용서받지 못한 이대로가 저의 자리입니다. 비난과 오욕을 그대로 받는 이 자리, 저에게 합당한 자리입니다. 용서받지 못한 자로 여기 이대로 서 있을 작정입니다. 부질없는 것에 마음을 얽어매는 대신 다 내려놓고 자유로워지는 길에 서겠습니다. 삼 년 후에는 다 사라질 번뇌를 왜 꼭 삼 년 동안 가지고 있어야 하느냐, 어차피 사라질 고통이라면 지금 이 순간 없애버리면 어떠냐, 큰스님은 그렇게 말씀하셨지만, 저는 그 모든 것이 흐릿해지기까지 삼 년은커녕 삼십 년이 더 걸렸습니다. 그러나 돌이켜보면 그 삼십 년이 또 한낱 하룻밤입니다. 세상의 모든 것

이 내 마음, 그 한 자락에 달려있습니다. 여기까지 참 오래
걸렸습니다.

무거운 고뇌를 담은 첼로가 잠시 흐른다
어두워진다

# 5. 울게 하소서

밝아지면
남자는 커피를 내리고 있다
커피향이 그윽하게 퍼진다
무거운 첼로가 낮게 깔린다
음악소리 잦아든다

**남자**  요즘은 주로 이 방에서 지내고 있습니다. 하루 종일 무념
무상으로 보내는 시간이 많습니다. 일도 모두 정리했고 만
나는 사람도 없습니다. 누군가 저를 툭, 치는 순간 저의 텅
빈 몸뚱이가 먼지처럼 흘러내릴 것만 같습니다. 하염없이
바람에 날아가 버리는 환상에 젖기도 합니다.

**남자**  다음 생이 있다면 아무것에도 매이지 않고 바라는 것도 없
이 그저 가볍게 날아 다니다가 스러져 버리는 생이면 좋겠
다, 그런 생각을 합니다. 사람은 왜 세상에 태어나 이렇게
숱한 고통을 짊어지고 끝없이 가야 하는지, 여전히 답은
구하지 못했습니다.

남자 한동안 쓸쓸하다
아무도 오는 사람이 없는데 문 쪽을 바라보면서 누군가를 기다
린다
끝나지 않을 기다림으로 간절한 가운데
꿈속에서 혹은 환상 속에서 아들을 만난다

남자가 일어나서 문 쪽으로 걸어간다
먼 곳을 바라본다
아들이 서 있는 것 같다
어딘지 모를 안개 속에서
청년 시절의 아들 목소리가 들려온다
조용하고 잔잔한 목소리
남자는 소리가 들려오는 곳을 향해 나가고
빈 무대에는 아들의 목소리만 들린다
아들이 서 있는 것처럼 무대 중앙에 핀조명

**소리**    아버지… 늘 이렇게 불러보고 싶었어요.

**소리**    아버지 어머니 두 분 모두 저를 떠나셨지만 그게 우리의
인연이다, 생각했어요. 부모 자식의 인연은 맺었지만 함께
살지는 못할 인연이요…

**소리**    하기야 만남도 헤어짐도 한가지라고 하더라구요. 애초에
너와 내가 없으니 만날 것도 헤어질 것도 없고 행복도 불
행도 다 헛된 것이죠. 기나긴 시간의 흐름 속에서 우리의
생이 찰나와 같은 짧은 순간인데 거기 무슨 생과 사가 있
고 기쁨과 슬픔의 경계가 있겠어요.

독경소리 낮게 들려온다


소리　결혼 무렵 그래도 어머니를 한번은 만나고 싶었어요.


전화벨 소리


소리　어머니, 경수예요…
잘 지내시죠, '나는 잘 있다.'
제가 결혼하게 되었어요. '그렇구나. 벌써 그럴 나이가 되
었구나.'
그냥 알려드리고 싶었어요. '그래, 잘 지내라….'
그게 다였어요.
마지막이었어요.
모자의 인연이 그렇게 끝이 났어요.


쓸쓸한 풍경소리 잠시


소리　어머니 아버지가 돌아가시고 나면, 어느 날은 아버지 묘소
에 또 어느 날은 어머니 묘소에 가는 상상을 해보기도 했
어요. 술도 따르고 절도 하고 풀도 뽑고… 곁에 한참 동안
앉아 있고 싶었어요. 이제는 모두 사라진 꿈이 되었네요.


소리　절 한 번 할게요. 아버지 떠나시던 날 절하고는 처음이네
요. 오래오래 사세요.


남자, 아들을 배웅하듯 문 쪽에 서 있다
아들의 뒷모습을 바라보는 것처럼 한동안 서 있다

**남자**　항상 아들의 뒷모습만 바라보며 살아온 거 같습니다. 경수
도 저를 똑바로 보지 못하고 제 뒷모습만 보며 살아왔구
요. 제가 본 경수의 뒷모습과 경수가 본 저의 뒷모습은 어
쩌면 아주 똑같을지도 모른다, 불현듯 그런 생각이 듭니
다. 어찌 됐든 우리는 끊을 수 없는 부자지간이니까요.

**남자**　경수가 세상을 떠난 건 겨우 서른 살 때였습니다. 외롭게
살다가 결혼을 하기에 안심했는데 자식 하나 남기지 않고
또 혼자 그렇게 먼 길을 갔습니다. 자기를 떠날 운명의 부
모를 만나 사고무친으로 홀로 살다가 이렇게 일찍 세상을
떠났으니, 경수의 인생에 담긴 인연의 줄은 어디서 시작해
서 어디로 나아간 것일까요.


쓸쓸한 첼로


**남자**　오늘은 먼 곳에 다녀왔습니다. 그동안 가지 못했던 현충원
엘 갔었지요.


행사장에서 울리는 것 같은 진혼곡 잠시


**남자**　오랜만에 현충원 매점에 들러 꽃을 샀습니다. 차마 차를
타고 올라갈 수가 없어서 묘역까지 걸어서 갔습니다. 저
수많은 비석들이 저마다 안고 있을 죽음의 사연들 앞에서
내가 살아서 이렇게 걷고 있다는 사실 자체가 무조건 미안
한 마음이 들었습니다.

**남자**　뜨거운 햇살을 받으며 걷다보니 저만치서 걸어오는 스님
이 보입니다. 이제 스님이라면 무심코 지나치지 않게 되었
기에 유심히 바라보았습니다. 걷는 모습이 왠지 낯익은 것
같다 싶었지만 그뿐, 각자 가던 길로 스쳐 지나갔습니다.

남자, 경수의 비석 앞에 선다
국화를 내려놓는다


**남자**  마침내 경수의 자리에 도착했습니다. 기나긴 시간이 흘러
마침내 온 자리, 아무 할 말이 없었습니다. 비석을 경수인
듯 만져보았습니다. 살아있는 동안 한번도 따뜻한 정을 나
누어주지 못했던 냉정한 애비가 이제서야 아들의 손을 잡
듯 비석을 만져보았습니다. 아들과 쌓인 이야기를 나누며
오랫동안 그 옆에 앉아 있었습니다.


**남자**  정갈한 연꽃 한 송이가 비석 앞에 꽂혀 있는 게 보였습니
다. 아까 길에서 스쳐간 스님이 경수 엄마였을까요. 속세
의 인연을 다 끊고 살지만 죽은 아들의 기일을 기억하고
다녀갔을지도 모릅니다. 이미 인연이 다한 사이지만 가련
한 중생을 위해 극락왕생을 빌어주러 왔을까요. 혹시 다시
한번 세상에 와서 이번 생의 모든 고를 털어내고 행복하게
살기를 빌어주었을까요. 다복한 가정에서 부모의 사랑을
받으며 살기를 빌어주었을까요. 하지만 어차피 그런 행복
이 영원할 수는 없으니 궁극의 진리를 깨달아 열반의 경지
에 드는 것이 가장 좋은 길이겠지요. 돌고 도는 윤희의 인
연을 끊어내고 다시는 인간 세상에 돌아오지 않기를 빌었
을 것입니다.

**남자**  어느새 황혼이 내려앉기 시작할 무렵 저는 경수를 뒤로 하
고 돌아섰습니다. 이 많은 영혼들과 더불어 있으니 경수가
더는 외롭지 않기를 바라는 마음이었습니다.


현충원의 퇴장을 알리는 진혼곡이 낮게 깔리고
어둠

밝아지면
다시 집
회상에 잠기는 남자


**남자**　요즘은 문득 고향집과 내가 다녔던 시골 초등학교와 읍내의 중학교에 가보고 싶은 생각이 듭니다. 그리고 군대생활 하던 휴전선 인근 부대와 그동안 다녔던 직장에도 한번 가보고 싶습니다.

**남자**　신혼 때 살던 동네도 가보고 싶네요. 그리고 아들이 태어난 병원도요. 출산 예정일을 넘겨서 걱정을 많이 했었거든요.


산사의 목탁소리 잔잔하게 들려온다


**남자**　경수 엄마… 어느 절에서 수도생활을 하는지 아무런 소식도 들은 적이 없습니다. 세상을 떠나기 전에 마지막으로 인사를 나누고 싶다는 생각을 합니다. 큰절이라도 하며 사죄를 하고 싶은 마음입니다. 여전히 고의 바다에서 헤매고 있는 어리석은 중생이 과거지사에 대해 스님의 용서와 자비를 바란다면 그 또한 욕심이고 염치없는 일이겠지요. 모두 부질없는 일일 뿐, 속세를 떠나 수도하는 스님께 누를 끼치는 일일 것입니다. 그저 모든 회한은 마음속에 접어두고 스님의 득도를 빌 뿐입니다.


목탁소리 사라지면
남자, 테이블에 놓인 작은 상자를 열어본다
아내가 그린 그림이 들어있다
그림을 한참 들여다 본다

**남자**  아내가 그림을 시작했습니다. 어딘가를 향해 이동하는 유
목민의 모습을 그렸네요. 여기를 떠나면 어디로 가게 될까
요. 언제가 될지 모르지만, 평생 입었던 이 무거운 옷을 벗
어놓고 가볍게 가면 좋겠습니다. 아내에게는 애 많이 썼
다, 수고 많았다, 그렇게 위로해주고 싶습니다. 어린 나이
에 나를 만나 심신에 깊은 상처를 입고 온갖 고생을 하면
서 살아온 아내에게 진심으로 용서를 빌고 싶습니다. 아직
기회가 남아 있다는 게 정말 다행입니다.

한결 편안해진 첼로가 잠시 들려오다가
서서히 사라진다


**남자**  날이 갑자기 추워졌습니다. 이제 자리에 들어야겠습니다.
하루를 또 이렇게 무사히 마무리하게 되었으니 감사기도
를 드려야겠습니다.

창밖을 바라본다


**남자**  바람 부는 저녁입니다. '바람이 분다, 살아야겠다.' 그런 시
구가 떠오릅니다. 얼마 되지는 않지만 남은 시간을 소중히
여기며 살아내는 것이 세상에 남겨진 자의 도리겠지요.

남자, 천천히 퇴장한다

어두워진다
그가 떠나는 자리
깜깜한 바닥에서 별이 하나 보인다

남자, 뒤를 돌아본다
그가 걸어온 길 위로 별 서너 개가 꽃처럼 반짝인다
은은하게 아름답다

남자의 마음에
비로소,
고요한 평화가 스며든다

사랑을 견디다 2

등장인물

남자

# 1. 나

깔끔한 방
한쪽에는 책장이 있고 중앙에는 테이블과 의자가 있다
테이블 위에는 커피를 내리기 위한 도구들과 머그잔이 있다
남자는 말쑥한 노신사의 모습으로 등장한다
중요한 약속이라도 있는지 셔츠에 양복을 단정하게 차려입었다
남자는 이야기를 하는 동안 의식을 하듯 공들여 커피를 내린다
커피향이 그윽하게 퍼진다

**남자**  오늘은 햇살이 참 좋네요. 겨울이 다가오는데도 따스한 햇볕이 들어오니 마음이 평화롭습니다. 오늘 아침은 저에게는 소중한 시간입니다. 오랜만에 이런 조용한 시간을 갖게 되었습니다. 아침에 이렇게 좋아하는 음악을 틀어놓고 커피 한 잔을 마신다는 게 얼마나 소중한지 모릅니다. 오늘 아침 저는 모처럼 그런 시간을 보내려고 합니다. 이 시간을 조금이라도 더 잘 보내기 위해서 준비를 좀 했습니다. 깨끗하게 샤워를 했구요, 머리를 잘 말리고 나서 좋은 향이 나는 스킨도 발랐습니다.

**남자**  오늘만큼은 깨끗한 옷을 차려입어야겠다 그런 생각이 듭니다. 특별한 날이고 저로서는 처음 가는 장소에 갈 예정이거든요. 아마도 낯설고 힘든 하루가 될 거라고 생각이 됩니다. 하지만 괜찮을 겁니다. 할 수 있을 것 같아요. 솔직하게 하면 되지 않겠습니까. 진실은 무엇보다도 강한 것이라고 생각합니다. 모처럼 셔츠를 입고 넥타이도 매고 양복을 차려입었습니다. (거울을 보며 타이를 맨다) 제 모습이 어

떻습니까. 거울을 보니 그럴 듯한 노신사가 보입니다. 아무 걱정 없는 평범한 노신사, 무언가 성실하고 보람 있는 인생을 살아내고 이제는 인생의 황혼녘에서 차분하게 생의 의미랄지 보람이랄지 그런 가치 있는 생각을 하는 품위 있는 노년기의 신사 말입니다.

**남자**  며칠 전에는 예전에 자주 가던 카페에 갔습니다. 오랫동안 단골이어서 그런지 커피맛이 익숙해서 그런지 그 집에 가면 항상 마음이 편안해지곤 한답니다. 아주 오래간만에 갔더니 주인이 반갑게 인사를 하더군요. 한참만에 왔다고 말이에요. 거기 혼자 앉아서 유럽의 노인들처럼 오래도록 책을 읽곤 했지요. 젊었을 때 좋아하던 책들을 차례로 다시 읽고 있거든요. 마치 오래된 영화를 보는 것처럼 젊었을 때 읽었던 책들을 다시 읽는 게 여간 행복하지가 않답니다.

**남자**  어떤 책을 읽느냐구요? 그리스인 조르바, 노인과 바다, 죄와 벌… 뭐 이런 책들이지요. 그런 날이면 저녁에는 영화도 다시 보곤 했답니다. 나이가 들어가면서 자꾸 가벼워져야 한다는 생각에 이것저것 버리면서도 몇 편의 좋아하는 영화들은 가지고 있지요. 그런 나만의 일상은 참으로 행복한 날들이었습니다. 남들이 보기에는 외로워 보일지도 모르겠지만 저는 조금도 외롭지 않았습니다. 너무 행복했지요. 저의 생이 이렇게 평화로워진 것은 사실 얼마 되지 않습니다.

**남자**  아니, 솔직하게 말씀드리자면 아직도 이러한 생을 기다리는 중이랍니다. 평생 제가 바랐던 생이지요. 실제로 언제 이런 소박한 생이 나에게 올지, 그건 잘 모르겠습니다. 어쩌면 영원히 오지 않을지도 모릅니다.

**남자**  실은 제 삶은 조용하지가 않았습니다. 조용하게 살기를 원했지만 도저히 그렇게 살 수가 없었습니다. 조용하기는커녕 항상 복잡하고 힘든 나날이었지요.

**남자**   그것은… 제 아들 때문이었습니다.

남자, 지갑에서 사진을 한 장 꺼낸다
이십 세 정도의 청년의 사진이다
한참을 들여다 본다

**남자**   제 아들입니다. 참 잘 생겼지요. 하기사 젊었을 때 제 모습이랑 비슷하다고들 하더군요. 대학생이냐구요. 물론입니다. 저랑 똑같이 법과 대학을 다녔지요. 재학중에 고시에 도전해서 판검사가 되려는 꿈을 가졌답니다. 제게는 하나밖에 없는 귀한 아들입니다. 기대가 정말 컸지요. 모든 아버지들이 으레 그러는 것처럼 자기가 못 다 이룬 꿈들을 자식에게 기대하곤 하지 않습니까.

**남자**   저는 법과 대학을 졸업은 했지만 법조인의 뜻을 이루지는 못하고 교사가 되었습니다. 고등학교에서 정치 경제나 사회 과목을 가르쳤습니다. 그래도 저는 천성이 목표를 세우고 노력하는 스타일이라 성실하게 교사생활을 하다보니 마침내 교장이 되었습니다. 교장이라는 지위가 뭐 그렇게 크게 출세한 거라고 볼 수는 없지만 그래도 학교에 가면 어느 정도의 자부심을 느낄 정도는 되었습니다. 이렇게 밖에서의 제 인생은 별 난관 없이 차분하게 발전해가는 그런 모습이었지요.

평화로운 음악

# 2. 아내

따르릉 전화벨이 울린다

**남자**　(전화를 받는다) 네 알겠습니다. 그런데 저는 사정이 좀 있어서요. 혼자 가면 안 되겠습니까? 집사람이 너무 바빠서요. 아 네, 뭐 딱히 직장에 나가는 것은 아닙니다. 그냥 집에 일이 항상 많습니다. 알겠습니다. 저를 위해 마련하신 자린데 이렇게 번거롭게 해드려서 죄송합니다. 네, 그럼 가능하면 함께 참석하도록 하겠습니다.

**남자**　어느 날 인근 지역의 고등학교 교장 부부 모임이 있었습니다. 저는 사실 부부 동반 모임 같은 것은 그다지 좋아하지는 않습니다. 그냥 일로 연결된 사람들끼리는 끝까지 일로만 관계를 유지하는 것을 선호하는 입장이랄까 뭐 그런 것입니다. 굳이 거기에 사적인 관계를 만들어서 엮는 것이 제 성격상으로는 그다지 맞지가 않거든요.

**남자**　집사람과 동반 외출이라… 사실 저희들은 어떤 모임에 같이 가본 적이 없습니다. 게다가 이렇게 무언가 격식을 갖춘 자리는 더더욱이나 가본 적이 없습니다. 강남의 최고급 호텔에서의 부부 동반 식사라, 저는 걱정이 되었습니다. 외출을 자주 안 해본 사람들에게는 그런 모임 하나가 생기면 정말 걸리는 게 너무 많은 법이지요.

**남자**　예상대로 아내는 갈 수 없다고 했습니다. 당연히 그렇게 나올 걸 알고 있었습니다. 아무리 사정을 하고 부탁을 해도 아내는 막무가내였습니다. 나의 교장 승진을 축하하는 자리인데 꼭 참석해야 한다고 했지요. 그러자 아내는 어렵게 말문을 열었습니다. 그런 자리에 입고 나갈 변변한 옷도 없다구요. 나는 화를 냈습니다. 살림을 어떻게 하길래 외출복 하나가 없냐고 교장 부인이 그래 옷 한 벌이 없냐고, 소리를 쳤습니다. 아내는 할 말이 많은 표정으로 나를 바라보았지만 화가 난 내 얼굴을 보더니 그냥 말문을 닫아 버렸습니다.

**남자**  그리고 당일 아침이 되었습니다. 나는 저녁 여섯 시까지 약속장소인 강남의 호텔로 오라고 말하고는 뒤도 돌아보지 않고 집을 나섰습니다. 이것저것 걱정이 되었지만 더는 말하고 싶지가 않았습니다. 알아서 어떻게든 오겠지 하는 생각이었습니다. 자꾸 말을 하다가는 정말 못 온다는 변명만 듣게 될 것 같아서 그냥 그렇게 한 것입니다.

고급 호텔의 식당에서 들리는 격조 있는 음악 소리
그리고 갑자기 음악이 툭, 정지된다

**남자**  아내가 모임에 등장하던 순간, 그 순간을 잊지 못할 것입니다.

**남자**  아, 여보. 이리 와요. 여기 앉아요. 제 집사람입니다.

**남자**  화려하게 치장한 교장 부인들 사이에서 아내는 단연 눈에 띄는 차림을 하고 있었습니다. 화장기라곤 전혀 없는 얼굴에 낡은 코트를 입고 시장 갈 때나 들고 다닐 법한 장바구니 같은 낡은 가방을 들고 있었습니다. 그 코트는 우리가 결혼하던 해에 제가 사준 것이었고 이십 년이 넘게 입어서 옷소매가 반질반질 윤이 나고 있었습니다. 게다가 이제는 숨이 다 죽은 가짜 털이 목에 바짝 붙어 있었습니다. 옆구리에 끼고 있던 녹색의 장바구니에는 농협 마크와 함께

‘감사합니다. 여러분의 이웃 농협’이라는 노란색 글씨가
선명하게 찍혀 있었습니다. 아내는 명품 핸드백은커녕 그
저 평범한 가방 하나가 없었던 것입니다.

**남자**　　그 다음부터는 어떤 음식이 나오고 어떤 대화가 오갔는지
저는 전혀 기억하지 못합니다.

**남자**　　당황해서 어쩔 줄 모르고 있는데 설상가상으로 옆에 앉아
있는 아내의 정수리가 눈에 들어왔습니다. 아내는 어느새
머리가 다 빠져서 위가 휑한 대머리였습니다. 저는 왜 그
동안 그걸 한 번도 보지 못했을까요. 그랬다면 모자라도
쓰고 오라고 말을 했을 텐데요. 저는 아내의 머리를 자세
히 본 적이 없었던 것입니다. 아니요, 머리뿐이 아니라 아
내의 얼굴을 근 이십 년 동안 단 한 번도 자세히 본 적이
없었던 것입니다. 게다가 그날 아내가 극강의 방점을 찍은
사건이 또 있었습니다. 그것은 바로 냄새였습니다. 아내에
게서 항상 나는 그 고유한 냄새가 순식간에 룸을 가득 채
우기 시작했습니다.

**남자**　　그 냄새에 대해서 티를 안 내려고 사람들이 노력하는 것이
보였습니다. 그 냄새의 출처가 아내라는 것은 너무나 자명
한 것이었기에 아무도 이게 무슨 냄새야, 하는 사람은 없었
습니다. 그러나 안 그런 척 하면서도 힐끗힐끗 아내를 곁눈
질하는 그 사람들의 눈빛을 저는 다 볼 수 있었습니다.

**남자**　　그 안에서 가장 태연한 사람은 아내였습니다. 아내는 이렇
게 맛있는 음식은 처음 먹어봐요, 하는 눈빛으로 음식을
먹기 시작했습니다. 그것은 마치 게걸스럽게, 걸신들린 듯,
이런 수식어에 어울리는 그런 태도였습니다. 아내는 다른
사람들을 전혀 의식하지 않고 그 방에 혼자 있는 것처럼
열심히 식사를 하기 시작했습니다. 그리고 저를 포함한 다
른 사람들은 다들 아내의 엄청난 식사에 압도되어 제대로

식사를 하지 못했습니다.

**남자**  정신없이 식사가 끝난 후 그 방에서는 저마다 의도치 않은 아내의 냄새를 나누어 가진 채 의례적인 인사와 악수를 서둘러 나누고는 급히 헤어졌습니다. 저는 아내를 외면하고 지하철역을 향해 걷기 시작했습니다. 뒤에서 아내가 바쁜 걸음으로 나를 따라오는 소리가 얼핏 얼핏 들렸습니다. 저는 모르는 사람인 체하고는 내 갈 길을 갔습니다. 그리고 순간 갑자기 퍽, 하고 누군가 내 등을 치는 소리가 들렸습니다. 저는 흠칫 놀라 뒤를 돌아보았습니다. 아내가 앞서 가는 제 등을 있는 힘껏 후려치고는 그 자리에 쓰러져 구토를 하기 시작했습니다. 사람들이 아내를 피해 길을 만들며 지나갔습니다. 아내는 오늘 먹은 저녁 식사를 모두 토해낼 모양인지 구토는 한참 동안이나 이어졌고 좀처럼 멈추지 않았습니다. 아, 정말 끔찍한 하루였습니다.

**남자**  다음날부터 아내는 다시 그 이전의 아내로 돌아갔습니다. 여전히 그 낡은 코트를 입고 아침 일곱 시면 집을 나섰고 저녁 다섯 시면 다시 집에 돌아왔습니다. 시계처럼 정확한 아내의 일과는 오직 아들, 하나밖에 없는 아들에게 초점이 맞추어져 있었습니다.

**남자**  법과대학 시절 아내와 저는 동기동창이었고 우리는 캠퍼스커플로 연애를 하며 꽤 즐거운 이십대를 보냈습니다. 우리는 책을 읽고 영화 보기를 좋아해서 늘 책 이야기를 하거나 같이 영화를 보러 다녔습니다. 저는 고시 공부보다는 일찌감치 교사로 길을 정했고 아내는 공무원이 되었습니다. 행복한 신혼을 보내던 우리는 아들의 출산으로 그야말로 완벽한 가족을 이루게 되었습니다. 사랑하는 사람끼리의 결혼, 당연히 행복할 것이라는 믿음이 점점 확고해졌습니다.

**남자**  아들이 뭔가 이상하다는 걸 알게 된 것은 두 돌이 지날 무렵이었습니다. 그때까지 아이는 혼자 걷기는커녕 서지도 못했고 아무 말도 하지 못했습니다. 그리고 이어진 검사 검사 검사들… 병원을 전전하며 아이에 관해 내린 결론은 아들의 몸과 마음이 전반적으로 불편하다는 사실이었습니다. 처음에는 함께 아이 문제를 의논했지만 저는 점점 그 문제에서 멀어지고 있었습니다. 사실 멀어지고 싶었습니다. 제 딴에는 의학적으로 희망 없다는 아들의 상태를 받아들이는 것이 너무 힘들었습니다. 바쁘다는 핑계로 아들을 외면하면 할수록 아들에 대한 아내의 집착은 점점 강해졌습니다. 아내는 직장도 그만두고 집안일에서도 완전히 손을 놓고 아들에게만 붙어서 아들의 그림자가 되고 아들의 손과 발이 되고 아들의 머리와 감정이 되기로 결심한 것 같았습니다. 그리고 저는 점점 아내의 눈에는 보이지 않는 사람이 되어가고 있었습니다.

**남자**  아들의 교육을 위해서 아내는 뭐든 할 생각이었습니다. 아들을 살리기 위해서 아내는 다른 모든 것을 포기했습니다. 저뿐만 아니라 자기 자신에게도 아내는 아무 관심이 없었습니다. 조금이라도 나은 시설과 교육방법이 있는 학교로 아들을 보내기 위해 아내는 끝없이 노력했고 아내의 경차는 마르고 닳도록 서울과 경기도권 내의 여기저기를 헤매고 다녔습니다. 그러는 동안 아들에게 들어가는 돈은 이미 제 월급의 반 이상을 넘어섰고 나는 그거에 대해서는 아무 말도 하지 않았습니다. 그것은 부모 된 우리의 최소한의 불문율이었습니다. 그러다보니 우리집은 세 식구가 살기에는 터무니없이 좁았고 식생활도 의생활도 최저수준이었습니다. 저는 차도 없이 지냈고 우리집 수준에 딱 맞는 경차는 아내와 아들 차지였습니다. 보통 사람들의 삶과는 동떨어진 섬과 같은 곳에 사는 느낌이었습니다. 아무와도 교제하지 않고 왕래도 없이 우리는 외딴 무인도에 살고 있었습니다.

**남자** 아내는 새벽 네 시면 항상 기도를 했습니다. 아내의 기도는 한 시간 이상 이어졌고 기도의 내용은 보나마나 아들을 위한 것이었지요. 그리고 밤 열 시면 또 한 시간 기도가 이어졌습니다. 아들을 보는 아내의 눈은 언제나 확신에 차 있었고 그것은 온전히 신을 향한 간절한 기도의 힘에서 오는 것이었습니다.

**남자** 아내는 뭐라고 기도를 했을까요. 그리고 하나님은 그 기도에 어떻게 응답을 하신 걸까요. 아내가 고생하는 거는 잘 알고 있었지만 저는 남편으로서 아무런 자리가 없는 것이 서운했습니다. 아내는 아들에게 최선을 다했지만 저는 이 가정생활에서 아무런 기쁨도 행복도 만족도 느낄 수가 없었습니다. 벼랑 끝에서 아슬아슬하게 균형을 잡고 있는 우리집이 언젠가는 그 균형을 잃을 날이 올 거라고 생각했습니다. 잔인한 말이지만 저로서는 지긋지긋한 이놈의 집구석이 어떤 식으로든 깨지기를 바라고 있었습니다.

**남자** 아내는 일요일이면 반드시 아들과 함께 교회에 갔습니다. 아들의 외출 준비는 한 시간 이상 걸렸고 밥을 먹고 목욕을 하는 등 모든 일상은 엄청난 에너지를 필요로 했습니다.

**남자** 아내는 점점 말라가고 있었습니다. 아들이 나이를 먹으면서 정신적으로는 제자리에 머물러 있었지만 몸은 성장해서 청년의 몸으로 변하고 있었으니까요. 평범한 체중이었던 아내의 몸무게는 40킬로를 왔다갔다 하고 있었고 그 몸으로 커가는 아들을 버팅기는 것은 정말 힘들었습니다.

그럼에도 아들을 돌보는 것은 오직 아내의 몫이었고 저는 아내를 도와주지 않았습니다. 아내는 저를 보이지 않는 사람처럼 완전히 도외시하고 있었고 저의 상처도 그만큼 이미 깊었기 때문입니다. 우리는 서서히 부서져 가는 가족이라는 울타리를 그저 바라만 보고 있을 뿐 서로를 어쩌지 못했습니다.

**남자**  그런데 겨우겨우 아들을 지탱하던 아내가 어느 날 마침내 쓰러지고 말았습니다. 응급차를 불러 타고 병원으로 들어간 아내는 몇 가지 검사로 곧 암이라는 진단을 받았습니다. 사실 아무런 검사도 필요 없을 만큼 아내는 육안으로도 이미 중병의 끝자락에 가 있었습니다. 의사는 놀랍다는 표정으로 나를 바라보았습니다. 그것은 마치 '당신이 사람이야?' 하는 눈빛이었습니다. 의사 말로는 아내는 거의 아이를 낳는 것과 같은 정도의 고통에 접어든 지가 한참 되었다고 했습니다. 그러한 고통에 이르기 전에도 숱한 증상이 있었을 텐데 병원에 오지 않은 아내의 인내심에 대한 놀라움과 옆에서 사람이 그렇게 죽어가고 있는데도 모를 정도로 끔찍한 남편의 무관심에 대한 놀라움으로 의사는 고개를 휘휘 내저었습니다.

**남자**  나는 이 사람을 나의 아내로 바라본 적이 있었는가 자문해 보았습니다. 아니, 그 이전에 최소한의 인간적인 동정심으로 그 여자를 바라본 적이 있었는가 하는 질문을 던졌습니다. 나에게 있어서 아내라는 사람은 어떤 존재였는가, 아내가 집안일을 제대로 하지 않는다고 해서 아내로서 남편과 따뜻한 통상의 관계를 갖지 않는다고 해서 그토록 몰인정하게 대해도 된다는 면죄부는 대체 어디에서 받았다는 말인가요. 아비로서의 무책임 그리고 잔인할 정도로 몰인

정한 남편, 그게 제 모습이었습니다.

**남자** 그제서야 뒤늦은 후회가 밀려왔습니다. 가슴이 찢어지는 것 같은 통증이 한꺼번에 밀려 왔습니다.

**남자** 아내에게 달려갔습니다. 아내는 고통을 견디는데 이골이 난 탓인지 병원에 가기 전부터 자신의 심각한 병을 알고 있었던 탓인지 차분해 보였습니다. 너무 긴 세월 멀리 있었기 때문에 말 한마디 하는 것도 힘이 들었습니다. 마음 같아서는 그토록 앙상하게 마른 손이라도 잡고는 그동안 미안했다, 혼자서 아들 돌보느라 너무나 고생했다. 이제부터는 내가 좀 맡아서 하겠다… 이런 말이라도 해야 할 것 같았는데 그 소리들이 마음속에서만 맴돌 뿐 한마디도 입 밖으로 나오질 않았습니다.

**남자** 아내는 순식간에 30킬로까지 체중이 빠졌습니다. 그것은 거의 뼈와 가죽만 남은 참혹한 모습이었습니다. 그런 상황에서도 아내가 생명줄을 악착같이 붙잡고 있는 것은 오직 아들 때문이었습니다. 잠꼬대를 하면서도 아들의 이름만을 부르던 아내가 마침내 호흡을 접어야 하는 마지막 순간이 왔습니다.

**남자** 아들을 부탁해, 당연히 이것이 아내의 마지막 말이 될 거라고 생각해 왔습니다.

**남자** 아내는 호흡이 가빠진 상태에서 어렵사리 말문을 열었습니다. 그리고 이렇게 말했습니다. '그동안… 너무 외로웠어.'

**남자** 그 말을 듣는 순간, 나는 가슴이 철렁 내려앉았습니다. 아내가 그토록 아들에게 매달리고 집착한 것이 실은 자기의 외로움을 감추기 위한 몸부림이었다는 것을 왜 몰랐던 것일까요. 그렇게 기나긴 시간 동안 저를 향해 에스오에스를 치고 있었던 아내의 안타까운 몸짓을 어쩌면 그렇게도 알아채지를 못했던 것일까요.

남자  '미안해, 내가 다 잘못했어', 가슴 속에서는 이 말이 파도처럼 밀려왔지만 저는 또 아무 말도 할 수가 없었습니다.

남자  '당신이 한 번쯤 나에게 말을 걸어줄 줄 알았어. 희수가 어떤지 물어봐 줄 줄 알았어. 당신 아들이잖아… 혹시 어디 아픈 데가 있는 건 아니냐고, 나한테도 물어봐 줄 줄 알았어.' 아내는 그렇게 말했습니다.

남자  '아침에 나가서 집에 돌아올 때까지 희수를 기다리는 동안에는 뭘 하면서 시간을 보내는지 궁금해할 줄 알았어.' 아내는 또 이렇게 말했습니다.

남자  아, 세상에. 참 어떻게 그런 것들을 묻지 않을 수가 있었을까요. 정말 나 자신이 이해가 되지 않았습니다. 어떻게 남편이라는 사람이 아내에게 그런 것도 안 물어보고 그 기나긴 세월을 한집에서 살았던 것일까요. 이제서야 그게 이상하게 여겨지고 이제서야 그것들이 궁금하다니요.

남자  미안해. 간신히 그 한마디를 내뱉고는 너무 미안해서 더는 할 말이 없었습니다.

남자  '내가 없으면 희수는 아마… 힘들 거야. 내가 악착같이 견디어온 거 희수를 위해서였는데, 더는 못 버티게 됐어. 희수, 어디 시설 같은 데 보내지 마. 얼마 안 남았으니 어디 보내지 말고 잠시만이라도 아빠 노릇 해줘. 내가 같이 데려가고 싶은데 그게 맘대로 되는 것도 아니잖아. 어딘가 하나님 뜻이 있겠지, 그런 생각이야. 희수도 하나님이 사랑하시는 아들이잖아.' 아내는 울지도 않고 담담하게 준비한 연설을 하듯 마지막 인사를 했습니다.

남자  다 잘 될 거야. 오랫동안 기도했잖아. 아무것도 걱정하지 마.

남자  '그날 말이야.' 어느 날? '그날, 실은 가발이랑 모자랑 다 준비했었어', 아내가 이렇게 말했습니다. 아, 아내는 마지막 가는 길에 그놈의 교장들 부부 동반 모임에 대해서 말하기 시작했습니다.

남자 　옷도 빌리고 구두랑 백도 빌려다 놓고 다 준비했었다고, 그런데 모두 차려입고 거울을 보니 영 자기 같지가 않아서 그래서 그냥 평소 차림으로 나갔다고. 그리고 자기한테서 냄새나는 거, 그래서 사람들이 킁킁대는 거 다 알았다고 했습니다. 긴 세월을 아픈 아들 돌보면서 이런저런 냄새 밴 거 그게 자기 자신인데 어떻게 그걸 남의 옷으로 가릴 수 있느냐고 그러더군요.

남자 　희수가 아침에 일어나서 밤에 잠자리에 드는 그 순간까지 아내는 그 애의 손과 발이 되어 그 애의 호흡이 되어 하루하루를 살았습니다. 세수하고 양치하는 일이 전쟁이고 밥 한 그릇을 먹이는 일이 전쟁이고 옷을 갈아입히는 것도 전쟁이고 차에 태워 먼 길 가는 게 또 전쟁이고 교실에 넣는 그 순간까지 일거수일투족을 아내는 초인적인 인내심으로 아이와 함께 했습니다. 그리고는 언제 또 발작 소식을 알려올지 몰라 학교를 떠나지 못하고 운동장 벤치에서 복도에서 교문 앞에서 차 안에서 전전긍긍하며 시간을 보냈던 것입니다. 너무 먼 곳에 있는 특별한 학교들을 다녀야만 했기에 아내는 중간에 집에 오지도 못하고 그렇게 평생을 아들 근처에 머물렀던 것입니다.

남자 　부끄러웠습니다. 저는 엄마로서 최선을 다해 살아온 사람을 그토록 함부로 대했던 못난이였습니다.

남자 　우리 희수가 이만큼 거의 어른이 될 때까지 살 수 있었던 것은 순전히 아내 덕분입니다. 고생 많았어, 미안해. 이게 제가 아내에게 한 마지막 인사입니다. 아내는 애써 웃음을 지어주었습니다. 흐릿한 그 미소를 저는 죽을 때까지 잊지 못할 것입니다.

남자 　이렇게 해서 우리의 결혼은 끝이 났습니다. 죽는 순간 아

내가 떠올린 결혼생활의 유일한 추억은 교장들의 부부동
반 모임 그 한 가지였습니다. 참 대단한 결혼생활입니다.

**남자**  아내가 고생하는 걸 알고 있었고 그렇게 고생하는 게 불
쌍하기도 했습니다. 그런데 늦은 밤 아내가 부엌에서 반찬
한 가지를 꺼내놓고 앉지도 못하고 선 채로 허겁지겁 밥을
먹는 모습이라든지 이십 년 동안 코트 하나로 겨울을 나는
궁상스러운 모습이라든지 기미가 가득해서 시커먼 얼굴이
라든지, 이 모든 것들이 확 싫어지는 날이 있기도 했습니
다. 그리고 그런 힘든 자식을 낳은 것이 모두 아내의 탓이
라는 못된 생각이 마음 깊은 곳에서 스멀거리며 올라오는
날이면 그 모든 고생도 당연히 아내가 짊어져야 할 인생의
몫이라는 생각이 들기도 했습니다.

**남자**  모멸감으로 가득 찬 단 한 번의 호텔에서의 식사가 제가 아
내에게 제안한 유일한 외출이었다는 사실을 뼈아프게 일깨
워주고 아내는 세상을 떠나갔습니다. 아내가 그렇게 열심
히 부르짖었던 아내의 하나님은 대체 어디 계신 걸까요.

찬송가 '요단강 건너가 만나리'의 연주 음악 들린다

**남자**  아내가 세상을 떠난 후 저는 아내의 짐을 정리했습니다.
아내의 짐이란 것은 참으로 단출하기 그지없었습니다. 네
칸짜리 서랍장 한 개가 아내 인생의 전부였습니다. 보잘것
없는 옷가지들 말고는 이렇다 할 것이 없었습니다. 마지막
서랍 한 개를 열었을 때 노트가 여러 권 나왔습니다. 학교
에서 연초에 나누어주는 교무수첩이라는 게 있습니다. 연
중 계획표와 월별 계획표 뭐 이런 것들이 몇 장 있고 그 뒤
에는 줄이 그어진 노트 형식으로 되어 있지요. 형식적으로
나누어주고, 받은 사람은 거의 한두 장 쓰다가 버리는 그

런 물건이지요. 아내는 내가 버린 그 노트에 성경을 베끼고 있었습니다. 창세기부터 요한계시록까지 성경을 베낀 노트에는 쓴 날짜와 이름이 적혀 있더군요. 제일 먼저 아들을 위해서 필사를 시작했고 다음에는 나를 위해서 그리고 자신을 위해서도 필사를 했는데 마지막 필사는 아주 오래 걸렸고 최근에야 겨우 마쳤더군요.

**남자** 그리고 성경책은 어찌나 낡았는지 가죽표지의 검은색이 다 떨어져나가고 탈색이 되어 그냥 흰색이 되어 있었습니다.

**남자** 시간이 없어서 밥도 서서 먹던 아내가 언제 이렇게 성경 필사를 했던 것일까요. 아내가 우리 가족을 위해서 남긴 마지막 선물이었습니다.

**남자** 그리고 무엇보다 아내는 나에게 아들, 내 사랑하는 아들을 돌려주었습니다.

남자, 지갑에서 사진을 한 장 꺼낸다
이십 대 청년의 사진이다
한참을 들여다 본다

**남자의 소리** 제 아들입니다. 참 잘 생겼지요. 하기사 젊었을 때 제 모습이랑 비슷하다고들 하더군요. 대학생이냐구요. 물론입니다. 저랑 똑같이 법과 대학을 다녔지요. 재학 중에 고시에 도전해서 판검사가 되려는 꿈을 가졌답니다. 제게는 하나밖에 없는 귀한 아들입니다. 기대가 정말 컸지요. 모든 아버지들이 으레 그러는 것처럼 자기가 못 다 이룬 꿈들을 자식에게 기대하곤 하지 않습니까.

# 3. 아들

활기차고 희망에 찬 음악
용기를 낸 남자의 모습

**남자**  저는 그동안 하지 못한 아버지 노릇을 하기 위해 새로운
마음으로 아들에게 다가갔습니다. 먼발치에서 아내가 하
던 것을 본 대로 아침에 아들을 깨워 씻기고 밥을 먹이고
옷을 갈아입히고 학교에 데려다주고 근처에서 기다리고
다시 방과 후에 아들을 집으로 데려오고 밥을 먹이고 씻
기고 옷을 갈아입혀 재웠습니다. 그리고 다음날 아침 다시
아들을 깨워 씻기고 밥을 먹이고 옷을 갈아입히고 학교에
데려다주고 근처에서 기다리고 다시 방과 후에 아들을 집
으로 데려오고 밥을 먹이고 씻기고 옷을 갈아입혀 재웠습
니다. 그리고 또 다음날 아들을 깨워 씻기고 밥을 먹이고
옷을 갈아입히고 학교에 데려다주고 근처에서 기다리고
다시 방과 후에 아들을 집으로 데려오고 밥을 먹이고 씻기
고 옷을 갈아입혀 재웠습니다.

**남자**  이렇게 하기를 딱 사흘 만에 저는 기진맥진했습니다. 아들
에게 있어서 그 일상적인 일들은 말 그대로 전쟁과 같았
습니다. 절망한 나는 생각했습니다. 이 아이에게 이런 일
상이 무슨 의미가 있을까, 특히 학교에 간다는 일에 대해
서 그랬습니다. 저는 평생을 가르치는 것을 직업으로 삼고
가르치고 배우는 일의 중요성과 가치를 무엇보다도 중시
하며 살아온 사람입니다. 그런데 우리 아들에게 있어서만
큼은 그 일이 정말 무슨 소용이 있을까 하는 의구심이 들

었습니다. 아내는 이 아이를 학교에 데리고 다니면서 대체 무슨 생각을 했을까, 정말 교육이라는 것을 통해서 이 아이가 변화될 수 있다고 생각했던 것일까 하는 게 정말 궁금했습니다. 도대체 왜 나는 아내에게 진작에 이런 것을 물어보지도 않았던 것일까요.

**남자**  저는 아내가 어떻게 제 아들을 견뎌냈는지 놀라웠습니다. 엄마가 사라진 이후 죽음을 이해하지 못하는 아들은 내가 자기의 소중한 엄마를 어디 감추어둔 것으로 생각했습니다. 그리고는 저를 아버지라고 인식하지 못하고 엄마를 어디론가 데려간 악당 정도로 여기는 모양이었습니다. 저는 나름대로 애를 썼습니다. 그러나 너무나 오랫동안 아이와 멀리 있었던 탓인지 그 거리를 메울 수가 없었습니다. 아내의 작고 마른 몸으로 겨우겨우 통제되던 아들은 저의 손에서는 마치 장사처럼 강했습니다. 아들을 도무지 어떻게 할 수가 없었습니다. 저는 어쩔 줄을 모르고 그 낯설기만 한 아들을 멍하니 바라보고 있었습니다.

**남자**  어느새 저는 아들을 학교에 보내기를 포기하고 있었습니다. 나가지 않으니 아침에 굳이 씻어야 할 필요도 없었습니다. 그리고 일찍 일어나서 밥을 먹일 필요도 없었지요. 아무 때나 일어나고 아무 때나 먹고 아무 때나 자는 생활, 결국 아들의 일상은 그렇게 무너져가고 있었습니다. 아내가 몸이 부서지도록 아들을 붙들고 해왔던 그 소중한 일상의 의미를 저는 비로소 알게 되었습니다.

**남자**  아들은 아주 빠른 속도로 허물어져 갔습니다. 어느 날부터 아예 일어나지도 않았고 밥도 먹지 않았습니다. 방에서 나오지도 않았습니다. 나는 아침이면 방문을 열고 식사를 넣어주었습니다. 그리고 점심이면 다시 새로운 밥을 차려서 넣어주었습니다. 그리고 저녁이면 다시 새로운 밥을 차려서 넣어주었습니다. 그렇게 저는 아버지로서의 의무를 다 했습니다. 밥상의 밥이 그대로인 것을 알면서도 저는 그 냥 그 일을 계속했습니다. 이불을 뒤집어쓰고 있는 아들 이 며칠째 침대에서 나오지 않고 있었습니다. 저는 하루에 세 번씩 계속 밥상을 차렸습니다. 계속 밥상을 넣고 치우 고 넣고 치우기를 반복했습니다. 아들은 밥 먹기를 거부함 으로써 자신이 할 수 있는 최후의 의지를 드러내고 있었습 니다. 저는 아들을 일으켜서 억지로 밥을 먹이지 않았습니 다. 강제로 입을 벌려 먹일 수도 없었겠지만 굳이 병원에 가야 한다든지 그런 생각도 하지 않았습니다. 무언의 대사 를 하고 있는 아들의 의사를 존중해야 한다는 생각을 어렴 풋이 하고 있었습니다. 저는 아들에 관해서 아는 것이 정 말 아무것도 없었습니다.

남자  저는 아들이, 그 상황이, 저의 직무유기가, 모든 것이 두려 웠습니다. 그러면서도 잔인한 생각이 제 마음 한 켠에서 스멀스멀 피어오르고 있었습니다. 아주 끔찍한 생각이 제 마음을 사로잡았습니다. 이 불행한 결혼과 가족에서 아들 을 빼면 무엇이 남을까를 생각했습니다.

남자  아, 저는 아버지라고 할 수가 없습니다. 아니요, 차마 인간 이라고 할 수가 없습니다.


지나치게 아름다운 음악이 한동안 흐른다
그리고 현대음악의 불안한 파열음들이 고막을 찌르듯 들려온다
혼란에 빠진 남자의 흥분상태와 고통
그리고 정적


남자  저는 이불을 걷고 아이처럼 자고 있는 아들을 보았습니다. 그 커다랗던 아들의 몸이 작은 아기처럼 보였습니다. 나는

아들의 몸을 감싸안았습니다. 처음 내게 왔을 때처럼 그렇게 작은 아기가 되어 내 품 안에 안겨있는 아들을 보면서 저는 눈물을 흘렸습니다. 한없이 눈물이 흘렀습니다. 이 생의 의미는 도대체 무엇인가요… 하늘에 계신 그분께 물었습니다. 아니 그 어떤 절대자라도 좋습니다. 저의 이 질문에 답을 해주시기를, 저는 가슴이 갈갈이 찢어지는 고통을 느끼며 울부짖었습니다.

찬송가 '요단강 건너가 만나리'의 연주 음악 다시 들린다


남자  아들은 이제 제 곁에 없습니다.
남자  아들은 엄마의 치맛자락을 놓칠세라 전전긍긍하다가 한 달도 못 되어 엄마를 따라갔습니다.
남자  그렇게 허망하게 갈 생명을 아내는 그렇게도 긴 세월 동안 끈질기게 붙들고 있었던 것입니다.
남자  저는 무릎을 꿇고 기도를 했습니다. 아내의 하나님께 엎드려 처음으로 진심 어린 기도를 했습니다. 하나님. 당신을 아버지라고 부르던 저의 아내와 이 아들을 이제 아버지의 나라에 받아주시옵소서. 이 영혼들을 불쌍히 여겨주시고 이 땅에서 머무는 동안의 모든 상처와 고통을 벗고 하나님 아버지의 세상에서 육신 없는 영원한 평안으로 보듬어주시옵소서. 그리고, 그리고… 저의 죄를… 용서하여…
남자  저는 기도를 중단했습니다. 저의 죄를 사하여 주옵시고, 그 말만은 차마 할 수가 없었습니다.


고요한 침묵
갑자기 경찰차 사이렌 소리가 날카롭게 들린다
현관문에 딩동, 하고 맑은 벨소리 울린다

**남자**    오늘만큼은 깨끗한 옷을 차려입어야겠다 그런 생각이 들었습니다. 특별한 날이고 저로서는 처음 가는 곳에 가야 하거든요. 아마도 낯설고 힘든 하루가 될 거라고 생각이 됩니다. 하지만 괜찮을 겁니다. 할 수 있을 것 같아요. 솔직하게 말하면 되지 않겠습니까. 진실은 무엇보다도 강한 것이라고 생각합니다. 모처럼 셔츠를 입고 넥타이도 매고 양복을 차려입었습니다. (거울을 보며 타이를 손질한다) 제 모습이 어떻습니까. 거울을 보니 그럴 듯한 노신사가 보입니다. 아무 걱정 없는 평범한 노신사, 무언가 성실하고 보람 있는 인생을 살아내고 이제는 인생의 황혼녘에서 차분하게 생의 의미랄지 보람이랄지 그런 가치 있는 생각을 하는 품위 있는 노년기의 신사 말입니다. 자, 이제 가야겠습니다. 손님들을 오래 기다리게 하면 안 되니까요.

남자는 기다리던 사람이 온 것처럼 천천히 코트를 입고 문을 향해 걸어간다

어두워진다


# 4. 울게 하소서


남자는 의자에 앉아 커피를 마시면서 책을 읽고 있다

헨델의 '울게 하소서'가 울려퍼진다

음악소리 잦아들면서


**남자**    햇살이 참 좋네요. 따스한 햇볕이 들어오니 마음이 평화롭

습니다. 이런 조용한 시간을 갖게 된 것이 참 오랜만입니다. 아침에 이렇게 커피 한 잔을 마시면서 책을 읽는다는 게 얼마나 좋은지 모르겠습니다.

**남자**  어떤 책을 읽느냐구요? 그리스인 조르바, 노인과 바다, 죄와 벌… 이런 책들이지요. 책을 다 읽은 날이면 저녁에는 영화도 다시 보곤 한답니다. 남들이 보기에는 외로워 보일지도 모르겠지만 저는 조금도 외롭지 않습니다. 너무 행복합니다. 저의 생이 이렇게 평화로워진 것은 사실 얼마 되지 않습니다.

남자 한동안 쓸쓸하다
아무도 오는 사람이 없는데 문 쪽을 바라보면서 누군가를 기다린다
끝나지 않을 기다림으로 간절한 가운데
서서히 과거로 돌아간다

어린이들이 좋아하는 음악을 배경으로
남자는 젊은 아버지가 되어
어린 아들에게 동화책을 읽어주고 있다
몸이 불편한 아들이 꿈꾸는 세계가 빛과 소리로 펼쳐진다
남자는
상상 속에서 아들을 만나고 그와 혼연일체가 된다

**소리**  사자는 파란색이야. 코끼리는 초록색이고. 정말 멋지지 않아. 파란색 사자, 근사하지. 사자에게 파란색을 칠해줘. 사자는 아주 시원할 거야. 넓고 넓은 초원에서 파란 사자가 달리는 걸 상상해봐. 파란 사자는 약한 동물을 잡아먹지 않아. 약육강식 같은 말은 없어. 파란 사자는 너무 멋져서

안 먹고도 살 수 있어.

**소리** 　사자를 보면 모든 동물들은 절로 배가 부르지. 그 나라에 선 자기보다 작은 동물들을 잡아먹으며 살아가는 그런 치사한 짓 따위는 아무도 하지 않아. 초원에서 파란 사자의 세상이 새롭게 열려. 거기서 모두들 풀만 먹고 사는 거야. 풀이 없으면 또 다른 풀을 찾아서 기나긴 행렬을 짓고 길을 떠나지. 유목민처럼 모두 다 풀을 찾아 길을 떠나.

**소리** 　사자는 맨 뒤에서 모든 약하고 작은 동물을 지켜줄 거야. 사자가 무서워서가 아니라 사자를 사랑해서 동물들은 그의 말을 듣는 착한 동물들이 될 거야.

**소리** 　코끼리는 또 어떻구. 겸손한 코끼리는 풀을 많이 먹지도 않아. 코끼리는 작은 동물들을 위해서 항상 소식을 하지. 코끼리는 원숭이보다도 조금 먹고 심지어는 작은 새만큼도 먹지 않아. 이타심이 그 거대한 몸을 가득 채워서 코끼리는 먹지 않아도 배고프지 않아.

**소리** 　착한 코끼리는 풀만 먹어서 초록색이 됐어. 온몸으로 초록을 뿜어내는 코끼리는 아예 나무가 되어버렸어. 나무랑 똑같아. 살아있는 동물 나무고 움직이는 나무가 된 거야. 코끼리는 세상에서 가장 큰 동물이지만 아무도 해치지 않아.

**소리** 　정말 멋지지 않아? 그렇게 커다란 코끼리가 개미 같은 작은 곤충을 밟지 않으려고 일부러 땅바닥을 쿵쿵 울리며 걸어가는 거야. '얘들아 내가 걸어갈 거야. 그러니 어서 비켜, 내가 너희들을 밟지 않도록 말이야. 아무리 조심해도 나는 내 발밑까지 볼 수는 없거든. 그러니 어서 비켜. 안전한 곳으로 가. 내가 너무 크고 너무 무거워서 정말 미안해.'

**소리** 　나는 초록색 코끼리를 사랑해. 팔을 있는 대로 죽 펴고 거대한 코끼리를 안아보고 싶어. 그 커다란 몸을 어떻게 안을 수 있을까. 아무리 애를 써서 팔을 벌려도 내가 안고 있는 건 겨우 코끼리의 다리 한 개일 거야. 세상에 그렇게 거대한 존재가 있다는 게 신기해.

**소리**  나는 코끼리의 등에 올라타고 먼 곳으로 가고 있어. 숲속으로 가는 거야. 나중에 아빠가 숲에 오면 나를 찾을 수 있을 거야. 내가 보고 싶으면 언제든 숲에 와서 내 이름을 불러. 나는 아빠의 목소리를 잘 기억해둘 거야. 아빠가 나를 부르면 금방 아빠가 온 걸 알 수 있도록 말이야. 혹시 아빠가 나를 보지 못할 수도 있지만 그래도 내가 거기 있다는 걸 믿어줘. 아빠가 그렇게 믿으면 나는 거기에 잘 있을 거야.

**소리**  아빠 안녕. 가자 코끼리야. 파란 사자야, 너도 같이 갈 거지.


소리 멀어진다
동물들의 소리가 잔잔하고 평화롭게 어우러져 들린다
아들은 아픈 몸을 벗고 비로소 편안해졌을 것 같다는 안도감을
준다
남자는 자장가를 불러 아들을 재우듯이 작은 소리로 '반달'을 부른다


푸른 하늘 은하수 하얀 쪽배에 계수나무 한 나무 토끼 한 마리
돛대도 아니 달고 삿대도 없이 가기도 잘도 간다 서쪽나라로


**남자**  아들과 동물원에 간 적이 있습니다. 아들이 어린아이였던 시절, 아직은 완전한 절망에 이르기 전이었던 어느 날, 우리가 남들처럼 평범하게 행복했던 날이었습니다. 사자도 보고 코끼리도 보았는데 아들이 사자 우리 앞에서 울더군요. 큰 소리로 우는 아들을 보고 사자가 무서워서 그러니, 하고 물었죠. 아들은 대답하지 않았고 끝내 그 이유를 알지 못했습니다. 이제 돌이켜보니 그날의 막연한 공포가 아

들의 짧지만 힘겨웠던 생을 집약한 울음이었구나, 그런 생
각이 들더군요.

헨델의 '울게 하소서' 들려온다
전곡을 모두 듣고난 후
남자 하늘을 올려다 본다

**남자**　별이 하나둘 보이네요. 늘 하늘을 보면서 더 높이 올라가
려고 애를 쓰며 살았는데 정작 그 하늘의 별은 한 번도 본
적이 없으니, 참 이상합니다.

남자, 천천히 퇴장한다

어두워진다
그가 떠나는 자리
깜깜한 바닥에서 별이 하나 보인다

남자, 뒤를 돌아본다
그가 걸어온 길 위로 별 서너 개가 꽃처럼 반짝인다
은은하게 아름답다

남자의 마음에
비로소,
고요한 평화가 스며든다

# 공연 연보

〈그녀에 관한 보고서〉
 - 세계일보 신춘문예 당선
 - 한국연출가협회 주최 신춘문예 당선작 공연
 - 문예회관 소극장
 - 1995.3.26.-4.3.
 - 연출 손경희
 - 출연 이금주 전국향 김민경
 - 세계일보 1995.1.4. 게재

〈그들만의 전쟁〉
 - 문예진흥원 찾아가는 문화활동 선정작
 - 극단 민예 127회 공연
 - 마로니에 극장
 - 2000.1.21.-3.5.
 - 연출 강영걸
 - 출연 유영환 최승열 김희정 승의열 박영미

〈불꽃의 여자 나혜석〉
 - 서울시 무대공연 지원작
 - 올해의 한국연극 베스트 5 작품상
 - 동아연극상 연출상
 - 극단 산울림 94회 공연
 - 산울림소극장
 - 2000.10.17.-12.31.
 - 제작 임영웅
 - 기획 오증자
 - 연출 채윤일
 - 출연 안석환 전국환 박호영 전수환 정소희 김남미 최윤선 이소영 권대혁 황수경
 - 한국연극 2000년 7월호 게재

〈푸르른 강가에서 나는 울었네〉
 - 국립극장 창작공모 당선
 - 2004 국립극단 창작극 공연작
 - 국립극장 달오름극장
 - 2004.11.5.-11.14.
 - 연출 김진만
 - 출연 전진우 권복순 남유선 한승희 이승비 이민정
 - 극작에서 공연까지 2004년 겨울호 게재

〈웨딩드레스〉
 - 극단 산야 93회 공연
 - 인동 소극장
 - 2005.10.22.-23.
 - 연출 김학철

〈연인들의 유토피아〉
 - 극단 산울림 123회 공연
 - 산울림 소극장
 - 2007.6.12.-8.12.
 - 제작 임영웅
 - 기획 오증자
 - 연출 김진만
 - 출연 전현아 이일화 이명호 민지오
 - 『한국희곡』 26호 2007년 여름호 게재

〈헬로우 마미〉
 - 동랑희곡상 수상
 - 통영국제연극제 폐막작
 - 2010.7.26. 통영시민회관
 - 2010.7.30.-31. 과천시민회관 소극장
 - 연출 김정숙
 - 출연 정연심 제상범 이보람 김재화 조은희 이승목 허정진 한송
   이 노장현
 - 『한국희곡』 40호 2010년 겨울호 게재

〈누가 우리들의 광기를 멈추게 하라〉
 - 서울문화재단 예술창작지원작
 - 극단 창파 20회 정기공연
 - 알과핵 소극장
 - 2013.10.23.-11.3.
 - 연출 채승훈
 - 출연 박종상 하경화 박정근 김혁종 한형민 나수아 김한아 조수
   아 김영훈 한동준 이재성 조진수
 - 『한국희곡』 52호 2013년 겨울호 게재

〈연인〉
 - 제2회 한국 여성 극작가전 참가작
 - 극단 씨 바이러스
 - 정미소 극장
 - 2014.7.23.-27.
 - 연출 이현정
 - 출연 구시연 염순식
 - 『한국희곡』 31호 2008년 가을호 게재

〈봄비 온다〉
 - 대한민국연극제 서울대회 희곡상
 - 극단 로열씨어터
 - 한성아트홀
 - 2022.2.25.
 - 연출 류근혜
 - 출연 윤여성 하영화
 - 『한국희곡』 2012년 여름호 게재

〈홀로〉
 - 극단 독립극장
 - 씨어터쿰
 - 2024.11.7.-17.
 - 연출 이곤
 - 출연 원영애 강민지

〈거리〉
 - 월드 2인극페스티벌 참가작
 - 극단 거울
 - 공유소극장
 - 2024.11.16.-17.
 - 연출 백은아
 - 출연 민신혜 이두연
 -『한국희곡』59호 2015년 가을호 게재

〈사랑을 견디다〉
 - 서울연극제 자유참가작
 - 극단 로얄씨어터
 - 동숭무대소극장
 - 2025.6.26.-6.29.
 - 연출 윤여성
 - 출연 윤여성

〈사도, 인더박스〉
 - 극단 독립극장
 - 지구인 아트홀
 - 2025.10.23.-11.2.
 - 연출 박툴
 - 출연 김재건 고형우 원영애 김정우 민정아 민채민